Mehr von Tina Folsom

Samsons Sterbliche Geliebte (Scanguards Vampire - Buch 1)
Amaurys Hitzköpfige Rebellin (Scanguards Vampire - Buch 2)
Gabriels Gefährtin (Scanguards Vampire - Buch 3)
Yvettes Verzauberung (Scanguards Vampire - Buch 4)
Zanes Erlösung (Scanguards Vampire - Buch 5)
Quinns Unendliche Liebe (Scanguards Vampire - Buch 6)
Olivers Versuchung (Scanguards Vampire -Buch 7)
Thomas' Entscheidung (Scanguards Vampire – Buch 8)
Ewiger Biss (Scanguards Vampires – Buch 8 1/2)

Ein Grieche für Alle Fälle (Jenseits des Olymps -Buch 1)
Ein Grieche zum Heiraten (Jenseits des Olymps - Buch 2)
Ein Grieche im 7. Himmel (Jenseits des Olymps – Buch 3)

Geliebter Unsichtbarer (Hüter der Nacht - Buch 1)

Begleiterin für eine Nacht (Der Club der ewigen Junggesellen – Buch 1)
Begleiterin für tausend Nächte (Der Club der ewigen Junggesellen – Buch 2)
Begleiterin für Alle Zeit (Der Club der ewigen Junggesellen – Buch 3)

Eine unvergessliche Nacht

(Der Club der ewigen Junggesellen – Buch 4)

Tina Folsom

Deutsche Erstausgabe
Die Amerikanische Originalausgabe erschien 2014 unter dem Titel *One Foolish Night*

Cover design: Tina Folsom
Cover Fotos: Tina Folsom
Autorenfoto: ©Marti Corn Photography

Für Mark

1

Montauk, Long Island, New York

Holly Foster beobachtete ihre beste Freundin Sabrina, wie diese mit ihrem frischgebackenen Ehemann Daniel an ihrer Seite das aufwendig dekorierte Zelt und die Hochzeitsgäste verließ. Sie lächelte wehmütig. Es war schön, ihre Freundin so glücklich zu sehen. Schließlich hatte sich doch noch alles zum Besten gewendet. Holly verspürte eine gewisse Genugtuung darin, dass sie einen wichtigen Beitrag zum Glück ihrer Freundin geleistet hatte.

Ihre Augen schweiften an den Gästen vorbei. Vom Zelt im Garten von Daniels Elternhaus in Montauk an der Spitze von Long Island aus konnte sie den Strand und den Atlantik dahinter sehen. Die Wellen brachen sich an der Küste und die Fackeln, die das Zelt umringten, erleuchteten deren Bewegung.

Trotz der leichten Brise, die vom Meer wehte, war es eine laue Nacht. Holly strich mit den Händen über ihr elegantes rotes Kleid. Sie war dankbar, dass Sabrina dieses Kleid für Hollys Rolle als Brautjungfer ausgesucht und sie glücklicherweise nicht in etwas Orange- oder Rosafarbenes gesteckt hatte. Sie wusste, dass ihr das rote Kleid wie angegossen passte. Es brachte ihre Kurven zur Geltung und hob ihre langen blonden Locken hervor. Sie fühlte sich selbstsicher darin. Selbstsicher genug, um sich heute Nacht gehen zu lassen.

Holly drehte sich um und betrachtete Paul Gilbert, der an der Bar am Ende des Zeltes darauf wartete, dass ihm der Barkeeper einen weiteren Drink mixte. Er war einer von Daniels Freunden und Mitglied des Clubs der ewigen Junggesellen, der nach Daniels heutigem Austritt nur noch aus sieben Männern bestand. Paul war ihr während des Abendessens am Tag zuvor vorgestellt worden, doch hatte sie bis jetzt kaum mehr als zehn Worte mit ihm gewechselt. Das würde sie jetzt ändern. Und nicht nur, weil Sabrina sie beschworen hatte, sie sollte nett zu ihm sein. Paul hatte Sabrina vor Kurzem aus einer hilflosen Lage gerettet, wofür sie ihm sehr dankbar war.

Mit einem Mann wie Paul würde sie jederzeit gerne ein Gespräch beginnen. Und nicht nur das. Sie wollte viel mehr.

Hollys Augen musterten ihn von oben bis unten. Sein Smoking passte perfekt und er hatte diesen glatten James-Bond-Look an sich, von dem sie immer gedacht hatte, dass nur Pierce Brosnan oder Sean Connery damit davonkommen konnten, ohne schmierig auszusehen. Sie wusste genau, wie ein Mann wie Paul im Bett sein würde. Sie wusste, wie er sie ausziehen würde, sie berühren und seinen Körper an ihren reiben würde. Wie sein Schwanz mit einem kräftigen Stoß in sie gleiten, ihre Gebärmutter berühren, sie ausfüllen und sie dehnen würde.

Sie wusste all das, wenn sie ihn nur ansah. Weil sie normalerweise Männer wie ihn mied.

Holly war es lieber, wenn ihre Kunden nur durchschnittlich im Bett waren. Das machte es einfacher, distanziert zu bleiben und Gefühle aus dem Spiel zu lassen. Deshalb wollte sie nicht mit Männern wie Paul zusammen sein. Denn dann würde sie vielleicht zum ersten Mal etwas empfinden. Und was wäre dann?

Während ihre Füße sie näher zu ihm trugen und ihr Gehirn im Gegenzug versuchte, sie fernzuhalten, begann sie, ihre nächste Handlung sich selbst gegenüber zu rechtfertigen. Sie war im Urlaub. Durfte nicht jeder einen Urlaubsflirt haben? Einen One-Night-Stand, der zu nichts oder zu allem führen könnte? Selbst ein Callgirl musste die Arbeit gelegentlich vergessen, sich gehen lassen und nur tun, was das Herz ihr vorschrieb.

Hatte sie sich nicht sowieso schon entschieden, den Begleitservice zu verlassen, selbst wenn sie dies ihrer Chefin Misty noch nicht mitgeteilt hatte? Hatte sie sich nicht schon entschieden, dass sie mit all dem Schluss machen wollte? Was konnte es also schaden, mit einem Mann wie Paul zu flirten? Was war so schlimm daran, ihn wissen zu lassen, dass sie heute Nacht frei wäre, wenn er sie mit in sein Bett nehmen wollte?

Bevor sie noch eine Antwort auf ihre eigene Frage gefunden hatte, zog sie ihr iPhone aus der Handtasche. Es gab keinen besseren Zeitpunkt als diesen, um ihre Entscheidung endgültig zu machen – keinen Grund, noch länger zu warten, um ihrer Chefin mitzuteilen, dass sie nicht zurückkommen würde. Warum das Unvermeidbare hinauszögern, wenn sie sich doch schon seit Tagen darüber im Klaren war?

Sie blieb neben einem Blumenarrangement stehen und verfasste eine kurze SMS an Misty, in der sie ihr ihren Entschluss, das Begleitgewerbe mit sofortiger Wirkung zu verlassen, mitteilte. Als sie auf *Senden* drückte, überkam sie eine große Erleichterung. Sie war frei. Dieses Gefühl war jedoch zugleich auch beängstigend. Sie hatte noch keine Ahnung, wie sie jetzt ihren Lebensunterhalt verdienen sollte, versuchte aber, die Bedenken wegzuschieben. Ihr würde schon etwas einfallen. Mit ihren Ersparnissen würde sie ein paar Monate über die Runden kommen, bis sie einen Plan ausarbeiten konnte. Deshalb würde sie sich heute nicht den Kopf darüber zerbrechen.

Heute Nacht wollte sie etwas erleben und ihren Gefühlen freien Lauf lassen.

Nachdem sie ihr Handy wieder in die Handtasche gesteckt hatte, ging sie auf Paul zu. Er musste sie aus dem Augenwinkel gesehen haben, denn er drehte sich plötzlich um und lächelte sie an, wobei er ihr in die Augen blickte, anstatt das zu tun, was alle anderen Männer immer taten: ihren Busen anzustarren. Diese Tatsache verstärkte ihren Entschluss noch mehr, ihm etwas anzubieten, was sie seit Langem keinem Mann angeboten hatte.

„Holly", begrüßte Paul sie. „Es ist fast vorbei." Er zeigte in Richtung der Gäste, die ihre Sachen zusammensuchten und sich zum Gehen bereitmachten.

Holly senkte ihre Augenlider halb, ohne jedoch seinem Blick auszuweichen. „Das muss es aber nicht."

Pauls Brust hob sich plötzlich, als atmete er tief ein. „Nein, das muss es nicht." Er setzte das Glas ab, das ihm der Barkeeper gereicht hatte, und griff nach ihrer Hand. „Ich glaube nicht, dass wir schon getanzt haben."

Als er sie in seine Arme zog und Richtung Tanzfläche führte, fing Hollys Herz an, aufgeregt zu schlagen. Seine Berührung war elektrisierend. Mit einer Hand umschloss er ihre, mit der anderen berührte er ihren Rücken, um sie an seinen Körper zu drücken. Sie konnte die Wärme spüren, die von ihm ausging, und fühlte, wie sich ihr Körper erhitzte.

Als er sie in die erste Drehung eines langsamen Foxtrotts führte, suchte sie nach Worten, um ihre Nervosität zu verbergen. Das passierte ihr normalerweise nie. Sie war nicht nervös und schüchtern, wenn es um Männer ging. Warum also hatte sie das Gefühl, sie müsste die Stille zwischen ihnen überbrücken? „Sabrina verriet mir, dass du sie vor der überaus gemeinen Besitzerin eines Wäschegeschäftes gerettet hast.“

„Das war nichts“, behauptete Paul und lächelte.

„Sabrina bedeutete es sehr viel. Du warst für sie da, als sie jemanden brauchte. Sie ist meine beste Freundin. Du warst nett zu ihr. Das bedeutet, dass ich nett zu dir sein werde.“ Ihr Puls raste, als sie die Worte aussprach, von denen sie wusste, dass er sie nur auf eine einzige Art und Weise interpretieren konnte.

Paul neigte seinen Kopf zu ihrem Ohr. Sein heißer Atem sandte einen Schauer durch ihren Körper bis hinab in ihr Geschlecht. „Wie nett?“

„Sehr nett – und solange du willst.“ Ihr Atem stockte bei ihren gewagten Worten. Hatte sie ihren Verstand verloren und wirklich gerade einem Mann, den sie kaum kannte, eine Nacht ohne Grenzen angeboten? „Egal, wo du willst“, hörte sie sich noch hinzufügen, als hätte ihr Gehirn keine Macht mehr über ihre Zunge. Jetzt war sie bestimmt zu weit gegangen!

„Was machen wir dann noch auf der Tanzfläche?“, fragte er schließlich, ließ seine Hand auf ihren Po gleiten und presste sie gegen seinen Unterleib. Schon jetzt konnte sie dort einen harten Muskel spüren, einen, von dem sie hoffte, dass er im Laufe der Nacht nur noch härter und größer werden würde.

Den Beweis seiner Erregung zu spüren, gab ihr neue Zuversicht. „Sollten wir nicht zumindest zu Ende tanzen, damit uns die Leute nicht anstarren, wenn wir von hier davoneilen?“

„Holly, Holly“, murmelte er, als wollte er sie züchtigen, und presste einen heißen Kuss unter ihr Ohr. Seine warmen Lippen machten Versprechen, von denen sie hoffte, dass er sie halten würde. „Wir können diesen Tanz beenden, wenn du darauf bestehst, aber ich garantiere dir, dass uns die Leute mit Sicherheit anstarren werden, wenn wir das tun. Denn ich werde nicht im Stande sein, meine Hände und meinen Mund bei mir zu behalten. Genauso wenig wie einen anderen Teil meiner Anatomie. Du hast die Wahl.“

Sie spürte, wie er sein Becken an sie rieb und wusste, dass sie in Wirklichkeit keine Wahl hatte.

Holly befeuchtete ihre Lippen. „Ich tanze sowieso nicht so gerne.“

„Gute Entscheidung“, antwortete Paul und entließ sie aus seiner Umarmung, nur um sofort ihre Hand zu nehmen und sie zum Ausgang des Zeltes zu führen.

Sein Gang war nicht hastig, jedoch bestimmt. Ein Mann, der wusste, was er wollte. Und es schien, als wollte er sie. Heute Nacht. In seinen Armen, in seinem Bett.

„Wohin gehen wir?“, flüsterte Holly, obwohl es ihr egal war, wohin er sie brachte, solange etwas Weiches ihren Rücken polsterte und etwas Hartes in sie stoßen würde, während sein heißer Mund ihre Lippen verschlang und sie sich ihm hingab.

2

Paul öffnete die Beifahrertür seines Porsches und nahm Hollys Hand, um ihr hinein zu helfen. Holly glitt in den tiefen Ledersitz und er sah ihr zu, wie sie ihre langen wohlgeformten Beine in den Wagen faltete und ihr Kleid mit ihren Händen glattstrich. Der Gedanke, dass diese Hände ihn bald berühren würden, ließ seinen Schwanz unter seiner Smokinghose anschwellen. Der Rausch von Aufregung, der plötzlich durch seinen Körper fuhr, machte Hackfleisch aus seinen Bemühungen, den charmanten Verführer zu spielen. Stattdessen fühlte er sich wie ein sexhungriger Teenager, der gerade herausgefunden hatte, dass sein Date für den Abschlussball ihren BH nicht ausgestopft hatte und ihre Brüste echt waren – rund und reif für seine Berührung.

Während er die Tür immer noch aufhielt, hatte er aus seinem Blickwinkel freien Blick auf besagte Brüste. Holly hatte das erotischste Dekolleté, das er je gesehen hatte. Ihr Busen drängte sich fest an das enge Bustier ihres Brautjungfernkleides und deutete an, dass er sich in seine Handflächen ergießen würde, sobald er ihn aus dem unzulänglichen Käfig befreite.

Er spürte, wie ein Rinnsal aus Schweiß unter dem Kragen seines Hemdes hinunterlief und unterdrückte den Drang, sich seine Fliege und gleichzeitig sein Hemd herunterzureißen, da er zumindest den Anschein von Coolness und feinen Manieren wahren wollte. Auch wenn Holly in ein paar Minuten sowieso herausfinden würde, dass er weder gefasst noch kultiviert war, sondern ein Mann, dem es schwerfiel, seine Leidenschaft in sich verschlossen zu halten. Er wusste, dass er Frauen oft mit seiner Intensität verschreckte und hatte deshalb gelernt, sein wahres Ich zu verbergen. Seitdem vollführte er seine Liebesaffären mit gelassener Effizienz.

Sicherlich würde dies hier nicht viel anders sein, zumal das Ende schon vorprogrammiert war. Holly würde in ein paar Tagen nach San Francisco heimkehren, aber solange sie noch in den Hamptons – in seinem Revier – war, würde er alles nehmen, was sie bereit war, ihm zu geben.

Er hatte sie während der ganzen Hochzeitszeremonie beobachtet. Sie war nahe bei Sabrina gestanden, als das Brautpaar sein Ehegelübde abgelegt hatte. Paul hatte nicht einmal zugehört, sondern nur Augen für Holly gehabt. Er konnte sich nicht erinnern, je eine so sinnliche Frau gesehen zu haben, eine, die wie die personifizierte Sünde aussah, und das, obwohl es Dank seines guten Aussehens, seines finanziellen Erfolges und seiner familiären Verbindungen genug schöne Frauen in seinem Leben gegeben hatte.

Viele Mütter in den Hamptons würden ihre Töchter schamlos in seinem Bett platzieren, wenn sie es könnten, in der Hoffnung, er würde sich verheiraten wollen. Das wollte er jedoch nicht. Dafür war noch nicht der richtige Zeitpunkt. Er liebte die Abwechslung, und seine Karriere als überaus talentierter Businessconsultant, der Multi-Millionen-Dollar-Fusionen aushandelte und für seine Dienste reich vergütet wurde, bedurfte seiner vollen Aufmerksamkeit. Außerdem war in zehn Jahren immer noch genug Zeit, eine Familie und Kinder zu haben. Solange er eine Frau heiratete, die jung genug war, war es egal, wann er seine eigene Familie gründete.

„Warten wir auf etwas?“, riss ihn Hollys Stimme aus seinen Gedanken.

„Ich habe nur die Aussicht bewundert“, lenkte Paul ab und blickte ihr tief in ihre blauen Augen. Sie blinzelte nicht.

Ja, sündhaft, genau so kam sie ihm vor. Eine Frau, die wusste, wie sie auf Männer wirkte und ihre beträchtlichen Vorzüge einsetzte, um sich diese Männer untertan zu machen. Für einen kurzen Moment fragte er sich, ob er es riskieren konnte, ihr ins Netz zu gehen. Der Anblick dieser sinnlichen, roten Lippen zerquetschte jedoch diesen flüchtigen Zweifel. Sie würde bald wieder weg sein und die Ablenkung, die ihm Holly verschaffen würde, war so willkommen wie sie auch kurzlebig sein würde.

Paul schloss langsam die Beifahrertür, ging um den Wagen herum und ließ sich auf dem Fahrersitz nieder. Nach einem weiteren Blick auf Holly drehte er den Schlüssel im Zündschloss und genoss das sanfte Brummen, mit dem der Motor antwortete. Er fühlte, wie die subtilen

Vibrationen durch seinen Unterleib wanderten und ihn daran erinnerten, dass er nicht noch mehr Zeit vergeuden sollte.

„Ich übernachte in meinem Elternhaus, ein paar Meilen die Küste hinunter."

Aus dem Augenwinkel bemerkte er, wie Holly ihren Mund öffnete und sich gleichzeitig ihr Brustkorb hob, als wollte sie einen Protest kundtun. Er wusste, was sie sagen wollte, bevor sie eine Chance hatte, ihre Bedenken auszudrücken und kam ihr zuvor.

„Sie sind dieses Wochenende weg. Wir haben das Haus für uns."

Das war auch ein Glücksfall, da seine Eltern in letzter Zeit nicht viel gereist waren. Aber seine Großtante Mirabelle, die über vierzig Jahre Hebamme gewesen war, wurde immer älter und seine Eltern hatten sich entschieden, sie in ihrem kleinen Haus in der Nähe von Boston zu besuchen und nach ihr zu sehen.

Er manövrierte den Sportwagen aus der Parklücke und fuhr auf die Straße. Es gab praktisch keinen Verkehr und er kannte die Strecke im Schlaf, was ihm erlaubte, seine Aufmerksamkeit wieder auf Holly zu richten. Und ihre umwerfende Figur. Ihre cremefarbene Haut. Ihre harten Brustwarzen, die sich durch den Stoff ihres Kleides drückten.

Paul atmete tief ein. Gedanken wie diese könnten leicht zu einem Autounfall führen, oder zumindest dazu, dass er sich in seiner Hose ergoss, bevor er überhaupt im Haus seiner Eltern ankam.

„Warum hast du mich angemacht?" Die Frage war heraus, bevor er sich davon abhalten konnte.

Dumm, dumm, dumm! Er wollte seinen Kopf gegen das Lenkrad schlagen.

„Du glaubst, ich habe dich angemacht?"

Er nahm die Augen von der Straße. „Hast du das nicht?" Er nahm seine Hand vom Lenkrad und ließ sie über ihre Hand gleiten, die auf ihrem Oberschenkel ruhte. Warme Haut begrüßte ihn und sandte ein prickelndes Gefühl durch seinen Arm. „Oder hat dich jemand dazu angestiftet, mir einen Streich zu spielen?"

Holly befreite ihre Hand von seiner.

Sofort durchfuhr ihn Enttäuschung. Aber bevor er etwas sagen oder tun konnte, fühlte er eine Hand auf seinen Schenkel gleiten.

„Fühlt sich das wie ein Streich an?"

Hitze schoss in seinen Unterleib und sein Herz begann zu donnern. Selbstvertrauen durchflutete ihn wieder, als hätte jemand einen Staudamm geöffnet. „Könntest du vielleicht etwas deutlicher sein und deine Hand weiter nach oben bewegen?"

Er erwartete nicht wirklich, dass Holly auf seine Herausforderung einging. Als sie es tat, sprang er fast aus seinem Sitz. Ihre heiße Handfläche umfasste plötzlich seine Erektion und drückte das harte Fleisch ohne Zögern.

„Meinst du so?" Ihre Stimme klang unschuldig, auch wenn es ihre Worte nicht waren.

Ja, sie *war* die personifizierte Sünde.

Pauls Kiefer verkrampfte sich im Kampf gegen den Ansturm von Gefühlen, den Hollys sündhafte Berührung in ihm hervorrief.

„Du bist eine sehr direkte Frau, Holly. Das gefällt mir."

Sie nahm ihre Hand von ihm und legte sie wieder in ihren Schoß. Ihre Handlung ließ eine Leere zurück, die ihn überraschte. Als hätte die kurze Berührung plötzlich ein Verlangen geweckt, das nur Holly stillen konnte.

„Lass uns nicht um den heißen Brei herumreden. Immerhin sind wir beide erwachsen. Wir können tun, was wir wollen", sagte Holly und blickte aus dem Beifahrerfenster.

„Ja, das können wir. Also sag mir, Holly, gibt es etwas Bestimmtes, das ich heute Nacht für dich tun kann?" Er ließ seine Augen über ihre Kurven wandern und wünschte, er könnte sie gleich hier nehmen.

Ihre Wimpern senkten sich, aber es war keine prüde Geste, sondern eine provokative. „Du tust es bereits."

An einer roten Ampel hielt Paul den Wagen an und ließ seinen Fuß auf der Bremse ruhen. „Ich kann noch mehr tun", versprach er und lehnte sich über den Spalt zwischen ihren Sitzen. „Und ich hätte nichts dagegen, gleich jetzt damit anzufangen."

Sein Blick fiel auf ihre Lippen, Lippen so rot und voll, dass er es nicht erwarten konnte, sie zu erforschen.

„Bist du immer so ungeduldig?"

War er das? Er konnte die Frage nicht beantworten. „Es gibt Momente im Leben eines Mannes, wo eine Sekunde zu warten zwei Sekunden zu lange ist."

„Und ich vermute, jetzt ist einer dieser Momente?“, antwortete Holly, wobei sie ihre Lippen leckte und sie so noch verführerischer aussehen ließ, als sie schon waren.

„Küss mich, Holly, bevor die Ampel auf Grün schaltet.“

Ihr Kopf bewegte sich näher heran und dann waren ihre Lippen auf seinen und berührten ihn zuerst sanft. Ihr süßer Atem rauschte aus ihrem geöffneten Mund und prallte an ihn. Er zog den Duft in seine Lunge. Seine Hand glitt über ihren Nacken und zog sie näher heran. Er neigte seine Lippen zu ihr und ergriff Besitz von ihrem Mund.

Er hatte sich nach ihrem Kuss gesehnt, seitdem er bei dem Dinner am Abend zuvor Holly vorgestellt worden war. Er hatte sich gefragt, wie es sein würde, ihren Mund zu erforschen und diese vollen Lippen zu spüren. Wie es sein würde, zu spüren, wie sie sich ihm hingab. Zu fühlen, wie sie in seinen Armen erbebte.

Der Kuss war so, wie er ihn sich vorgestellt hatte und doch viel mehr.

Der Druck ihrer warmen Lippen war bestimmt, das Gleiten ihrer Zunge über seine sanft und ohne Zögern. Als wären sie schon ein Liebespaar. Aber zur selben Zeit war der Kontakt elektrisierend, wie es mit jemand Neuem und Unbekannten immer war. Mit jedem Streicheln gegen Hollys Zunge, mit jedem Peitschen gegen ihre Lippen und Zähne, goss er mehr von dem Verlangen in sie, das sich schon viel zu lange in ihm aufgestaut hatte. Er hatte kein Ventil dafür gehabt. Vielleicht war das der Grund, warum Holly eine solche Wirkung auf ihn hatte.

Oder vielleicht war es einfach, weil sie wie eine Frau küsste, die keine Grenzen kannte. Als ob alles möglich wäre und nichts ein Tabu. Nicht einmal die sündhaften Ideen, die ihm jetzt durch den Kopf gingen; wie und wo er sie ficken könnte, wie lange er sie reiten würde, wie wild ihre Begegnung sein würde. All das kam ihm in den Sinn wegen der Art und Weise, wie sie ihren verlockenden Körper an seinen presste, während sie sich seinem Kuss hingab. Als wäre er kein Fremder, sondern ein Liebhaber, von dem sie wusste, dass er ihr Vergnügen bereiten würde, wenn sie ihn nur ließe.

Genauso, wie er wusste, dass Holly ihn befriedigen würde, einfach indem sie ihm erlaubte, in ihren Körper zu tauchen und sich so tief in ihr zu vergraben, dass alle Grenzen verschwinden und ihre Körper sich wie einer bewegen würden.

Selbst der Kuss war so: So perfekt synchron waren ihre Bewegungen, ihr Streicheln und die Liebkosungen, dass es sich anfühlte, als hätten sie dies schon tausende Male gemacht. Als wäre es vorherbestimmt, dass sie sich küssten. Er hatte noch nie zuvor an Schicksal oder Bestimmung geglaubt, aber als der Kuss sich von leidenschaftlich in brennend verwandelte und Flammen durch seinen Körper sandte, die drohten, ihn von innen heraus zu verbrennen, überdachte er seine Überzeugung. Vielleicht gab es doch so etwas wie Schicksal.

Ein Hupen riss ihn aus seinen Gedanken und ließ ihn widerwillig von Hollys Lippen ablassen. Erst jetzt bemerkte Paul, wie die Schweinwerfer eines Wagens in das Innere seines Porsches leuchteten. Verdammt, er hatte seit Jahren mit keiner Frau in seinem Auto herumgemacht und seinen Sinn für Zeit und Raum komplett verloren. Wenn ein Kuss von Holly ihn so reagieren ließ, was würde passieren, wenn sie erst in seinem Bett lag, sein Schwanz tief in ihr?

Er glitt wieder in seinen Sitz, winkte dem Fahrer hinter sich entschuldigend zu, fuhr über die Kreuzung und gab Gas, bis er die Geschwindigkeitsbegrenzung erreicht hatte.

Erst dann sprach er wieder. „Wenn du so weiter machst, bringst du mich noch um."

Er sah sie von der Seite an. War Holly von dem Kuss genauso aufgewühlt wie er?

„Ich habe nicht damit angefangen", murmelte sie.

Er schüttelte den Kopf und lachte leise. „Doch. Du hast mich angemacht." Dann nahm er ihre Hand und führte sie zu seinen Lippen, wo er einen Kuss auf ihren Handrücken presste. „Und wenn du es nicht getan hättest, hätte ich dich angemacht und dich gebeten, die Nacht mit mir zu verbringen, bevor du die Chance gehabt hättest, den Empfang zu verlassen."

Keinesfalls hätte er eine Gelegenheit wie diese an sich vorbeiziehen lassen. Denn Frauen wie Holly kreuzten seinen Weg nicht jeden Tag.

3

Bis Paul die Auffahrt zur Villa erreichte, das dem Haus der Sinclairs in Größe und Eleganz Konkurrenz machte, hatte Holly es geschafft, ihren Herzschlag wieder auf normale Frequenz abzusenken. Doch ihr ganzer Körper stand immer noch in Flammen. Die Erinnerung an Pauls harten Schwanz, der gegen ihre Handfläche gedrückt hatte, war noch frisch und so bleibend, als berührte sie ihn immer noch. Zu behaupten, dass seine Größe beeindruckend war, wäre eine Untertreibung. Er war nicht nur groß und hart, sein Schaft hatte in ihrer Hand pulsiert, als wollte er ihr in Morsecode mitteilen, was er begehrte.

Nicht, dass sie irgendwelche Hinweise benötigte. Sie wusste ganz genau, was Paul wollte. Das, was auch sie wollte: ihn in sich spüren, fühlen, wie er sie aufs Äußerste dehnte, wie er sie so hart ritt, dass sie am nächsten Morgen nicht gehen könnte. Ihr Schoß verkrampfte sich bei der bloßen Vorstellung, wie es sich anfühlen würde, von einem Mann wie ihm genommen zu werden, ihm die Zügel zu überlassen, verführt zu werden und nicht die Verführerin spielen zu müssen, wie sie es bei ihren Kunden tun musste.

Ex-Kunden, korrigierte sie sich schnell. Immerhin hatte sie heute Abend gekündigt. Sie war kein Callgirl mehr. Sie war eine freie Frau. Frei, die Aufmerksamkeit eines heißen Junggesellen zu genießen, der nicht nur zum Sterben gut aussah, sondern auch voller Leidenschaft war. Es würde kein peinliches Fummeln in der Dunkelheit geben. Kein übereiltes Liebesspiel. Paul kam ihr vor wie ein Mann, der die Frauen, mit denen er zusammen war, gerne mit Aufmerksamkeit überhäufte, einer, der es genoss, eine Frau zu befriedigen. Sie hoffte, dass sie mit dieser Einschätzung richtig lag, denn heute Nacht war ihr nach sehr viel Vergnügen. Ihre Begierde musste gestillt werden.

Immerhin hatte es erst kürzlich viele Veränderungen in ihrem Leben gegeben: Ihre beste Freundin Sabrina war jetzt verheiratet und schwanger und allein diese beiden Geschehnisse würden ihre Freundschaft verändern, da Sabrinas Prioritäten jetzt die einer Ehefrau und Mutter waren. Außerdem war Holly nun arbeitslos und der Gedanke, etwas finden zu müssen, mit dem sie ihren Lebensunterhalt bestreiten konnte, war beängstigend.

„Du bekommst doch keine kalten Füße?“, fragte Paul nahe an ihrem rechten Ohr.

Holly drehte ihren Kopf zur Seite und bemerkte erst jetzt, dass Paul aus dem Wagen gestiegen war, ihr die Beifahrertür aufhielt und mit einer Verbeugung die Hand entgegenstreckte.

Sie ließ ein verführerisches Lächeln ihren Mund umspielen. „Ich bekomme nie kalte Füße. Und selbst wenn, bin ich mir sicher, dass du etwas hättest, mit dem du mich wärmen könntest, oder etwa nicht?“ Einen kurzen Moment lang blickte sie ihm in die Augen, dann senkte sie ihren Blick zu der Stelle, wo sich eine Beule unter seiner Hose abzeichnete.

Sie griff nach seiner Hand und erlaubte ihm, ihr aus dem Sitz zu helfen. Aber in dem Moment, als ihre Füße auf der gepflasterten Einfahrt Halt fanden, hob Paul sie hoch, sodass ihre Beine in der Luft baumelten. Einen Augenblick später fand sie sich zwischen dem Auto und Pauls Körper gefangen wieder. Und sie war sich dabei nicht einmal sicher, dass der Wagen das härtere der beiden Dinge war. Besonders nicht im Vergleich zu dem Teil von Paul, der sich jetzt mit zielstrebiger Bestimmung an ihren Unterleib presste.

„Dich wärmen, wie? Ist es das, was du willst, Holly?“, murmelte er, während er seine Lippen auf ihren Hals senkte, wo sein heißer Atem sie verbrannte, bevor er die Stelle mit einem Kuss beruhigte.

„Ja.“

Holly ließ ihre Hände um ihn gleiten, legte eine auf seinen Nacken und erlaubte der anderen, über seinen Hintern zu wandern. Seinen festen und muskulösen Hintern, wie sie Sekunden später feststellen musste. Es schien, dass Paul nicht nur in einem Anzug gut aussah. Der Körper, der darunter versteckt war, war ebenfalls gut in Form. Sie schätzte Männer, die auf ihren Körper achteten.

Paul küsste ihren Hals, während sich seine Hände ihren Oberkörper hinaufarbeiteten. Als seine Finger über ihre Brust glitten, atmete sie tief ein, überrascht von der Erregung, die durch sie rauschte. Sie war es gewohnt, von fremden Männern berührt zu werden, und hatte gelernt, die unfreiwilligen Reaktionen ihres Körpers zu unterdrücken und stattdessen ihre Rolle zu spielen und den Männern nur zu zeigen, was sie sehen wollten.

Bei Paul war es anders. Als weigerte sich ihr Körper nun, dasselbe Spiel noch länger zu spielen. Mit der Kündigung fiel die Maske von ihr ab, die sie so lange getragen hatte. Darunter waren ihre Unsicherheit und ihre Verletzlichkeit versteckt. Aber jetzt, wo Paul eine Schicht ihrer äußeren Schale nach der anderen mit seiner Berührung abschälte, fühlte sie sich entblößt. Als wäre sie nackt.

Und das könnte sie genauso gut sein, denn so, wie Paul gerade ihre Brüste berührte, sie in seinen Handflächen knetete und seine Finger über ihre harten Spitzen rieb, fühlte sie es so intensiv, als liebkoste er ihre nackte Haut.

Als er seinen Kopf von ihrem Hals hob, hatten sich seine Augen verdunkelt. Sie konnte die Sturmwolken, die sich darin gebildet hatten, förmlich sehen.

„Oh, Gott", flüsterte Holly, als ihr bewusst wurde, was passieren würde. Paul würde sie spüren lassen, wie es sich anfühlte, eine richtige Frau zu sein. Und danach? Würde sie wieder in ihr Leben zurückkehren und vorgeben können, dass sie ohne solche Leidenschaft und solches Verlangen in ihrem Leben existieren konnte? Oder wäre es besser, nicht herauszufinden, welche Art von Leidenschaft möglich war?

Die Entscheidung wurde ihr abgenommen, als Paul ihre Lippen gefangen nahm und sie küsste. Sie konnte jetzt nicht aufhören. Schon jetzt spürte sie, wie ihre Erregung ihren Slip durchnässte. Sie brauchte das. Sie musste das fühlen. So lange hatte sie sich keine Emotionen erlaubt.

Mit ihrer Hand an seinem Hintern zog sie ihn näher und rieb sich an seiner wachsenden Erektion. Ein lautes Stöhnen entkam seiner Brust und er riss seinen Mund von ihrem.

„Verdammt!"

Paul blickte sie finster an, aber natürlich wusste sie, dass er nicht wütend war.

„Holly, wenn du so weitermachst, schaffen wir es nicht einmal ins Haus, geschweige denn ins Bett."

„Wer sagt, dass ich ein Bett brauche?", forderte sie ihn heraus, denn sie wusste, dass sie im Moment die Oberhand hatte.

„Ich.“ Paul senkte seinen Kopf zu ihrem Dekolleté. „Eine Frau wie du verdient eine weiche Unterlage. Eine Frau wie du verdient so viele Dinge.“ Er pflanzte kleine Küsse ihr entblößtes Fleisch entlang, während seine Hände ihre Brüste umfassten und sie leicht drückten.

Holly warf ihren Kopf zurück und lehnte ihn an das niedrige Dach des Wagens. „Und was hast du vor, mir zu geben, Paul?“

„Ich werde dir jeden Zentimeter meines Schwanzes, meiner Finger, meiner Lippen und meiner Zunge geben, und ich werde dich ficken, bis ich zu erschöpft bin, mich weiter zu bewegen. Reicht dir das für den Anfang?“ Er hob seinen Kopf und sah ihr in die Augen.

Sie schluckte, während sich ihr Inneres bei dem Wissen aufheizte, dass es heute Nacht kein Zurückhalten geben würde. „Vielleicht.“ Sie zögerte absichtlich. „Aber nur, wenn ich deinen Schwanz kosten darf, bevor du ihn in mich schiebst und mich damit reitest.“

Paul stöhnte und schloss für eine Sekunde die Augen. Als er sie wieder öffnete, loderten sie sie an. „Verdammt, Holly!“

Er ließ sie plötzlich los, schlug die Autotür zu, packte sie am Arm und zog sie mit sich zur Eingangstür. Holly hörte Schlüssel klimpern, dann steckte Paul einen in das Schloss und öffnete die Tür.

Einen Augenblick später stand sie in dem dämmrigen Foyer und die Eingangstür fiel hinter ihnen zu. Eine kleine Lampe an der Treppe spendete genug Licht, sodass sie Pauls Silhouette sehen konnte.

„Du willst mir einen blasen?“, fragte er schroff.

Ihre Lippen formten sich zu einem Lächeln. Sie liebte es, ihn so zu sehen, denn sie wusste, sie hatte es geschafft, ihm seine Beherrschung zu rauben.

„Du dachtest doch nicht, dass es mir reichen würde, deinen fabelhaften Schwanz nur kurz durch die Hose zu berühren, oder?“ Sie griff nach ihm und drückte ihn gegen die Tür hinter ihm.

Paul äußerte keinen Protest. „Dann nimm ihn heraus und knie dich hin. Zeig mir, was du mit diesem schönen Mund machen kannst.“

Holly presste ihre Hand über seine Beule und bemerkte, dass diese seit ihrer Berührung im Auto noch größer geworden war. Dann fing sie an, seine Hose zu öffnen. Langsam, jedoch ohne Zögern.

4

Er war vollkommen verrückt geworden! Er stand im Foyer seines Elternhauses und befahl Holly, seinen Schwanz aus seiner Hose zu holen und ihn zu lutschen.

Paul fuhr sich mit bebender Hand durchs Haar. Warum benahm er sich bei ihr wie ein Höhlenmensch? Er war der charmante Verführer, der Mann, der seine Dates zu einem guten Abendessen einlud, der sie mit zärtlichen Berührungen und süßen Worten verführte, mit leidenschaftlichen Küssen und gekonntem Liebesspiel. Er befahl Frauen nicht, auf die Knie zu gehen und ihm einen zu blasen – nicht, weil er keinen guten Blowjob mochte (den mochte er genauso wie jeder andere Kerl), sondern weil dieses spezielle Vergnügen nichts war, was Frauen beim ersten Date bereitwillig machten. Es zu verlangen, ließ jeden Mann wie einen egoistischen Liebhaber aussehen. Und das war er auf keinen Fall.

Aber Holly hatte etwas an sich, das ihn zu einem viel dominanteren und fordernderen Liebhaber machte, als er sich selbst sah. Holly machte ihn absolut wild.

Hollys warme Hände schoben seine Hose seine Oberschenkel hinab und zogen gleichzeitig auch seine Boxershorts mit. Als ihre Hände über die Vorderseite seiner Oberschenkel strichen, hieß er den Stromschlag willkommen, der durch seinen Körper raste, und drückte sich noch fester an die Eichentür hinter sich.

Er starrte auf sie hinab, denn er wollte keine Sekunde ihrer erotischen Begegnung verpassen. Sein Schwanz zuckte, als Holly in die Knie ging, bis ihr Kopf auf Höhe seines Unterleibs war. Ihr Mund öffnete sich und ihre rosa Zunge zeigte sich und leckte ohne Eile über seine Schwanzspitze. Der Kontakt raubte ihm fast den Atem.

„Fuck!"

Er hatte noch nie so etwas Elektrifizierendes verspürt wie das sanfte Streicheln von Hollys Zunge. Unwillkürlich presste er seine Hände flach gegen das Holz und versuchte damit, sich davon abzuhalten, ihren

Kopf zu nehmen und seinen Schwanz wie der ungeduldige Mann, der er gerade war, in ihren Mund zu stoßen.

Stattdessen atmete er zur Beruhigung ein und sah zu, wie Holly die empfindsame Unterseite seines Schwanzes bis ganz nach unten leckte, während ihre Hände seine Schenkel hinauf wanderten, bis eine über seine Hoden strich.

Paul fuhr fast aus seiner Haut. Er unterdrückte einen Fluch und verkrampfte seinen Kiefer. Wenn er sich nicht beherrschen konnte, würde die Sache eher zu Ende gehen, als er wollte.

Die erotische Frau zu seinen Füßen fuhr mit ihrer aufreizenden Folter fort, indem sie seinen Schwanz leckte, als wäre er Waffeleis, wobei ihre warme Zunge ihn befeuchtete und deren raue Oberfläche ihn vor Vergnügen fauchen ließ. Mit jedem Strich wuchs seine Erregung und mit jeder Sekunde, die verging, wuchs sein Verlangen, sich endlich in ihrer süßen Hitze zu vergraben.

Er hatte noch nie eine Frau so dringend ficken wollen, wie er jetzt seinen Schwanz in Holly vergraben wollte, und es war ihm egal, ob es ihr Mund oder ihre Muschi war, in die er zuerst eindrang. Beide schienen gleichermaßen verlockend. Obwohl er zugeben musste, dass in diesem Moment, wo sie vor ihm kniete und ihn mit ihrer Zunge befriedigte, die eine Option etwas verlockender war als die andere.

„Verdammt, Holly! Spiel nicht mit mir!“ Die Worte waren heraus, bevor er sich stoppen konnte. Es gab nun kein Zurück mehr. Wenn sie dachte, dass er zu fordernd war, konnte er nichts dagegen tun, aber er musste in ihr sein. „Nimm mich in deinen Mund oder ich reiße dir dein Kleid vom Leib und ficke dich gleich hier auf dem Boden!“

Sein Atem stockte, als sie plötzlich ihre Hand um den Ansatz seines Schafts legte und ihn fest umfasste. Dann spürte er ihre Lippen, wie sie sich um seine Schwanzspitze legten, und einen Sekundenbruchteil später fand er sich von ihrem heißen und feuchten Mund umschlungen.

Ein flatternder Atemzug entriss sich seiner Brust und sein ganzer Körper erzitterte sichtbar vor Vergnügen. Er musste sich fester gegen die Tür lehnen, aus Angst, seine Knie könnten versagen, so intensiv waren die Empfindungen, die durch ihn rasten. Sein Herz pochte in seiner Brust und drohte, durch seinen Brustkorb zu brechen, und sein Puls raste, als rannte er einen hundert Meter Sprint in unter neun

Sekunden. Schweiß bildete sich auf seinem Hals und seiner Brust und begann, sein Hemd zu durchnässen.

Er fühlte sich mehr wie ein Tier als ein Mann, als er nach Holly griff und seine Hände auf ihre Schultern legte. Seine Hüften fingen an, sich wie von selbst zu bewegen, und er pumpte in stetem Rhythmus in ihren Mund. Ihr Atem liebkoste ihn im Einklang mit ihrer Zunge und die Saugbewegung ihrer Lippen reizten seine Nervenenden und erzeugten ein kitzelndes Gefühl, das direkt in seine Hoden schoss, die Holly immer noch wiegte und jetzt fester drückte.

Sie wusste genau, was ein Mann mochte. Irgendwie hatte er das in dem Moment gewusst, als sie ihn angemacht hatte. Als er auf ihre Lippen geblickt hatte, hatte er sofort erkannt, dass diese Lippen ihn perfekt blasen und ihm die Art von Vergnügen bereiten würden, die nur eine erfahrene Frau einem Mann bereiten konnte. Warum manche Männer von Jungfrauen fasziniert waren, konnte er nicht begreifen. Er bevorzugte Frauen, die wussten, wie sie ihren Körper zum Vergnügen einsetzen konnten. Ihrem genauso wie seinem.

Und um Hollys Vergnügen würde er sich in Kürze kümmern. Sobald er seinem Schwanz befehlen konnte, sich aus dem verführerischen Gefängnis zu befreien, in dem er sich befand.

Paul sah auf sie hinab und beobachtete, wie ihr Kopf vor- und zurückschaukelte. Strähnen blonder Haare streiften bei jeder Bewegung seine nackten Oberschenkel und liebkosten ihn wie eine sanfte Meeresbrise.

Ihre Wangen höhlten sich aus, als sie fester an ihm saugte, und die Intensität veranlasste ihn, sie mit den Händen an ihren Schultern ein paar Zentimeter zurückzudrängen, sodass sein Schwanz aus ihrem Mund glitt.

„Verdammt, Holly! Willst du mich umbringen?“

Denn wenn sie so weitermachte, würden ihn die Angestellten seiner Eltern am Morgen sicherlich auf dem Boden des Foyers vorfinden, weil das intensive Vergnügen ihm einen Herzinfarkt beschert hätte.

Holly blickte zu ihm hinauf. Ihre Lippen glitzerten, ihre Augen funkelten mit einem lüsternen Schein, den nur eine Verführerin aufbringen konnte. „Hältst du es nicht mehr aus? Wie schade. Ich hatte noch ein paar Sachen für dich geplant.“

Paul zog sie hoch und riss sie an sich. „Vielleicht später. Aber jetzt ist es Zeit, dass du mit gespreizten Beinen und meinem Schwanz in dir auf dem Rücken liegst. Können wir das tun?"

„Wir können alles tun, was du willst", murmelte sie und presste ihren Unterleib an seine Erektion. „Und so wie es aussieht, kannst du mit deinem großen Schwanz alles Mögliche tun."

Dass Holly ihn für groß hielt, würdigte er stolz, jedoch ohne Worte. Stattdessen fuhr er mit seiner Hand in ihr Haar und zog ihren Kopf näher heran. „Mach dir darüber keine Sorgen. Wenn du erst in meinem Bett bist, musst du nur atmen. Um den Rest kümmere ich mich."

Ihre Wimpern flatterten. „Ich hoffe, dass das nicht nur Machosprüche sind und du es mit Taten untermauern kannst."

Paul streifte seine Lippen über ihre. „Ich gebe dir soviel du vertragen kannst."

Er gab ihr keine Gelegenheit, auf seine letzte Behauptung zu antworten, denn sein Mund verschlang sie einen Augenblick später, küsste sie leidenschaftlich und gab ihr einen Vorgeschmack darauf, was sie in seinem Bett erwarten konnte.

5

Holly hörte, wie Paul die Schlafzimmertür hinter sich schloss. Sie hatten nur ein paar Augenblicke gebraucht, um die kunstvolle Treppe hinauf und den Gang zu Pauls Schlafzimmer entlang zu eilen, wobei Paul seine Hose hochhielt.

Diese paar Sekunden hatten nichts dazu beigetragen, Hollys Verlangen nach diesem lebensstrotzenden Mann, von dem sie im Foyer ihren ersten Eindruck erhascht hatte, zu stillen. Als sie ihn geblasen hatte, hatte sie die rohe Begierde und unverfälschte Leidenschaft gespürt, die durch seine Adern floss. Sie hatte es genossen, ihn in den Mund zu nehmen und ihn zu lecken. Die Schauer, die durch ihn gelaufen waren, waren in ihrem eigenen Körper widergehallt und hatten kleine Schockwellen in ihr Lustzentrum gesandt.

Holly wusste, dass ihr Geschlecht von ihrer Erregung durchnässt war, obwohl Paul sie kaum berührt hatte. Sie war bereit, von ihm ohne Vorspiel genommen zu werden. Wenn er ihr gleich hier das Kleid vom Leib reißen und sie über die gepolsterte Bank am Fußende des Doppelbettes beugen würde, würde sie keinen Einspruch erheben. Stattdessen würde sie ihn anspornen, sie hart und schnell zu nehmen, sodass sie endlich die Erleichterung finden würde, nach der sie sich schon sehnte, seit sie in sein Auto gestiegen war.

Seine lustvolle Drohung, dass er sie auf dem kalten Steinboden des Foyers ficken würde, wenn sie ihm nicht sofort einen blies, hatte sie heißer gemacht, als sie je gewesen war. Kein Mann hatte es je gewagt, so mit ihr zu reden, nicht einmal ihre Kunden. Nein, *Ex-Kunden*, korrigierte sie sich nochmals.

Sie stellte fest, dass sie die Art und Weise mochte, wie Paul mit ihr redete. Sie mochte es, wie er ihr mitteilte, was genau er von ihr erwartete. Weil das genau das war, was sie brauchte. Heute Nacht wollte sie waghalsig sein.

Holly schritt auf das Bett zu.

Der Teppich verschlang Pauls Schritte, als er sich ihr von hinten näherte, aber sie hörte ihn trotzdem. Erst schleuderte er seine Anzugschuhe weg, dann seine Hose. Er warf sie neben das Bett, wo sie mit einem Knall landete, weil sein Handy aus seiner Hosentasche rutschte und das Bein des Nachtkästchens traf.

„Fängst du ohne mich an?“, fragte sie und drehte sich um, gerade als er sein Jackett auszog und es sorglos in dieselbe Richtung wie seine Hose warf.

„Das würde ich nie wagen“, sagte er mit einem sündhaften Grinsen. „Aber ich finde, dass mir diese Klamotten im Weg sind.“

Er stand vor ihr und trug nur noch seine Boxershorts, sein Anzughemd und seine Fliege.

Holly leckte sich die Lippen, während sich weiter unten ihr Schoß vor Verlangen verkrampfte. „Dem stimme ich zu.“ Ihr Blick wanderte ausgiebig über seine starken Schenkel und die große Beule, die den Stoff seiner Boxershorts aufstellte. „Du siehst jetzt fast wie einer der Chippendale Tänzer aus, wenn auch – ” Sie zögerte und machte einen Schritt auf ihn zu. „ – viel nobler. Und heißer.“

Sie legte ihre Hand auf seine Erektion und umfasste sie durch die dünne Stoffschicht. Sofort packte er ihr Handgelenk und schob dieses von sich, dann riss er sie an sich, sodass ihre Brüste gegen seine Brust gedrückt waren.

„Du kleine sexy Füchsin“, knurrte er. „Lass uns gleich eine Sache klarstellen: Du wirst meinen Schwanz nicht mehr anfassen, bis ich dich befriedigt habe. Verstehen wir uns?“

Seine Augen loderten sie mit unkontrolliertem Verlangen an. Sie hatte sich schon lange Zeit nicht mehr so begehrt gefühlt und konnte sich nicht erinnern, dass ein Mann sie je so angesehen hatte.

Holly bemerkte, wie sich ihre Lippen für ein Stöhnen öffneten, als ihr die Bedeutung seiner Worte bewusst wurde. Paul würde sie befriedigen, bevor er sich seiner eigenen Befriedigung annahm. Sie konnte weder nicken noch sprechen, um ihm ihre Einwilligung mitzuteilen. Alles was sie tun konnte, war, ihren Körper an seinen zu reiben und ihm somit zu zeigen, dass sie zu allem bereit war, was auch immer er geplant hatte.

Als seine Hand auf ihren Po hinabrutschte und er sie noch näher an sich presste, entkam der Atem, den sie angehalten hatte, ihrer Kehle.

„Gut. Atme einfach.“

Er ließ sie los, nur um ihre Handtasche von ihrer Schulter zu schieben und sie auf den Kleiderberg zu werfen. Sie hörte ein klirrendes Geräusch und drehte ihren Kopf in die Richtung, aus der es kam. Die kleine rote Handtasche, die aus demselben Stoff wie ihr Brautjungfernkleid war, war aufgegangen und ihr Handy war herausgerutscht und neben Pauls gelandet.

„Wir haben das gleiche Handycover“, kommentierte Paul.

Er hatte recht: Beide iPhones hatten schlichte schwarze Covers, die sie vor Beschädigung schützten.

Holly sah ihn wieder an. „Gleich und gleich gesellt sich gern.“

Paul schüttelte den Kopf. „Du und ich, wir sind uns nicht gleich.“

Ihr Herz blieb stehen. Vermutete er, was sie war, oder vielmehr, wie sie bisher ihren Lebensunterhalt verdient hatte? Hatte jemand aus Versehen ausgeplaudert, dass sie ein Callgirl war?

Paul griff um sie herum und fand den Reißverschluss ihres Kleides. Er zog daran. „Siehst du, Holly, du bist die schönste Frau, die mir je begegnet ist. Ich dagegen bin nicht anders als all die anderen Junggesellen auf der Hochzeit. Außer der Tatsache, dass ich anscheinend mehr Glück habe als meine Freunde. Weil du mich aus irgendeinem Grund, den ich noch herausfinden muss, heute Nacht den anderen vorgezogen hast.“

Erleichterung durchströmte sie in dem Moment, als kalte Luft ihren Rücken berührte. Paul zog den Reißverschluss bis nach unten, streifte dann die Träger ihres Kleides über ihre Schultern und schob langsam ihr Oberteil hinunter.

„Und dafür, dass du mich gewählt hast, würde ich dir jetzt gerne danken“, fügte er hinzu, senkte seinen Kopf zu ihrer Schulter und presste einen Kuss darauf, bevor er das Oberteil ganz nach unten schob, vorbei an ihren Brüsten, bis hinunter zu ihrer Taille.

Ein weiterer Schub, und das Kleid fiel zu Boden und blieb zu ihren Füßen liegen.

Paul senkte seinen Kopf tiefer und seine Lippen strichen über ihr entblößtes Fleisch. Er stöhnte und das Geräusch prallte an ihre Haut und peitschte sie wie eine sanfte Liebkosung. Instinktiv drückte sie ihre Brüste an sein Gesicht und bat ihn, ihr Erleichterung von dem Feuer zu verschaffen, das sie von innen heraus verbrannte.

Seine Hände ergriffen beide Brüste, dann näherte sich sein Mund einer Brustwarze und seine Zunge leckte darüber.

„Oh Gott, ja!“, rief Holly mit plötzlich heiserer Stimme aus.

Er ließ ihre Brustwarze aus seinem Mund ploppen und sah zu ihr hinauf. „Tu mir einen Gefallen, Holly. Nenn mich Paul. Ich möchte, dass du meinen Namen schreist, wenn du kommst.“

„Männliches Ego?“, murmelte sie, unfähig, sich ein verschmitztes Grinsen zu verkneifen.

„Nenn es, wie du willst. Ich will nur sicherstellen, dass du weißt, wer für deinen nächsten Orgasmus verantwortlich ist.“

Er wartete nicht auf eine Antwort und tauchte seinen Kopf wieder zu ihren Brüsten hinab, legte seine Lippen auf ihre Brustwarze und saugte daran, sodass ein Blitz sie durchfuhr und ihre Knie einknicken ließ. Paul fing sie auf und hob sie hoch.

Einen Augenblick später fühlte Holly den weichen Stoff der Bettlaken unter und Pauls Körper über sich. Er schob ihre Oberschenkel auseinander und kniete sich an die Stelle, die er sich geschaffen hatte, während sein Mund immer noch eine ihrer Brüste verschlang und seine Hand die andere knetete. Seine Bewegungen waren nicht hastig, als hätte er alle Zeit der Welt.

Jede Liebkosung war anders als die vorherige und seine Lippen und Hände hinterließen Spuren aus geschmolzener Lava, wo sie sie berührten. Sie hatte sich noch nie so lebendig und jedem einzelnen Teil ihres Körpers so bewusst gefühlt. Es war so, als erweckte Paul etwas in ihr, als hätte er den Schlüssel gefunden, der die Tür öffnete, hinter der sich ihr wahres Selbst versteckte.

Sie erzitterte bei dem Gedanken, ihm zu erlauben, ihr so nahe zu kommen, doch gleichzeitig sehnte sie sich nach dieser Intimität. Sie wollte, dass er ihr wahres Ich kannte, nicht die Maske, die sie aufsetzte, wenn sie mit einem Kunden zusammen war. Sie wollte, dass er nicht das erfahrene Callgirl sah, sondern die Frau in ihr, die sich nach wahrer Liebe und nach einer Familie sehnte.

„Paul“, murmelte Holly und fuhr mit ihrer Hand durch sein Haar, bevor sie sie auf seinen Nacken gleiten ließ.

Sie spürte den Schauer, der ihn bei dieser Berührung durchfuhr. Dann blies kühle Luft gegen ihre Brüste, weil sein Kopf tiefer gewandert war. Seine Hände drückten ihre Schenkel weiter auseinander und es gab keinen Zweifel daran, was er vorhatte.

Seine Hände befreiten sie aus ihrem Slip und entblößten sie.

Paul setzte sich für einen kurzen Moment auf, um seine Fliege zu öffnen und abzunehmen, bevor er sein Hemd auszog und es auf den Boden warf. Während der ganzen Zeit fixierten sie seine Augen, als wäre sie seine Beute und er der Jäger, der wusste, dass sie nicht mehr entkommen konnte. Nicht, dass sie das wollte.

Sie sah dorthin, wo seine Boxershorts immer noch seine Erektion versteckten, doch er schüttelte den Kopf. „Noch nicht, meine heiße kleine Füchsin. Sobald mein Schwanz herauskommt, werde ich in dich eindringen. Und im Moment habe ich andere Pläne."

Er blickte direkt auf ihr Geschlecht und strich mit seinen Fingern über die blonden Locken, die es bewachten. Sie zuckte unter seiner Berührung.

„So empfänglich", lobte er und senkte sich hinab.

Als sein Gesicht an ihrem Geschlecht war und er einatmete, unterdrückte Holly den Instinkt, ihre Schenkel zusammenzupressen und ihn wegzudrücken. Seit sehr langer Zeit hatte kein Mann dies mit ihr gemacht. Sie wusste nicht, wie sie darauf reagieren würde. Konnte sie es riskieren, sich so verwundbar zu machen?

Sie hatte keine Zeit, die Frage zu überdenken, denn im nächsten Augenblick spürte sie, wie Pauls Zunge ihre feuchte Spalte entlang streifte und die Feuchtigkeit aufleckte, die bereits aus ihrem zitternden Schlitz tropfte. Die Wärme seiner Zunge drang in sie ein, sickerte in ihre Zellen, und die Empfindung wanderte direkt in ihr Herz.

Sie stöhnte laut, denn sie konnte das überwältigende Vergnügen, das Paul ihr bereitete, nicht unterdrücken. Ein tieferes Stöhnen hallte ihrem nach. Überrascht sah sie hinab zu ihm und begegnete seinen vor Verlangen verdunkelten Augen.

„Verdammt, Baby, du schmeckst so gut!"

Pauls Blick verschmolz mit Hollys und er entdeckte das Verlangen in ihr. Er liebte es, eine Frau so zu sehen: vor ihm ausgebreitet, nackt, verletzlich, trotzdem begierig darauf, das entgegenzunehmen, was er ihr geben würde.

Er nahm seinen Blick von ihren sündigen Augen und senkte seinen Kopf wieder auf den ultimativen Preis: ihre feuchte Muschi. Er hatte sie noch nicht einmal berührt und schon war sie so feucht, dass er wusste, dass sein großer Schwanz mühelos mit einem Stoß in ihren zarten Körper gleiten würde.

Es war besser, jetzt nicht über dieses spezielle Vergnügen nachzudenken, oder es wäre vorbei, bevor es überhaupt angefangen hatte.

Mit seinen Fingern öffnete er ihre feuchten Falten und legte seine Lippen darauf. Dann leckte er mit seiner Zunge daran und sammelte den Tau auf, der ihre weiblichen Blütenblätter bedeckte. Holly hatte die schönste Muschi, die er je gesehen hatte: rosa und frisch. Und ihr Geschmack war berauschend. Der süße und würzige Geschmack reizte seine Sinne und sandte befriedigende Wellen durch seinen ganzen Körper.

Er konnte das Stöhnen nicht unterdrücken, das aus seiner Brust hochkam, seinen Lippen entwich und an ihr Fleisch prallte. Noch wollte er es. Er wollte sie wissen lassen, wie sehr er es genoss, sie so zu befriedigen. Genauso wie Holly es scheinbar genoss, wenn er ihr Stöhnen und das Winden ihres Körpers richtig interpretierte.

Er konnte von ihrem Geschmack, der weichen Struktur ihres Fleisches und ihrer samtenen geschmeidigen Haut nicht genug bekommen. Noch konnte er von den Lauten genug bekommen, die sie vor Vergnügen von sich gab und die immer ausgeprägter wurden, jetzt, wo er sie mit mehr Bestimmtheit leckte. Er konnte spüren, wie sich ihr Körper unter seiner Berührung aufheizte, ihre Atmung unregelmäßig wurde und ihr Puls zu donnern begann.

Unfähig, sich noch länger zurückzuhalten, rieb er mit einem Finger über ihren Schlitz, während seine Zunge weiter hinauf leckte und über ihre Klitoris glitt. Als sich ihre Hüften hoben, um sich näher an seinen Mund zu pressen, trieb er den Finger in sie hinein. Ihre Muskeln umgriffen ihn fest und die Feuchtigkeit, die ihn begrüßte, verschlang ihn und raubte ihm fast die Beherrschung. In ein paar Minuten würde Holly seinen Schwanz auf dieselbe Weise, wie sie jetzt seinen Finger umschloss, aufnehmen, und er konnte sich kein größeres Vergnügen vorstellen.

„Fick mich, Paul! Verdammt, worauf wartest du noch?“, rief Holly.

Einen kurzen Moment lang nahm er seinen Mund von ihr. „Ich warte darauf, dass du kommst“, entgegnete er ihr und zog seinen Finger aus ihr, nur, um ihn noch härter in sie hineinzustoßen.

Sie bäumte sich ihm entgegen. „Ja! Ja! Fick mich!“

Paul unterdrückte ein Grinsen und senkte seinen Mund wieder auf sie. Die wunderschöne Frau in seinem Bett verlor die Kontrolle und das war genau das, was ihm gefiel. Er leckte wieder über ihre Klitoris, genoss ihren Geschmack und fickte sie jetzt unaufhörlich mit seinem Finger.

Im gleichen Rhythmus wie er ihn in ihr bewegte, drängte sich auch Hollys Körper an ihn, und ihre inneren Muskeln umklammerten ihn bei jedem Zurückziehen, als wollte sie ihn nie wieder loslassen. Das war ihm nur recht. Er wollte nicht loslassen, wollte nicht daran denken, dass sie weg sein würde. Noch nicht. Nicht, wo er doch so viel mit ihr vorhatte.

Mit wilden Strichen leckte er über ihr Liebeszentrum, das kleine Nervenbündel, das immer mehr anschwoll und nun fast aufrecht stand. Er schloss seine Lippen darum, drückte sie zusammen und zog daran.

Holly stieß ein unkontrolliertes Stöhnen aus. „Oh, ja!“

Für den Bruchteil einer Sekunde ließ er los. „Mein Name! Sag meinen Namen!“, verlangte er barsch, bevor er ihre Klitoris noch einmal zwischen seine Lippen nahm und fest zusammendrückte.

Er fühlte den Schauer durch ihren Körper rasen und stieß ein weiteres Mal hart mit seinem Finger in sie, bevor er spürte, wie sich ihre Scheide um seinen Zeigefinger verkrampfte.

„Oh, Paul! Paul! Ja!“, rief sie mit atemloser Stimme und ihr Rücken hob sich von der Matratze.

Der Klang ihrer Stimme, als sie seinen Namen beinahe sang, sickerte wie mildes Bergquellwasser in ihn und breitete sich in jeder Zelle seines Körpers aus. Oh Gott, er wollte diese Frau, wie er noch nie eine andere gewollt hatte. Warum, wusste er nicht. Er kannte sie doch kaum, aber sie in seinen Armen zu halten, bewirkte etwas in ihm. Er fühlte sich mehr wie ein Mann, als er es je getan hatte.

Paul erhob sich, streifte seine Boxershorts ab und warf sie zu Boden. Dann streckte er sich zum Nachtkästchen und öffnete die Schublade. Glücklicherweise hatte er dort immer Kondome, obwohl es selten passierte, dass er eine Frau mit in sein Elternhaus nahm. Die meisten seiner Affären spielten sich in seiner Wohnung in Manhattan ab.

Paul schnappte sich eins und riss die Verpackung mit den Zähnen auf.

„Darf ich das für dich tun?“, fragte Holly plötzlich.

Er drehte den Kopf und sah sie an. Ihr Gesicht war gerötet und kleine Rinnsale aus Schweiß hatten sich zwischen ihren Brüsten gebildet. Er verspürte den Drang, diese aufzulecken.

„Ein anderes Mal vielleicht.“ Denn wenn sie seinen Schwanz jetzt berührte, würde er vermutlich explodieren, bevor er überhaupt in ihr war.

Mit fast zitternden Händen streifte er sich das Kondom über.

„Jetzt sei ein gutes Mädchen und geh auf deine Hände und Knie.“

Er war gierig darauf, sie von hinten zu nehmen, wo er die völlige Kontrolle über sie haben würde. Einen Moment lang hielt er inne. Normalerweise liefen seine One-Night-Stands nicht auf diese Weise ab. Für gewöhnlich verlangte er nicht, dass eine Frau sich ihm unterwarf, so wie er es jetzt von Holly erwartete. Er war mit der Missionarsstellung zufrieden, oder wenn die Frau oben sein wollte, hatte er dagegen auch keine Einwände. Aber heute Nacht musste er die Kontrolle übernehmen. Holly von hinten zu nehmen würde ihm diese Kontrolle gewährleisten.

Paul bemerkte Hollys überraschten Blick und fragte sich, ob er zu weit gegangen war, bevor sie ihm schließlich den Rücken zuwandte und sich ohne Protest fügte. Seine Augen fielen sofort auf ihren wohlgeformten Hintern. Dann wanderten sie dorthin, wo ihr langes Haar auf ihren Rücken fiel und ihre Wirbelsäule liebkoste.

Hungrig nach ihr packte er ihre Hüften und richtete sich hinter ihren gespreizten Beinen aus.

„Willst du mich so nehmen?“, murmelte sie und das sanfte Kitzeln ihrer verführerischen Stimme sandte Schockwellen durch seinen Körper.

„Ja!“ Die Stimme, die er hörte, klang mehr wie die eines Tieres als eines zivilisierten Mannes. Und das war genau, wie er sich in diesem Moment fühlte; überhaupt nicht zivilisiert, sondern wild und ungezähmt.

Paul nahm eine Hand von Hollys Hüfte, packte seinen Schwanz am Ansatz und führte ihn an ihre feuchte Muschi. Er stieß einen Zentimeter nach vorne und teilte ihre warmen Lippen mit seiner Schwanzspitze. Holly bewegte sich nicht, doch er bemerkte, wie sie tief einatmete.

„Ja, so nimmst du mich in deine Muschi. Einen harten Zentimeter nach dem anderen."

Langsam bewegte er sich nach vorne und tauchte den runden Kopf seines Schwanzes in ihren engen Kanal ein. Er wusste, dass er langsam vorgehen musste. Dies würde das einzige Mal sein, wo er jeden Quadratzentimeter der Muskeln spüren würde, die ihn erfassten, denn sobald er ganz in ihr war, würde sein Schwanz die Führung übernehmen und hart und schnell in sie pflügen und sie reiten, als wäre der Teufel hinter ihm her. Doch bevor das passierte, wollte er, Paul, der Mann, sie spüren.

„Verdammt, du fühlst dich so gut an."

Sie seufzte. „Du auch."

„Du hast noch nicht einmal die Hälfte gespürt", sagte er und fuhr tiefer hinein. „Jetzt hast du die Hälfte. Willst du mehr?"

„Neck mich nicht." Holly schob plötzlich ihre Hüften zurück und nahm ihn fast ganz in sich auf.

Ein ruckartiger Atemzug entkam ihr, bevor er ihre Hüften fester packen und sie von ihrer nächsten Bewegung abhalten konnte. Seine Brust hob sich. Verdammt, er würde schneller die Beherrschung verlieren, als er gedacht hatte. Die Zeit der Spielerei war vorbei.

„Wenn du dich so benimmst, dann lass mich dich so ficken, wie du es verdienst."

Paul wuchtete seinen Schwanz in sie, wobei er ihn so tief und hart in ihre feuchte Muschi rammte, dass seine Hoden gegen ihre Schenkel schlugen und das Geräusch an den Wänden seines Schlafzimmers widerhallte.

„Ahhh!", rief Holly aus, als der Stoß ihre Hände versagen ließ und ihr Oberkörper auf dem Kissen zusammensackte.

Nun zeigte ihr Po noch einladender als zuvor nach oben. Paul hielt sie an ihren Hüften fest und zog sich zurück, dann stieß er wieder in sie.

Holly stöhnte in das Kissen.

„Lass mich dich hören!", verlangte er.

Sie hob ihren Kopf und der nächste Klang von Vergnügen erreichte seine Ohren laut und deutlich. Ihm gefiel es, Holly so zu hören.

„Gutes Mädchen!"

„Härter!“, befahl sie.

Unter normalen Umständen mochte er es nicht, wenn ihm eine Frau im Bett Befehle erteilte, aber Hollys Befehl sagte ihm zu.

„Ich gebe es dir so hart, wie du es aushältst.“

Das war der letzte Gedanke, den sein Gehirn in Worte fassen konnte. Dann übernahm sein Schwanz und alles, was er tun konnte, war, sie mit einer Wildheit zu ficken, die jede Frau erschreckt hätte – jede, nur nicht die Füchsin in seinem Bett. Je härter er in sie fuhr, umso härter drängte sich Holly an ihn, umso tiefer wollte sie, dass er in sie eindrang.

Noch nie in seinem Leben hatte er eine Frau so hart, so schnell und mit solcher Wildheit genommen. Aber mit Holly fühlte es sich richtig an, denn sie verlangte es von ihm. Sie wollte ihn wild. Und zum ersten Mal musste er die Leidenschaft, die in ihm verborgen war, nicht mehr unterdrücken. Zum ersten Mal konnte er das Verlangen entfesseln, das in ihm brannte. Denn eine Frau wie Holly wusste, wie sie mit ihm umgehen musste, wusste, was er brauchte: eine leidenschaftliche Frau, die dieselbe Begierde wie er in sich trug.

Mit jedem Stoß wusste er, dass er dem Unausweichlichen näherkam. Seine Eier brannten in dem Wissen, dass er nur noch wenige Sekunden hatte. Dass er jeden Moment die Kontrolle verlieren würde.

„Verdammt, Baby, ich komme!“

Verzweifelt, ihr noch einen Orgasmus zu verschaffen, griff er um ihre Taille und brachte seine Hand zu ihrem Geschlecht, wo er sofort ihre Klitoris fand.

„Komm mit mir.“

Paul rollte das kleine Bündel aus Fleisch zwischen Daumen und Zeigefinger und rieb es schnell. Als Hollys Atmung sich änderte, wusste er, dass seine Liebkosung sie näher zum Höhepunkt brachte. Aber würde er es schnell genug schaffen? Oder würde er sie unbefriedigt lassen, wenn er kam?

Seine Hüften arbeiteten fieberhaft und seine Finger taten dasselbe.

„Ich werde dich ficken, bis du kommst“, versprach er und biss die Zähen zusammen, um seinen bevorstehenden Orgasmus abzuwehren.

„Sprich mit mir“, sagte Holly während eines atemlosen Stöhnens.

Wollte sie, dass er anzüglich mit ihr redete? Würde ihr das helfen, zu kommen?

„Du hast die heißeste Muschi, die ich je gesehen habe!“

Holly stöhnte. „Sag mir, was du mit deinem Schwanz machst.“

Paul stieß erneut in sie ein. „Ich treibe meinen großen, harten Schwanz in deine heiße Muschi. Bis du es nicht mehr aushältst. Bin ich groß genug für dich?“ Er nahm einen dringend notwendigen Atemzug. „Ja? Du magst meinen Schwanz in dir, nicht wahr? Genauso wie du es magst, mir einen zu blasen.“ Und er vermutete, dass es noch viele andere Dinge gab, die sie auch mochte.

Holly versteifte sich plötzlich. Er kniff ihre Klitoris. Dann raste ein sichtbarer Schauer durch Hollys Körper.

Erleichtert ließ Paul sich gehen und übergab sich dem, was sein Körper wollte. Noch ein Stoß und er spürte, wie sein Samen durch seinen Schwanz schoss und von der Spitze explodierte. Mit jedem Zucken, das durch Hollys Körper ging und seinen Schwanz drückte, kam er erneut.

Schwer atmend hielt er inne, bevor er auf ihr zusammenbrach. Im letzten Moment rollte er zur Seite und nahm sie mit sich, damit er sie nicht mit seinem Gewicht erdrückte.

Er presste Hollys Rücken an seine Brust, weil er noch nicht bereit war, ihren Körper zu verlassen. In ihr zu sein, fühlte sich zu gut an.

„Wow“, murmelte sie.

Paul strich ihr Haar zur Seite und drückte ihr einen Kuss auf den Hals. „Ja, das war etwas anderes.“ Einen Moment lang lag er einfach da, sagte kein Wort und bewegte sich nicht.

Dann versuchte Holly, sich aus seinen Armen zu winden.

„Was machst du?“, fragte er und hob den Kopf.

„Aufstehen natürlich, um zu gehen.“

Seine Stirn legte sich in Falten. „Gehen?“

Holly drehte den Kopf, um ihn anzusehen, doch Paul schüttelte den Kopf.

„Du gehst nicht, Holly.“ Er legte seinen Arm um sie, ließ seine Hand auf ihr Geschlecht gleiten und drückte es. „Ich bin noch lange nicht fertig mit dir. Bleib heute Nacht hier.“

„Willst du das wirklich?“

Wollte er das? Bei anderen Frauen wäre er jetzt glücklich gewesen, wenn sie sein Bett verlassen hätten, ohne dass er sich Ausreden einfallen lassen müsste, aber aus einem unerklärlichen Grund wollte er, dass Holly blieb. Neben ihr wollte er aufwachen.

Und das war sehr ungewöhnlich für ihn.

„Ja, das will ich."

Paul fing ihre Lippen ein und küsste sie. Und sobald sein Schwanz wieder dafür bereit war, würde er erneut mit ihr schlafen. Nur würde er ihr dieses Mal in die Augen sehen, wenn sie zusammen den Höhepunkt erreichten.

6

Paul spürte einen Sonnenstrahl auf seinem Gesicht und öffnete blinzelnd die Augen. Die Vorhänge waren nur halb zugezogen und ließen die Morgensonne herein. Er versuchte, sich davon abzuwenden, was sich aber als schwierig erwies, da ein warmer Frauenkörper teilweise auf ihm lag.

Mit einem Lächeln ließ er seinen Blick über Holly wandern. Eines ihrer Beine lag über seinen Schenkeln und ihr Arm ruhte auf seinem Bauch. Sie hatte ein Kissen über seinen Oberarm platziert, auf dem ihr Kopf jetzt lag. Sein Arm fühlte sich schon etwas taub an von dem darauf liegenden Gewicht, aber er brachte es nicht übers Herz, ihn unter ihr hervorzuziehen und sie dabei vielleicht zu wecken.

Sie sah zu friedlich aus, um sie zu stören. Und noch etwas: Sie sah geliebt aus. Die halbe Nacht hatte er genau das getan: sie geliebt, bis sein Körper vollkommen erschöpft war.

Paul schloss die Augen und atmete tief ein. Er hatte sich noch nie nach einer Nacht mit einer Frau so befriedigt gefühlt. Sicherlich hatte er mehr als nur seinen gerechten Anteil an sexuellen Begegnungen und erotischen Abenteuern gehabt, aber nie eine Nacht wie die vorherige. Nie hatte eine Frau sich ihm so freigiebig angeboten und auf all seine verrückten Einfälle mit solcher Hingabe reagiert wie Holly. Sie war wild, aber er war genauso ungezähmt gewesen. Vielleicht waren ihre Worte doch wahr: Gleich und gleich gesellte sich gern.

Auf jeden Fall war er froh, dass sie die Nacht mit ihm verbracht hatte, denn er wollte sie noch nicht gehen lassen. Er hatte noch nicht genug von ihr.

Paul fuhr über ihren Schenkel, liebkoste ihre warme Haut und ließ seine Hand auf ihren Po gleiten. Holly bewegte sich, wachte jedoch nicht auf. Anscheinend hatte er sie letzte Nacht erschöpft. Vielleicht sollte er das wiedergutmachen.

Seine Hand tauchte zwischen ihre Schenkel. Als seine Finger über ihre Scheide strichen, bemerkte er, dass sie immer noch feucht war. Der

Gedanke, dass sie vielleicht von ihrem Liebesakt träumte, erregte ihn und er rieb fester an ihren weiblichen Falten. Etwas Feuchtigkeit tropfte auf seine Finger und er verteilte sie.

Hollys Atmung veränderte sich und ihr Bein verlagerte sich, um ihm besseren Zugang zu gewähren. Er würde es sich nicht zweimal sagen lassen und ließ einen Finger zu ihrer Klitoris gleiten, wo er das empfängliche Nervenbündel streichelte.

„Hmm“, summte sie.

„Guten Morgen, Baby“, begrüßte er sie und schob seinen Mittelfinger in ihren feuchten Kanal.

„Paul.“ Sie ließ das Wort auf einem langen Seufzer heraus.

„Du magst das, hmm?“ Er pumpte sanft in sie hinein, dann zog er seinen Finger aus ihr heraus und konzentrierte seine Aufmerksamkeit auf ihren Lustknopf.

Ihre Hand auf seinem Bauch krallte sich fester an ihn und ihre Fingernägel gruben sich in seine Bauchmuskeln. Doch sie schien es nicht zu bemerken und er wollte es ihr auch nicht sagen und sie ablenken. Denn mittlerweile konnte er ihre Körpersprache schon gut genug interpretieren, um zu wissen, dass sie kurz vor einem weiteren Orgasmus stand. Je öfter er sie zum Kommen gebracht hatte, umso schneller und heftiger war sie jedes Mal zum Höhepunkt gekommen.

„Baby, du bist so feucht. Ich liebe es, dich zu berühren.“

Und seltsamerweise wollte er nichts im Gegenzug. Holly in Ekstase zu sehen, war Belohnung genug.

„Hör nicht auf!“, bettelte sie, während sie ihre Muschi um mehr Reibung bittend seiner Hand entgegendrängte.

„Das würde ich nicht wagen.“

Er verdoppelte seine Anstrengungen, kniff ihre Klitoris und rollte sie zwischen Daumen und Zeigefinger. Als Holly ein lautes Stöhnen ausstieß, tat er es erneut. Einen Augenblick später erbebte Holly in seinen Armen.

Ein breites Lächeln breitete sich auf seinem Gesicht aus. Er zog sie auf seinen Körper und drückte sie fest an sich.

„Weckst du all deine Frauen so auf?“, fragte sie schläfrig.

„Nur dich.“

„Lügner“, antwortete sie.

„Das ist die Wahrheit.“ Nicht, dass er nicht gerne Morgensex hatte, aber in den meisten Fällen waren die Frauen schon verschwunden, bis er aufwachte. Er wollte das so; nur wenigen gewährte er, über Nacht zu bleiben. „Hast du gut geschlafen?“

Sie hob ihren Kopf und lächelte ihn an. „Die kurze Zeit, die ich schlief, ja.“

Paul lachte leise. „Hättest du es vorgezogen, dass ich dich hätte schlafen lassen, anstatt mit . . . anderen Aktivitäten anzufangen?“

Holly schüttelte ihre blonden Locken und kitzelte seine Brust damit. „Die Antwort darauf kennst du doch. Du willst doch nicht etwa nach Komplimenten angeln, oder?“

„Das muss ich nicht. Zu sehen, wie du kommst, ist Kompliment genug.“

Einen Moment lang sah sie ihn an, ohne etwas zu sagen. Dann öffneten sich ihre Lippen. „Danke. Es war eine wundervolle Nacht.“ Sie setzte sich auf.

Widerwillig ließ er sie los. Aber er hatte nicht vor, sie gehen zu lassen. „Es gibt in der Nähe ein Lokal, in dem man direkt am Strand großartig brunchen kann. Was meinst du? Darf ich dich dorthin ausführen?“

Sie drehte ihm den Kopf zu. „Du willst brunchen gehen?“

„Ja. Hast du keinen Hunger?“

„Doch schon. Hast du was dagegen, wenn ich schnell dusche?“

Paul zeigte auf die Tür des angrenzenden Badezimmers. „Nur zu.“

Sie stieg aus dem Bett und bot ihm somit einen vorzüglichen Blick auf ihren nackten Po dar.

„Und nach dem Brunch kommen wir wieder hierher zurück“, fügte er hinzu.

Holly blieb stehen und sah über ihre Schulter. „Hast du noch nicht genug gehabt?“

Demonstrativ ließ er seine Augen über ihren nackten Körper wandern, damit ihr klar wurde, wie sehr er sie begehrte. „Ich bezweifle, dass ich je genug von dir bekommen werde, Holly. Jetzt geh dich duschen, bevor ich es mir mit dem Brunchen anders überlege und dich sofort wieder ins Bett ziehe.“

Mit einem leisen Lachen verschwand Holly im Badezimmer und schloss die Tür hinter sich. Einen Augenblick später hörte er das Wasser rauschen.

Paul legte seinen Kopf wieder auf das Kissen und starrte zur Decke hoch. Hatte er das wirklich gerade zu ihr gesagt? Dass er dachte, dass er nicht genug von ihr bekommen konnte? Er war noch nie so offen mit seinen Gefühlen gewesen und zog es normalerweise vor, diese für sich zu behalten.

Gefühle? Verdammt, er konnte doch nichts für sie empfinden. Es musste nur das Verlangen sein, das ihn antrieb. Pures Verlangen. Es konnte nichts anderes sein.

Und nur, um zu beweisen, dass sexuelles Verlangen alles war, um das es hier ging, würde er ihr unter die Dusche folgen und sie dort ficken, anstatt den süßen liebeskranken Trottel zu spielen, der sie befriedigte, aber im Gegenzug auf sein eigenes Vergnügen verzichtete.

Paul setzte seine Füße auf den Boden, als er das nervende Ping-Geräusch eines Handys vom Boden hörte. Er hatte sich nie die Mühe gemacht, den Standardklingelton für SMS-Nachrichten zu ändern. Er beugte sich hinab, griff nach dem Handy und schaute auf das Display.

Denk nicht, dass du die Agentur einfach verlassen kannst! Einer deiner Stammkunden hat für das Wochenende eine Buchung für dich angefragt. Wenn du hier nicht auftauchst und Samstagnacht mit ihm verbringst, bekommst du Ärger.

Die Worte machten keinen Sinn. Welche Buchung? Welcher Kunde? Er konnte sich nicht erinnern, am Wochenende einen Termin zu haben. Sich den Kopf kratzend, schaute Paul auf den Absendernamen. *Misty*, hieß es, bevor das Display wieder schwarz wurde.

Er kannte niemanden, der Misty hieß.

Ungeduldig wischte er über den Bildschirm und gab sein vierstelliges Passwort ein, aber das Telefon entsperrte sich nicht. Stattdessen surrte und vibrierte es und gab den Hinweis, das Passwort erneut einzugeben.

Dann wurde es ihm schlagartig klar: Das war Hollys Telefon, nicht seines!

Paul legte das Handy auf das Nachtkästchen, aber so sehr er es auch versuchte, er konnte die Nachricht nicht vergessen. Welcher Kunde? Welche Buchung? Welche Agentur?

Wenn es keinen Skandal um Sabrina, Daniels Frau, gegeben hätte, als sie zu Unrecht beschuldigt worden war, ein Callgirl zu sein, würden seine Gedanken vielleicht nicht in diese Richtung gehen. Aber nach Lage der Dinge konnte er nicht anders, als die Worte in der SMS-Nachricht damit in Verbindung zu bringen und seiner Fantasie freien Lauf zu lassen.

Er hatte Holly nie gefragt, was sie beruflich tat. Noch hatten Daniel oder Sabrina es je beiläufig erwähnt. Für was für eine Agentur arbeitete Holly? Eine Agentur, die Klienten am Wochenende buchten. Am Abend. Nein, nicht nur das, *über Nacht*. Die Nachricht hatte klar gesagt, dass Holly mit einem Kunden *die Nacht verbringen* sollte. Einem *männlichen* Kunden.

Verdammt! Bedeutete es das, was er dachte? War es möglich oder ging nur seine Fantasie mit ihm durch?

Er fuhr sich mit der Hand durchs Haar und bemerkte, dass er zitterte. Scheiße! Wie sonst konnte er diese Nachricht interpretieren als so: Holly war ein Callgirl. Eine Prostituierte. Eine Nutte.

„Nein“, murmelte er in sich hinein. Das durfte nicht wahr sein. Das konnte ihm doch nicht passieren.

Hatte er die erstaunlichste Nacht seines Lebens mit einer Prostituierten verbracht?

Hatte er eine Nutte mit seinem Mund befriedigt und sie wie ein Weltmeister geleckt? Ihr gehuldigt, als wäre sie eine Göttin?

Die Tür zum Badezimmer öffnete sich und riss ihn aus seinen Gedanken. Sein Kopf drehte sich in ihre Richtung und er sah, wie Holly heraustrat, ein Badetuch um ihren Oberkörper gewickelt, das ihren Körper vom Ansatz ihrer Brüste bis knapp über ihren Hintern bedeckte. Wenn sie sich umdrehte und bückte, würde er ihren Po sehen können.

„Fertig“, sagte sie mit einem Lächeln. „Du hattest recht. Ich bin jetzt ganz ausgehungert.“

Plötzlich pingte das Handy noch einmal. Er wusste, dass es die zweite Erinnerung für eine wartende SMS war. Sein Telefon hatte dieselbe Funktion.

Er deutete darauf und wich ihrem Blick aus. „Es ist deins.“

Holly ging auf den Nachttisch zu und griff nach ihrem Telefon.

Paul sah weg. „Ich habe die Nachricht gelesen. Ich dachte, es wäre mein Telefon.“ Er zeigte auf sein Handy, das immer noch in dem Kleiderberg auf dem Boden lag.

Er konnte hören, wie ihr der Atem stockte. Das war die einzige Bestätigung, die er brauchte. Aber er wollte es immer noch nicht akzeptieren. Vielleicht gab es eine vernünftige Erklärung.

„Was bist du, Holly?“ Er sah auf und blickte ihr ins Gesicht.

Sie schluckte schwer und suchte sichtbar nach einer Antwort, um seine Neugier zu befriedigen.

Er zeigte auf ihr Handy. „Die Agentur. Ist sie, was ich vermute?“

Holly antwortete nicht, aber die Hand, die ihr Telefon hielt, fing an zu zittern.

„Oh Gott, wann wolltest du mir das beichten?“ Er schoss vom Bett hoch, unbekümmert über seine Nacktheit. „Verdammt noch mal, Holly! Wolltest du mir für all die Dienste, die du letzte Nacht geleistet hast, eine Rechnung vorlegen? Hattest du das vor?“ Er warf ihr einen wütenden Blick zu. Wie konnte sie ihm das nur antun?

Schock pulsierte durch sie. Aber die Wut war nur knapp dahinter. Wie konnte er es wagen, sie anzuklagen und so ihre gemeinsame Nacht in etwas Billiges verwandeln?

„Ich habe *Urlaub*!“, schrie Holly lauter, als sie wollte.

„Und das gibt dir das Recht, mich anzulügen?“, knurrte er.

„Ich habe dich nie darüber belogen, was ich tue.“

Er machte einen Schritt auf sie zu, während sich seine Augen verengten. Sie konnte die Wut sehen, die aus ihnen loderte. „Das ist Haarspalterei! Du hast mir nicht die Wahrheit darüber gesagt, was du bist!“ Er rieb sich die Hand über das Gesicht. „Verdammt, ich habe mit einer Prostituierten geschlafen.“

Holly packte das Handtuch, das ihren Körper bedeckte, fester, in der Hoffnung, dass er nicht sehen konnte, wie sie aus Scham und Wut zu zittern begann. Scham darüber, was sie gewesen war und Wut, weil Paul sie beschuldigte, für ihre Liebesnacht Geld verlangen zu wollen. Mit einem Satz hatte er ihre erotische Begegnung in etwas Dreckiges und Widerwärtiges verwandelt.

Das tat am meisten weh. So sehr sogar, dass sie nur eines tun konnte: sich beschützen, indem sie ihn so weit wie möglich von sich stieß. Er dachte, dass sie eine Prostituierte wäre und in seinen Augen war sie das. Die Tatsache, dass sie gekündigt hatte, würde nichts daran ändern, nicht in Pauls Augen. Also gab sie sich nicht die Mühe, es ihm zu sagen. Stattdessen ging sie in die Offensive.

„Ja, und es hat dir gefallen! Also komm von deinem hohen Ross herunter! Letzte Nacht ging es nicht darum, womit ich mein Geld verdiene. Letzte Nacht war ich im Urlaub. Selbst ein Callgirl darf Urlaub nehmen und in der Zeit tun, was es will. Und wenn das bedeutet, dass ich einen One-Night-Stand mit irgendeinem Kerl habe, wer soll mich davon abhalten?“

„Du hast mich benutzt!“

Holly stieß ein bitteres Lachen aus. „Dich benutzt? Wenn ich mich richtig erinnere, hast du mich wie ein geiler Hengst geritten. Du hast genommen, was ich dir angeboten habe. Wenn ich es nicht gewesen wäre, wäre es eine Andere gewesen. Also tu nicht so, als hätte ich dich reingelegt. Ich habe keine Versprechen gemacht, genauso wenig wie du.“

Paul biss die Zähne zusammen und seine Augen versprühten Gift. „Ich . . . ich habe dich geleckt! Ich habe dich befriedigt, ohne zu wissen – ”

„ – dass ich eine Hure bin?“ Sie peitschte ihm das Wort entgegen, weil sie diejenige sein wollte, die es sagte, anstatt es aus seinem Mund zu hören. „Bedeutet das, dass ich kein Vergnügen verdiene? Willst du das damit sagen? Dass ich so minderwertig bin, dass ich nichts wert bin? Dass ich keine Liebe verdiene?“

Ihr Herz schmerzte bei der Erkenntnis, dass sich nie etwas ändern würde. Obwohl sie ihre Anstellung gekündigt hatte, würde sie jeder Mann sofort dafür verurteilen, was sie in ihrer Vergangenheit gemacht hatte, sobald er davon erfuhr. Genauso wie Paul sie jetzt verurteilte.

Paul starrte sie mit zusammengepressten Lippen und an den Seiten geballten Händen an.

„Denkst du wirklich, dass das das erste Mal war, dass du mit einer Prostituierten geschlafen hast? Wach doch auf!“

Er schnaubte wütend. „Ich habe noch nie – ”

„Du glaubst wirklich, dass die Frauen, mit denen du geschlafen hast, weniger Huren sind als ich? Sie sind auch nicht anders: Sie nehmen nur keine Kreditkarten, aber glaub mir, du zahlst trotzdem dafür, oder denkst du wirklich, dass sie nur wegen deines guten Aussehens mit dir geschlafen haben?“

Sein Gesicht lief rot an.

„Sie sind wegen deines Geldes mit dir ins Bett gestiegen.“

Aber das war nicht Hollys Motivation gewesen – sie hatte mit ihm geschlafen, weil sie sich zu ihm hingezogen fühlte. Sie hatte etwas in Paul gesehen. Sie hatte etwas gefühlt. Doch vielleicht war es am Ende nur Verlangen gewesen und hatte nichts bedeutet.

Holly drehte sich um und zog ihr Kleid und ihre Schuhe aus dem Kleiderhaufen. „Und mach dir keine Sorgen, letzte Nacht war umsonst.“

„Verschwinde aus meinem Haus!“, befahl er lautstark.

„Mit Vergnügen!“, schrie sie zurück, fischte nach ihrer Handtasche und marschierte Richtung Schlafzimmertür.

Der Klang, als diese hinter ihr zuschlug, war das Beste, was sie in den letzten fünf Minuten gehört hatte.

Im Korridor ließ Holly das Badetuch fallen, zwängte sich in ihr Kleid und zog den Reißverschluss so gut sie konnte hoch. Zu spät erkannte sie, dass sie ihr Höschen vergessen hatte. Aber sie würde jetzt nicht zurückgehen. Barfuß eilte sie die Treppe hinunter und rannte aus dem Haus.

Erst als sie den Strand erreicht hatte und außer Sichtweite des Hauses war, erlaubte sie den Tränen, über ihre Wangen zu kullern. Sie brach im Sand zusammen und vergrub ihr Gesicht in ihren Händen. Die Morgenbrise blies durch ihr immer noch nasses Haar und ließ sie zittern.

„Warum?“, flüsterte sie zu sich selbst.

Sie hatte sich in ihrem ganzen Leben noch nie so minderwertig gefühlt. Die Abscheu in Pauls Augen, als ihm klar geworden war, dass er eine Prostituierte befriedigt hatte, tat am meisten weh. Glaubte er wirklich, dass eine Frau wie sie nicht ein wenig Glückseligkeit verdiente?

Sah so ihre Zukunft aus?

Sie war eine Ausgestoßene, eine Frau, die kein anständiger Mann wollte, obwohl sie versuchte, ihr Leben zu ändern und auf dem Pfad der Tugend zu wandern. Ihr Traum von einem Ehemann und Kindern war unerreichbar. Das erkannte sie jetzt. Sie hatte mit ihrer Zukunft gespielt und verloren.

Holly warf einen Blick in Richtung des Hauses, in dem sie die wundervollste Nacht ihres Lebens verbracht hatte.

„Oh, Paul“, flüsterte sie.

Dann erhob sie sich und wandte sich in die entgegengesetzte Richtung. Sie würde alles vergessen, was in den letzten zwölf Stunden passiert war und ihr Leben weiterführen. Die Erinnerung an Paul würde in ein paar Monaten verblasst sein. Sobald sie die Hamptons verlassen hatte, würde sie nichts mehr an ihn erinnern. Überhaupt nichts mehr.

7

New York City, zwei Monate später

Paul legte die Speisekarte beiseite, als er seine Eltern das Restaurant betreten sah. Er brauchte ihnen nicht zu winken, da der Empfangschef des Palm Court Restaurants im Plaza Hotel an der Ecke Fifth Avenue und Central Park South sie bereits zum Tisch führte.

Er hatte seine Eltern seit zwei Monaten nicht gesehen. Nach Sabrinas und Daniels Hochzeit hatte er die Hamptons verlassen und war seitdem nicht wieder dort gewesen. Dass seine Eltern nun diesen ungewöhnlichen Besuch in Manhattan machten, um ihn aufzusuchen, machte ihn gelinde gesagt neugierig.

Seine Mutter war aufgetakelt. Aber wann war sie das nicht? Selbst für ein zwangloses Familiendinner war sie immer tadellos gekleidet. Sie hätte in einem einfachen Baumwollkleid genauso schön ausgesehen und brauchte den ganzen Schmuck, der an ihrem Hals und ihren Handgelenken hing, oder die Ringe, die ihre zarten Hände schmückten, nicht wirklich. Immer wenn Paul seine Augen über seine Mutter wandern ließ, fragte er sich, was sie versuchte zu kompensieren. Warum musste in ihrem Leben immer alles perfekt sein? Als wäre die kleinste Unvollkommenheit eine riesige Katastrophe.

Paul küsste seine Mutter auf beide Wangen, um sie zu begrüßen. „Du siehst großartig aus, Mutter", sagte er, da er wusste, dass sie Komplimente fast so sehr mochte wie Schmuck. Sie hatte es jedoch noch nie gemocht, wenn er sie Mom, Mami oder Mama nannte.

Er ließ sie los und nickte seinem Vater zu, der in seinem legeren Leinenanzug wie eine ältere Ausgabe von ihm aussah. „Dad! Du hast es also geschafft, dich für einen Tag vom Golfplatz loszureißen."

Sein Vater lachte leise. „Deine Mutter hat ihre Mittel und Wege." Sein Vater zwinkerte ihm zu, klopfte ihm auf die Schulter und drückte diese kurz. „Schön, dich zu sehen, Paul. Deine Schwester lässt dich grüßen."

Paul wies auf den Tisch und bot seiner Mutter einen Stuhl an. Er schob diesen zurecht, nachdem sie sich gesetzt hatte, bevor er selbst wieder Platz nahm. „Wie geht es Olivia und ihrem kleinen Balg?“

Seine Mutter warf ihm einen tadelnden Blick zu. „Der Junge hat einen Namen und er ist kein Balg. Er braucht nur viel Aufmerksamkeit.“

Paul verdrehte die Augen und bemerkte das unterdrückte Grinsen seines Vaters. „Nun, ich vermute, der kleine Jonathan wird in Zukunft nicht mehr Aufmerksamkeit bekommen als im Moment, da sich ja meine liebe Schwester schon wieder fortpflanzt.“

Wenn er richtig rechnete, war Olivia jetzt im siebten Monat schwanger. Und mit einem neuen Baby im Anmarsch war Paul sich sicher, dass sein kleiner vernachlässigter Neffe nur noch schwieriger werden würde. Konnte Olivia nicht sehen, dass der Junge mehr von ihrer Aufmerksamkeit benötigte? Paul erinnerte sich gut daran, wie süß Jonathan als Baby gewesen war, als seine Eltern jede Minute des Tages um ihn herumgetanzt waren. Aber jetzt schien es so, als wäre die Neuartigkeit verblasst, und je mehr das Kind sich nach der Aufmerksamkeit seiner Eltern sehnte, umso widerspenstiger wurde er. Paul liebte den kleinen Racker, sah ihn jedoch so selten, dass die wenigen Momente, die er alle paar Monate mit ihm verbringen konnte, keine Besserung in Jonathans Benehmen brachten.

Pauls Mutter warf verstohlene Blicke durch den Raum. „Rede nicht so. Die Leute können dich hören. Zumindest bauen Olivia und ihr Mann eine Familie auf. Das ist mehr, als ich von dir sagen kann.“

Tja, seine Mutter hatte weniger als dreißig Sekunden gebraucht, um zu ihrem Lieblingsthema zu kommen: seinen Ehestand und der Tatsache, dass er keine Anstalten machte, besagten Stand zu ändern und in die Riege der verheirateten Männer aufzusteigen, die dafür sorgten, dass ihre Frauen ihnen einen Erben schenkten – oder einen kleinen Balg wie Jonathan, der es trotz seines niedlichen Alters von drei Jahren schaffen konnte, überall Chaos zu stiften, wo er auftauchte, ohne sich dabei überhaupt anstrengen zu müssen. Ein weiterer Grund, sein Elternhaus während der Zeit zu meiden, in der seine Schwester mit ihrer Familie im Schlepptau zu Besuch war.

Nicht, dass er seine Schwester nicht mochte. Aber Quentin, ihr Ehemann, war ein arroganter Schweinekerl, der sie bei jeder Gelegenheit vernachlässigte. Paul konnte ihn nicht ausstehen. Er hatte gehofft, dass seine Schwester eine bessere Partie abbekommen würde, aber sie hatte sich *Mr. Reich und Erfolgreich* ausgesucht, anstatt einen Mann zu wählen, der sie genauso sehr liebte wie sie ihn. Und jetzt trug sie ihm ein weiteres Kind aus, während Quentin mehr Zeit fern von Zuhause verbrachte – angeblich auf Geschäftsreisen.

Paul zuckte mit den Achseln. Nicht sein Problem. Er hatte Olivia davor gewarnt, ihn zu heiraten, aber sie hatte nicht hören wollen.

„Champagner?“, fragte er seine Eltern und winkte zugleich dem Kellner zu, der bereits mit einer Flasche und drei Gläsern näherkam, die Paul vorher mit der Anweisung bestellt hatte, sie nach dem Eintreffen seiner Eltern zu servieren.

Schließlich wusste er, wie er seine Mutter beruhigen konnte. Und ein Glas teuren Champagners würde sie mindestens eine oder zwei Minuten vom Reden abhalten. Was er die restlichen achtundfünfzig Minuten, die dieses Mittagessen sicher dauern würde, machen würde, wusste er noch nicht.

Während der Kellner die Gläser auf den Tisch stellte und die Flasche entkorkte, sah sein Vater ihn an. „Haben wir etwas zu feiern?“

Paul nickte. „Ich habe Anfang der Woche eine wichtige Fusion abgeschlossen.“

Das war der Grund, warum er so hart gearbeitet hatte, oft bis tief in die Nacht, und sich in den letzten zwei Monaten kein einziges Wochenende freigenommen hatte – nicht, weil er nicht an seine Nacht mit Holly erinnert werden wollte. Oder besser gesagt, den Morgen danach.

An die Nacht selbst dachte er oft. Er träumte sogar oft davon und jedes Mal, wenn er aufwachte, fand er seine Hand um seinen stahlharten Schwanz geklammert. Und nicht ein einziges Mal hatte er sich bisher davon abhalten können, sein hartes Fleisch zu streicheln, bis die Laken mit seinem Samen vollgesaugt waren und sein Körper in Schweiß gebadet war.

Ja, so verdorben war er: Er verzehrte sich immer noch nach einem Callgirl. Um seiner eigenen geistigen Gesundheit willen nannte er sie nicht mehr Prostituierte. Callgirl klang sauberer, auch wenn er wusste, dass es keinen Unterschied machte, außer der Tatsache, dass Holly ihr Gewerbe nicht an einer Straßenecke betrieb, sondern ihre *Buchungen* über eine Agentur bekam.

Verdammt, er sollte nicht einmal mehr an sie denken.

„Paul?"

Er drehte den Kopf zu seiner Mutter und bemerkte, wie seine Eltern die Gläser hochhielten.

„Stößt du nicht mit uns an?", fragte seine Mutter.

„Natürlich."

„Herzlichen Glückwunsch, Sohn!", sagte sein Vater.

Paul griff nach seinem Glas, das der Kellner für ihn gefüllt hatte, und stieß erst an das seiner Mutter und dann an das seines Vaters, bevor er einen großen Schluck nahm. Zumindest befeuchtete die kalte Flüssigkeit seine Kehle, eine Kehle, die beim Gedanken an Holly trocken geworden war.

Er wusste, dass es jetzt schwieriger werden würde, nicht an sie zu denken, weil er, bis er ein neues Geschäft an Land gezogen hatte, nichts hatte, auf das er sich konzentrieren musste, außer seinen unstillbaren Durst nach einer Frau, die absolut unpassend für ihn war.

„Nun, da deine Arbeit erledigt ist, hoffe ich, dass du nach Hause kommst und den Rest des Sommers mit uns verbringst", zirpte seine Mutter.

Den Rest des Sommers? Sehr unwahrscheinlich! Als wollte er täglich von seinen Eltern daran erinnert werden, dass sie von ihm erwarteten, dass er endlich heiratete und Babys zeugte. „Ich kann New York nicht für zu lange Zeit verlassen."

Seine Mutter schmollte. „Aber du musst kommen. Wir haben all diese Feierlichkeiten zu unserem Jubiläum geplant."

Sein Vater nickte aufmunternd. „Alle kommen. Selbst deine Großtante Mirabelle. Es wird ein großes Ereignis."

Paul knurrte innerlich, aber er wusste, dass es kein Entkommen gab. „Ihr wisst doch, dass ich euren fünfunddreißigsten Hochzeitstag nie verpassen würde. Natürlich komme ich. Aber nur ein paar Tage." Zumindest würde er seine Großtante Mirabelle wiedersehen, eine Frau, die trotz ihres fortgeschrittenen Alters einen scharfen Verstand hatte.

„Ausgezeichnet! Du wirst mindestens eine Woche bleiben." Die Stimme seiner Mutter duldete keine Ablehnung.

Er wusste, dass er nicht protestieren konnte.

„Und es werden auch viele heiratsfähige junge Frauen aus exzellenten Familien da sein."

Exzellente Familien war die Übersetzung für reiche Familien mit guten Beziehungen, die seine Mutter befürwortete.

„Ich bin nicht interessiert“, sagte er und kippte den letzten Schluck seines Champagners hinunter. Keine dieser reichen Erbinnen hatte eine ansprechende Persönlichkeit. Auch wenn einige davon hübsch waren, hatte es mit keiner von denen, die ihm bisher vorgestellt worden waren, gefunkt. Außerdem waren das die Art von Frauen, die erst einen Ring am Finger haben wollten, bevor sie mit ihm in die Kiste springen würden. Und er würde nie die Katze im Sack kaufen.

„Aber du gehst doch mit niemandem. Was kann es schaden, mit einer netten jungen Frau aus unseren Kreisen auszugehen?

„Ich bin mit jemandem zusammen!“, antwortete Paul ohne nachzudenken.

Selbst sein Vater zog eine Augenbraue hoch, während seiner Mutter die Kinnlade herunterfiel. „Mit wem?“

„Ihr kennt sie nicht.“

Seine Mutter lehnte sich über den Tisch. „Du hast bisher noch nie jemanden erwähnt.“

„Ich erwähne sie jetzt.“

Seine Mutter hob das Kinn in die Luft und lehnte sich zurück. „Du lügst. Du erfindest das nur, weil du mich verletzen willst.“

Paul knirschte mit den Zähnen. Er hasste es, wenn seine Mutter ihm Schuldkomplexe einreden wollte. „Ich lüge nicht. Ich bin in einer Beziehung.“

Seine Mutter kniff die Augen zusammen. „Wirklich? Wie heißt sie?“

„Holly!“ Der Name war heraus, bevor er überhaupt nachdenken konnte. Es war der eine Frauenname, der immer in seinem Kopf herumschwirrte, also war es keine Überraschung, dass er ihm herausgerutscht war.

„Holly?“ Seine Mutter hob ihre Nase noch höher, wenn das überhaupt möglich war. „Das kann unmöglich der Name deiner Freundin sein. Das hast du erfunden.“

Paul stand auf und schob den Stuhl zurück. „Wirklich? Nun, ihr werdet sie kennenlernen, wenn ich sie zu eurem Jubiläum mitbringe. Zufrieden?“ Er sah finster in die schockierten Gesichter seiner Eltern.

„Und wenn ihr mich jetzt entschuldigen würdet, ich muss leider zu einem Geschäftstreffen."

Er drehte sich um und hörte nicht darauf, dass sein Vater ihn zurückrief. Stattdessen marschierte er direkt zum Empfangschef.

„Gibt es ein Problem, Mr. Gilbert?"

„Das können Sie laut sagen, Carl. Aber nichts davon ist die Schuld des Restaurants." Paul griff in seine Brieftasche und zog seine Kreditkarte heraus. „Würden Sie bitte meine Karte mit dem Champagner und allem, was meine Eltern sonst noch bestellen, belasten?"

Der Empfangschef nickte und nahm die Karte entgegen. „Natürlich, Mr. Gilbert. Es dauert nur eine Sekunde." Er verschwand in der Anrichte.

Paul klopfte ungeduldig mit dem Fuß auf den Boden, um dem Drang zu widerstehen, sich umzudrehen. Es war Zeit, seinen Eltern zu zeigen, dass sie nicht sein Leben für ihn führen konnten. Bis jetzt hatte er ihren Wünschen nachgegeben und den gehorsamen Sohn gespielt. Er war sogar mit einigen der heiratsfähigen Junggesellinnen aus *exzellenten Familien* ausgegangen, in der Hoffnung, dass sie erkennen würden, dass er an keiner von ihnen interessiert war und endlich ihr glückloses Kuppeln aufgeben würden. Es schien allerdings, dass er seinen Eltern etwas weniger subtil beibringen musste, dass er in punkto Frauen seine eigenen Entscheidungen traf.

8

„Meinen Glückwunsch, Ms. Foster. Sie sind schwanger."

Hollys Herz plumpste ihr in den Magen. „Aber, aber . . . " Sie schluckte und ihre Gedanken überschlugen sich. „Das ist unmöglich. Ich benutze immer Kondome."

Dr. Schaffer lehnte sich über ihren Tisch und neigte ihren Kopf zur Seite, sodass eine Strähne ihres glatten braunen Haares nach vorne fiel. „Aber Ms. Foster, Sie müssen doch wissen, dass Kondome nicht zu hundert Prozent effektiv sind. Selbst wenn sie richtig benutzt werden, bleibt immer noch eine zweiprozentige Chance auf eine Schwangerschaft. Und wenn sie nicht ordnungsgemäß benutzt werden, kann die Chance bis auf achtzehn Prozent steigen."

„Ich weiß, wie man ein Kondom ordnungsgemäß benutzt", schoss Holly zurück. Immerhin war es als Callgirl lebensnotwenig gewesen, jederzeit geschützt zu sein.

„Ja, natürlich wissen Sie das. Und ich weiß, dass Sie eine vorsichtige Frau sind. Aber als ich Sie von der Pille nehmen musste, damit wir vor drei Monaten die Zyste in ihrem Uterus entfernen konnten, habe ich erwähnt, dass es ein höheres Risiko einer Schwangerschaft geben würde, wenn Sie nur Kondome als einziges Verhütungsmittel nehmen."

Benommen verkrampfte Holly ihre Hände.

„Sie sind erst etwa in der achten Woche", fuhr die Ärztin fort.

Acht Wochen. Sie zählte zurück, obwohl sie das nicht wirklich tun musste. Sie wusste genau, wo sie vor acht Wochen gewesen war, und bei wem. Es gab nur einen Mann, von dem sie schwanger sein konnte. Dennoch hatte sie keine Ahnung, wie es passiert war.

Schließlich hatte Paul jedes Mal, als sie in jener Nacht Sex gehabt hatten, ein Kondom benutzt. Andererseits war es hitzig gewesen und es war möglich, dass das Kondom verrutscht und etwas von seinem Samen herausgelaufen war, als er sich aus ihr herausgezogen hatte, ohne dass einer von ihnen etwas bemerkt hätte.

Sie wusste, dass Kondome nicht absolut sicher waren. Deshalb hatte sie für zusätzlichen Schutz immer die Pille genommen. Es war nur ihr Pech, dass ihre Ärztin ein paar Wochen vor der Hochzeit ihrer Freundin Sabrina während einer Routineuntersuchung eine Zyste gefunden und empfohlen hatte, sie sofort entfernen zu lassen. Auf ihr Drängen hin hatte Holly die Pille abgesetzt, um während und nach dem Eingriff alle eventuellen Risiken zu minimieren, und zum Zeitpunkt ihrer sexuellen Begegnung mit Paul hatte sie noch nicht wieder damit angefangen.

Das war scheinbar ein Fehler gewesen.

„Ich verstehe, dass das viel zu verarbeiten ist. Offensichtlich war die Schwangerschaft nicht geplant. Vielleicht wollen Sie mich wieder aufsuchen, nachdem Sie etwas Zeit gehabt haben, alles zu überdenken. Und wenn Sie sich dann entscheiden, dass Sie – ”

„Nein, ich behalte es“, sagte Holly, bevor sie überhaupt wusste, dass sie eine Entscheidung getroffen hatte.

Obwohl ihre Ärztin nicht wusste, womit sich Holly zuvor den Lebensunterhalt verdient hatte, wusste sie doch aus ihren medizinischen Unterlagen, dass sie ledig und ohne Partner war. Das und der anfängliche Schock über die Schwangerschaft hatten Dr. Schaffer scheinbar genug Anzeichen gegeben, dass diese Schwangerschaft nicht gewollt war.

Aber was war mit dem Kind in ihr? War es wirklich ungewollt?

Oder war dies ihre einzige Chance, eine Familie zu haben? Ein Kind zu haben, selbst wenn das bedeutete, dass sie eine alleinerziehende Mutter sein würde und sie alleine die Verantwortung dafür tragen müsste? War sie stark genug, das zu tun, allein ein Kind aufzuziehen, ohne die Unterstützung eines Partners oder die ihrer eigenen Familie? Schließlich sprachen ihre Eltern seit Jahren nicht mit ihr und sie hatte keine Geschwister. Das, was einer Schwester am nächsten kommen würde, war ihre beste Freundin Sabrina, die am anderen Ende des Landes lebte. Wenn sie sich entschied, das Kind zu behalten, würde sie auf sich alleine gestellt sein.

Ihre Hand rutschte auf ihren Bauch. Keine Erhebung war sichtbar und sie spürte keine Bewegung. Aber wenn sie es zuließ, würde sie in ein paar Monaten das Leben in sich heranwachsen spüren. Sie würde ein Kind haben, das sie lieben könnte und das ihre Liebe erwiderte. Sie würde nicht mehr alleine sein. Und sie könnte eine gute Mutter sein. Sie hatte all diese Liebe in sich, die niemand wollte. Sie könnte ihr Kind damit überhäufen, sodass es immer wusste, dass es geliebt wurde.

Holly schaute ihrer Ärztin in die Augen. „Ich behalte das Baby“, wiederholte sie und wusste, dass es die einzig richtige Entscheidung war.

Dr. Schaffer lächelte sie an. „Ich bin sehr froh, das zu hören. Ich bin sicher, dass sich alles zum Guten wendet. Nun lassen Sie uns ein paar regelmäßige Termine planen, um Sie während ihrer Schwangerschaft zu beobachten und sicherzugehen, dass Sie und das Baby gesund bleiben.“

Als Holly die Praxis kurz darauf verließ und auf den Gehsteig hinaustrat, wo die frühe Nachmittagssonne ihr ins Gesicht schien, fühlte sie sich wie eine neue Frau. Alles würde sich jetzt ändern. Sie würde Mutter werden.

Und sie wusste, was das bedeutete: Sie hatte jetzt Pflichten. Und diese schlossen ein, finanziell für sich und ihr Kind sorgen zu können. Denn eine Sache würde sie nicht tun: Paul von der Schwangerschaft erzählen. Deshalb konnte sie auch nicht auf Unterhalt zählen. Sie würde der einzige Fürsorger für das Baby sein.

Holly zog ihr Handy aus ihrer Handtasche und sah auf die Uhr. Sie schaffte es gerade rechtzeitig zu ihrem nächsten Termin.

Voller Elan sprang sie auf ein vorbeifahrendes Cable Car, als es vor einem Stoppschild langsamer wurde und zeigte dem Fahrer ihren Monatspass, bevor sie sich neben eine fotografierende Touristin setzte.

Als das Cable Car die Kuppe an der California Street erreichte, blickte Holly den Hügel hinab. Die Aussicht war atemberaubend: Sie konnte die San Francisco Bay und Alcatraz sehen und an beiden Seiten der Straße ragten Bürogebäude im Finanzbezirk in die Höhe.

Kurz bevor sie den Fuß des Hügels erreichten, zog Holly an der Leine, um ihren Haltewunsch zu signalisieren, und stieg aus dem Cable Car, als es anhielt.

Ihre Bank lag in der Mitte des nächsten Blocks. An der Eingangstür holte sie noch einmal tief Luft. Sie konnte das schaffen.

Holly trat ein und ging dorthin, wo die Bankkaufleute ihre kleinen Bürobereiche hatten, und las die Namensschilder auf den Schreibtischen. Als sie das mit dem Namen Andrew Keller fand, hob sie ihren Blick, um die Person hinter dem Schreibtisch anzusehen.

Sie schluckte schwer. Der Mann hinter dem Schreibtisch hatte den grimmigsten Gesichtsausdruck, den sie je gesehen hatte. Aber das war noch nicht das Schlimmste. Sie erkannte ihn auch, obwohl sie bis jetzt nicht gewusst hatte, wie er hieß.

Mr. Keller war einer ihrer früheren Kunden. Keineswegs ein Stammkunde, aber wenn sie ihn erkannte, würde er sie auch erkennen.

Mit Schmetterlingen im Bauch, die sie nicht ihrer Schwangerschaft zuschreiben konnte, näherte sie sich seinem Schreibtisch und blieb davor stehen.

„Mr. Keller. Ich bin Holly Foster. Ich bin Ihr 2-Uhr-Termin.“

Er sah sofort hoch, sprang gleichzeitig aus seinem Stuhl auf und streckte ihr zur Begrüßung die Hand hin.

„Ms. Foster, nett, Sie – ” Er hielt mitten im Satz inne und ließ seine Augen über sie schweifen, als ob er sie zum ersten Mal wirklich sah.

Holly spürte, wie alle Hoffnung in ihr zerquetscht wurde. Wenn er sie erkannte, würde dieser Termin vorbei sein, bevor er überhaupt anfing. Er würde ihren Antrag nie in einem günstigen Licht sehen.

„Nett, Sie kennenzulernen“, fuhr er fort und deutete auf den Stuhl vor seinem Schreibtisch. „Bitte setzen Sie sich.“

Langsam setzte sie sich und suchte sein Gesicht nach irgendeinem Zeichen des Erkennens ab. Könnte sie wirklich soviel Glück haben, dass er sie nicht erkannte?

Mr. Keller zog eine Aktenmappe aus einem Stapel und öffnete sie.

„Ihr Kreditantrag wurde mir übergeben, weil es einige wenige Dinge gibt, zu denen uns noch Informationen fehlen.“

Sabrina lehnte sich instinktiv nach vorne. „Ach ja?“

Er blickte auf die Papiere vor sich und griff nach einem Kugelschreiber. „Ja, hier: Ihr Ausbildungsniveau fehlt.“

„Ich habe einen Bachelor in Englisch.“

Mr. Keller notierte etwas auf dem Blatt. „Ausgezeichnet.“ Dann las er weiter. Ohne aufzusehen, fragte er: „Ihr Ehestand ist immer noch ledig?“

Sie räusperte sich. „Ja.“

„Leben Sie mit jemandem zusammen?“

Unbehaglich über die Frage rutschte sie auf ihrem Stuhl herum. „Äh, warum braucht die Bank diese Information?

Er sah auf. „Nur um zu wissen, ob Sie jemanden haben, der Sie unterstützen könnte."

Sie schüttelte den Kopf. Nein, es gab niemanden, der sie oder ihr Kind unterstützte. „Ich lebe alleine."

„Gut, gut. Als Verwendungszweck für dieses Darlehen geben Sie an, dass Sie damit ein Unternehmen kaufen wollen. Was für ein Geschäft?"

Sie lächelte. „Es ist eine exklusive Heiratsvermittlung. Ganz anders als all diese Online Dating Unternehmen. Die aktuelle Besitzerin geht in Rente und ich habe die Möglichkeit, ihr Geschäft zu übernehmen. Ich habe schon Informationen zum Umsatz und Gewinn und Verlust des Unternehmens über die letzten paar Jahre eingereicht, und da ich das Unternehmen mit all seinen gegenwärtigen und früheren Klienten übernehme, garantiert das die Kontinuität und es dürfte daher wirklich keine Änderung in Sachen finanzieller Gesundheit geben. Im Gegenteil, ich plane, die Dienstleistungen der Firma zu verbessern und das Geschäft noch rentabler zu machen."

Holly wusste, dass sie das konnte. Sie kannte die Menschen, ihre Wünsche, ihre Sehnsüchte. Sie wusste, was Frauen suchten und was Männer bei ihren Partnerinnen begehrten. Sie würde eine großartige Heiratsvermittlerin sein.

Mr. Keller kritzelte etwas auf das Papier. „Sehr gut. Dann ist da immer noch das Thema ihrer vorherigen Anstellung."

Holly verkrampfte sich. Mistys Begleitservice hatte sie immer über dem Tisch bezahlt und da Misty einen unverdächtigen Firmennamen für ihr Unternehmen gewählt hatte, würde niemand sofort herausfinden können, dass sie von einem Begleitservice bezahlt worden war. „Ja?"

„Hier heißt es, dass Sie während der letzten vier Jahre für *Executive Relocation Services* gearbeitet haben."

Sie nickte.

„Aber es gibt keine Anmerkung in Ihren Unterlagen, welche Position Sie dort innehatten."

„Oh, habe ich das nicht eingetragen?" Sie lehnte sich näher und stützte ihre Hand auf den Schreibtisch, um einen Blick auf das Formular zu werfen. Sie war sich sicher, dass sie eingetragen hatte, dass sie in der Kundenberatung gewesen war. Sie hatte sich diesen Titel selbst einfallen lassen und obwohl Misty immer noch sauer auf sie war, weil sie vor zwei Monaten so abrupt gekündigt hatte, wusste Holly, dass ihre frühere Chefin ihr den Rücken freihalten würde, wenn auch nur, um ihre eigene Deckung zu bewahren und nicht preiszugeben, was ihre Firma wirklich machte.

„Das haben Sie", sagte er mit plötzlich veränderter Stimme. Er hob die Augen und sah in ihre. „Aber ich bin mir nicht sicher, ob das die einzige Position ist, die Sie dort bekleidet haben."

Holly blieb die Luft weg vor Schreck.

„Wenn ich mich recht erinnere, gab es alle möglichen Positionen, die Sie innehatten." Seine Hand glitt über den Schreibtisch und umklammerte ihre. „Und ich glaube, mich genau daran zu erinnern, wie vielseitig diese Positionen waren. Es wäre eine Schande, in Ihrem Antrag nicht darauf hinzuweisen, wie multitalentiert Sie sind." Sein Griff wurde fester, während sein falsches Lächeln verschwand. „Nun, Ms. Foster, so wie ich das sehe, liegt es an mir, Ihren Antrag zu genehmigen oder abzulehnen. Ich lasse mich in beide Richtungen beeinflussen."

Keller senkte seinen Blick auf ihr Dekolleté, wobei er wie ein spitzer Hund wirkte. Holly wünschte, sie hätte einen hochgeschlossenen Pullover anstatt dieses Tops mit V-Ausschnitt, das ihre üppigen Vorzüge akzentuierte, angezogen.

Die Galle stieg ihr hoch und der bittere Geschmack breitete sich in ihrem Mund aus. Sie musste eine Entscheidung treffen: seinen Avancen nachgeben und tun, was er erwartete – und was das war, war nicht schwer zu erraten – und ihren Kredit genehmigt bekommen, oder ihn abweisen und sich von ihrem Traum eines eigenen Geschäfts und der damit verbundenen Unabhängigkeit verabschieden. Sie brauchte den Kredit, brauchte die Mittel, um sich ihren Lebensunterhalt zu verdienen, damit sie für ihr Kind sorgen konnte. Aber wenn sie Keller nachgab, würde sich nichts geändert haben. Sie wäre immer noch eine Hure. Und sie wollte nicht, dass ihr Kind eine Hure zur Mutter hatte.

Holly lehnte sich vor und senkte ihre Stimme so leise wie sie konnte. „Mr. Keller, ich würde Sie nicht einmal mit Handschuhen anfassen, geschweige denn mit meinen bloßen Händen." Sie riss sich von ihm los. „Also wenn Sie nichts dagegen haben, Sie schäbiger Schweinehund, suchen Sie sich Ihren Spaß wo anders. Ich brauche Ihren stinkenden Kredit nicht. Wenn Sie mich noch einmal anfassen, werde ich Sie wegen Tätlichkeit anklagen. Verstehen wir uns?“

Mit Zufriedenheit bemerkte sie seinen schockierten Gesichtsausdruck.

Holly stand auf. „Und noch eines: Es gibt einen Grund, warum jemand wie Sie für Sex bezahlen muss. Weil keine Frau, die bei klarem Verstand ist, es kostenlos mit Ihnen treiben würde.“

Holly drehte sich um und schritt erhobenen Hauptes aus der Bank. Erst als sie drei Blocks gegangen war und um eine Ecke bog, lehnte sie sich gegen ein Gebäude und atmete tief ein.

Sie unterdrückte die Tränen, die drohten, sie zu übermannen. Nein, sie würde nicht weinen. Sie war stärker. Das war nur ein temporärer Rückschritt. Vielleicht würde ihr eine andere Bank einen Kredit geben. Oder vielleicht könnte sie etwas anderes mit der Besitzerin der Heiratsvermittlung aushandeln.

Holly seufzte. Sie wusste, dass das Wunschdenken war. Die Dame wollte sich zur Ruhe setzen und brauchte das Geld, das Holly für das Geschäft zahlen würde. Ihre eigene Bank war daher von Anfang an ihre beste Chance gewesen. Ein Geldinstitut, mit dem sie keine bestehende Geschäftsbeziehung hatte, würde sich ihren Antrag nicht einmal ansehen. Sie hatte keine Kreditsicherheit außer der Heiratsvermittlung, sobald diese ihr gehörte. Aber das reichte nicht aus. Zudem waren fast ihre gesamten Ersparnisse aufgebraucht. Noch ein oder zwei Monate und sie müsste jeden Job annehmen, den sie finden konnte, nur um sich über Wasser zu halten. Und sobald sich ihre Schwangerschaft zeigte, würde sie niemand mehr anstellen.

Was sollte sie jetzt tun?

Sie schloss die Augen und wünschte sich, sie könnte die Zeit zurückdrehen. Doch so etwas wie eine Zeitmaschine, mit der sie in die Vergangenheit reisen und all die Fehler, die sie dort gemacht hatte, ungeschehen machen könnte, gab es nicht. Sie musste mit diesen Fehlern leben und das Beste daraus machen.

Ihr Handy klingelte und sie zog es aus ihrer Handtasche und schaute auf das Display. Eine New Yorker Nummer, aber keine, die sie kannte. Womöglich rief Sabrina sie von einem anderen Anschluss als ihrem Festnetz oder Handy aus an.

Neugierig nahm Holly das Gespräch an. „Hier spricht Holly.“

„Holly, ich bin's, Paul. Paul Gilbert."

Der Atem blieb ihr im Hals stecken und ihr Herz hörte auf zu schlagen. Unfähig zu sprechen, versuchte sie, Sauerstoff in ihre Lungen zu saugen.

„Holly? Bist du da?"

„Ja."

„Wir müssen reden."

„Reden?", wiederholte sie und kam sich vor wie ein Papagei.

„Ja, über etwas Persönliches. Etwas Wichtiges."

Ein Funken Hoffnung blühte in ihrer Brust auf. Hatte er seine Meinung über sie geändert? Bereute er den Bruch zwischen ihnen? „Okay. Dann rede."

„Persönlich. Ich bin in San Francisco. Können wir uns treffen?"

Ihr Herz schlug aufgeregt. Paul war nach San Francisco gekommen! Um sie zu sehen! „Ja."

Ja, sie wollte ihn sehen, weil sie es trotz der Dinge, die er ihr an den Kopf geworfen hatte, trotz dem, was passiert war, nicht geschafft hatte, ihn zu vergessen.

„Ja, wir können uns treffen", wiederholte sie.

Sie sah zur Sonne hinauf und lächelte. Vielleicht hatte dieser Tag eine Chance, doch noch positiv zu enden.

9

Er hätte nicht nervös sein müssen, aber er war es. Wenigstens hatte er keine feuchten Hände, sondern „nur“ ein rasendes Herz. Das hieß, dass es zumindest nach außen hin nicht sichtbar war und er als Einziger davon wusste. Holly würde sich seines Gemütszustandes nicht bewusst sein, solange er es schaffte, cool rüberzukommen.

Paul prüfte sein Spiegelbild in einem Schaufenster. Er trug einen Anzug und sah aus, als ginge er zu einem Geschäftstreffen. Nun, das tat er auch. Schließlich würde das ein Geschäftsarrangement sein, nicht mehr und nicht weniger.

Ausreden, Ausreden, höhnte der kleine Teufel auf seiner Schulter. *Wir wissen doch beide, was du wirklich willst.*

Paul biss die Zähne zusammen und ignorierte die Stimme. Noch einmal tief Luft holend öffnete er die Tür zum Café und trat ein. Der Duft frisch aufgebrühten Kaffees beruhigte ihn sofort. Dieses Aroma hatte er schon immer geliebt. Es entspannte ihn und beschwor das Bild herauf, wie er am frühen Morgen auf einer Terrasse saß, aufs Wasser hinausschaute und die Fischer dabei beobachtete, wie sie mit ihren Booten hinausfuhren. Aber heute wurde dieses spezielle Bild schnell durch ein anderes ersetzt.

Holly saß an einem kleinen Tisch in einer Ecke und nippte an ihrem Milchkaffee. Ihr Rücken war kerzengerade und ihre Hände schienen verkrampft, als würde sie sich an ihrer Kaffeetasse festkrallen – ein definitiver Beweis dafür, dass sie ihn schon gesehen hatte und offensichtlich über das Wiedersehen nicht erfreut war.

Konnte er es ihr verdenken? Nach dem, wie er sie vor zwei Monaten behandelt hatte, war er überrascht, dass sie einem Treffen mit ihm überhaupt zugestimmt hatte.

Er ging an der Kaffeetheke vorbei direkt zu Hollys Tisch und ließ sich ihr gegenüber nieder. „Hi, Holly.“

Sie sah ihn an und klammerte sich dabei an ihre Tasse, als wäre diese ein Rettungsring. „Paul.“

„Wie geht es dir?“

„Warum bist du hier?“

Anscheinend war Holly nicht in Stimmung für Smalltalk. Na gut. Er würde schnell zur Sache kommen. „Es gibt etwas, das ich mit dir besprechen will.“

Sie zog eine Augenbraue hoch, erwiderte aber nichts.

Auf seinem Stuhl umherrutschend suchte er nach den richtigen Worten und wurde sich zu spät bewusst, dass er seine Rede hätte üben sollen, bevor er hierherkam. Er fühlte sich jämmerlich unvorbereitet und würde das Ganze vermasseln, wenn er nicht die richtigen Worte benutzte.

„Ich . . . ich brauche deine Hilfe.“

Holly stellte ihren Kaffeebecher auf dem Tisch ab und rutschte auf ihrem Stuhl zurück. „Meine Hilfe? Wieso glaubst du, dass ich dir helfen *würde*?“

„Touché.“ Er zwang ein Lächeln auf seine Lippen, aber selbst er wusste, wie künstlich es aussah, also wischte er es sich wieder aus dem Gesicht. „Das habe ich verdient.“

Sie widersprach ihm nicht.

Paul versuchte es erneut. „Der 35. Hochzeitstag meiner Eltern steht vor der Tür und ich soll eine ganze Woche bei ihnen verbringen, um an all den Festivitäten teilzunehmen. Das Problem ist, dass sie mir jede verfügbare reiche Erbin aufdrängen werden, solange ich dort bin.“

„Ich sehe nicht, wie ich dir dabei helfen könnte – selbst wenn ich es wollte“, schränkte sie ein.

„Nun, ich habe meinen Eltern erzählt, dass ich nicht mehr single bin, aber sie haben mir nicht geglaubt.“

Holly zuckte mit den Schultern. „Wirklich nicht mein Problem.“

Paul hob seine Augenlider und sah in ihre blauen Augen. Einen Moment lang verlor er sich in deren Tiefen. Oh Gott, sie war schön. „Ich habe ihnen gesagt, ich habe bereits eine Freundin.“

Er bemerkte, wie sich Hollys Brust hob.

„Ich habe ihnen gesagt, dass meine Freundin Holly heißt.“

Hollys Herz stockte, nur um danach dreimal so schnell weiterzuschlagen. Er hatte seinen Eltern von ihr erzählt? Er hatte ihnen gesagt, dass sie seine Freundin sei? Ein Hoffnungsschimmer blühte plötzlich in ihr auf. Er verurteilte sie nicht mehr dafür, was sie in ihrer Vergangenheit getan hatte.

Sie lehnte sich vor und streckte ihre Hand aus, um ihn zu berühren.

„Da habe ich mir gedacht, da du eine Professionelle bist, könnte ich dich anstellen, in der Woche meine Freundin zu spielen."

Ihre Hand schnellte zurück, als hätte sie eine heiße Ofenplatte berührt.

„Deine Freundin spielen?", war alles, was sie wiederholen konnte und selbst diese Worte kamen nur flüsternd, weil die Luft plötzlich aus ihrer Lunge gewichen war.

Paul blickte aus dem Fenster, als wäre es ihm plötzlich peinlich, diesen Vorschlag gemacht zu haben. „Ja, ich zahle natürlich mehr als deine übliche Rate, wenn man bedenkt, dass du . . . äh . . . während dieser Zeit keine anderen Kunden haben kannst. Deine Reise und alle Unkosten werden gedeckt sein. Du wirst erster Klasse nach New York fliegen. Falls du für die Woche in den Hamptons angemessene Kleidung benötigst, kaufe ich dir, was du brauchst."

Betäubt lauschte sie seinen Worten. Er war gekommen, um sie als Callgirl zu engagieren. Er war nicht zurückgekommen, um die Sache zwischen ihnen wieder einzurenken. Nicht, um sich dafür zu entschuldigen, wie er sie behandelt hatte.

Hollys Hand rutschte auf ihren Bauch, wo Pauls Kind in ihr heranwuchs. Wenn sie je ein klitzekleines bisschen Hoffnung gehabt hatte, dass es eine gemeinsame Zukunft für sie geben könnte, war diese von seinen Worten erstickt worden. Er würde sie bezahlen. Weil sie für ihn immer noch eine Hure war. Und er würde nie etwas anderes in ihr sehen können.

Unter keinen Umständen würde sie sein Angebot akzeptieren. Denn wenn sie je wieder mit ihm schlafen würde, würde alles nur noch schlimmer werden. Sie musste sich um ihres ungeborenen Kindes willen schützen.

„Ich bin leider ausgebucht", log Holly.

Überraschung breitete sich auf seinem Gesicht aus. „Aber . . . ich habe dir noch kein Datum genannt."

„Ich bin so oder so nicht verfügbar."

Paul lehnte sich über den Tisch und senkte seine Stimme. „Warum sagst du nicht, was du wirklich sagen willst, Holly? Du bist für *mich* nicht verfügbar. Egal an welchem Datum. Ist es nicht so?“

„Da du die Antwort schon kennst, denke ich, sind wir hier fertig.“ Sie stand auf, aber seine Hand klammerte sich um ihr Handgelenk und zog sie wieder hinab.

„Nein, sind wir nicht. Gut, Holly, wir machen es so, wie du willst. Was willst du, damit du mein Angebot akzeptierst?“

„Du hast nichts, was ich will.“ Das war die größte Lüge, die ihr je über die Lippen gekommen war. Es gab so vieles, was sie von ihm wollte. Seinen Respekt, seine Liebe.

„Wie viel? Nenn deinen Preis!“

Kopfschüttelnd protestierte sie: „Du kannst dir mich nicht leisten. Ich mache es nicht mehr umsonst.“ Sie peitschte ihm die Worte entgegen und bemerkte nicht ohne Genugtuung, dass sie ihr Ziel trafen. Paul zuckte zusammen.

Seine Augen loderten sie voller Wut an. „Ich zahle, was immer nötig ist. Nenn deinen verdammten Preis!“

Sie blinzelte einen Augenblick und erinnerte sich an den Kreditantrag, den Keller abgelehnt hatte. Es war nur eine Zahl, aber sie nannte sie trotzdem, wohl wissend, dass er darauf nie eingehen würde. Welcher Mann bei klarem Verstand würde schon für eine Woche mit einem Callgirl so eine unverschämte Summe bezahlen?

„Zweihundertfünfzigtausend Dollar.“ Sie bereitete sich vor zu gehen. Der Alptraum würde endlich vorüber sein, sobald er ihre lächerliche Forderung abgelehnt hatte.

„Einverstanden.“

Holly erstickte fast an ihrem eigenen Speichel und einen Moment lang konnte sie nicht einmal denken. Sie musste ihn falsch verstanden haben. „Was hast du gesagt?“

„Ich sagte, ich bin mit dem Preis einverstanden.“ Seine Lippen bogen sich leicht, als erfreute er sich an ihrem Schock.

Warum stimmte Paul dem zu? Für diesen Preis könnte er jede Frau, die er haben wollte, anheuern und sie vorgeben lassen, dass ihr Name Holly und sie seine Freundin sei.

Nein, sie konnte das nicht durchziehen, nicht einmal für eine Viertelmillion Dollar. Sie musste ihn dazu bringen, ihr Angebot abzulehnen.

„Aber ich werde nicht mit dir schlafen", fügte Holly schnell hinzu. Sicherlich würde er den Deal jetzt zurückziehen und ihr sagen, dass sie sich zum Teufel scheren sollte.

Sie beobachtete sein Gesicht und bemerkte, wie sich eine Reihe von Emotionen darauf widerspiegelte. Erst jetzt nahm sie wahr, dass er sie immer noch am Handgelenk festhielt, und sie versuchte, sich aus seinem Griff zu befreien.

„Gut, Holly. Du gewinnst."

Sie stieß einen Seufzer der Erleichterung aus, als er sie endlich losließ. Er griff in seine Jackeninnentasche, zog ein kleines Buch mit Lederumschlag heraus und öffnete es.

Es war ein Scheckbuch. Fassungslos fiel sie auf ihren Stuhl zurück.

„Kein Sex. Ich erwarte aber, dass wir uns gegenseitig Zuneigung zeigen, wenn wir in Gegenwart meiner Familie und Freunde sind, damit es so aussieht, als wären wir intim. Und keine Sorge, du bekommst dein eigenes Zimmer in meinem Elternhaus. In dieser Hinsicht sind meine Eltern altmodisch."

Er stellte den Scheck aus und hielt ihn ihr hin. „Und ich werde nie dein Zimmer betreten. Das verspreche ich dir."

Holly starrte den Scheck an. Paul hatte ihn über genau den Betrag ausgestellt, den sie gefordert hatte. Konnte sie es sich wirklich leisten, diese Menge Geld abzulehnen, bedeutete es doch, dass sie die Heiratsvermittlung kaufen und sich eine Zukunft für sich und ihr Kind aufbauen könnte? Was würde es sie im Gegenzug kosten? Nur eine Woche mit Paul: kein Sex, keine Emotionen. Ein einfaches Geschäftsarrangement.

Und eine Woche wäre kurz genug, sodass er nicht herausfinden würde, dass sie schwanger war. Man sah ihr die Schwangerschaft noch nicht an und es würde auch noch mindestens zwei oder drei Monate so bleiben. Bis ein Bäuchlein erkennbar war, würde sie wieder in San Francisco sein und ihr eigenes Geschäft führen.

Nenn es Alimente, drängte ihre innere Stimme sie. Schließlich würde sie nie Unterhalt von ihm bekommen, da sie ihn nicht als Vater angeben würde. War es nicht fair, dass Paul seinen Teil für das Kind zahlte, das er gezeugt hatte?

Ihre Hand griff nach dem Scheck, bevor sie wusste, dass sie sich entschieden hatte.

„Einverstanden."

10

Er hatte Holly lieber selbst vom Flughafen abgeholt, als einen Wagen zu schicken. Jetzt öffnete Paul die Tür zu seiner Eigentumswohnung und winkte sie hinein, bevor er ihr mit ihrem Koffer folgte.

„Fühl dich wie zuhause."

Er konnte nicht glauben, dass Holly wirklich hier war. In seiner Stadt. In seiner Wohnung. Wenn auch nicht in seinem Bett. Und so wie es aussah, würde sie nie wieder in seinem Bett sein. Das hatte sie während ihrer Verhandlungen mehr als deutlich gemacht. Als fände sie ihn abstoßend und könnte den Gedanken nicht ertragen, ihn zu berühren.

Was zum Teufel hatte er nur getan? Es war nicht der *Betrag*, den er für sie ausgab, sondern die Tatsache, dass er *überhaupt* Geld dafür bezahlte, mit einer Frau zusammen zu sein – einer Frau, die nicht einmal mit ihm schlafen würde. War er vollkommen verrückt geworden, ihre Bedingungen anzunehmen? Er hätte jede Frau – eine Schauspielerin, ein Model, wen auch immer – engagieren können, seine Freundin zu spielen und vorzugeben, dass ihr Name Holly sei. Es hatte keinen Grund gegeben, alles Erdenkliche zu tun, um Holly nach New York zu bringen und sie seiner Familie und seinen Freunden vorzuführen. Keinen Grund außer dem, dass er eine Ausrede brauchte, um sie wiederzusehen. Also, er gab es zu. Er hatte sich diesen ausgeklügelten Plan einfallen lassen, nur um sie wiederzusehen. Wie verrückt war das?

Was, wenn jemand in den Hamptons sie als Callgirl erkannte? Bestimmt hatte sie Kunden von auswärts, Männer mit Geld, die ihre Dienste in Anspruch genommen hatten. Was, wenn ihnen einer dieser Männer während ihres Aufenthalts in den Hamptons begegnete? Daran hatte er nicht gedacht. Sein Gehirn war so beschäftigt gewesen mit dem Gedanken, wie er Zeit mit Holly verbringen könnte, dass er die möglichen Konsequenzen keine Sekunde bedacht hatte. Wenn jemand sie erkannte, würde ihm diese ganze Scharade um die Ohren fliegen.

Die Risiken sind minimal, versuchte seine innere Stimme, ihn zu beruhigen. Richtig! Holly hatte schon eine beachtliche Zeit in den Hamptons verbracht, als sie Sabrina und Daniel vor deren Hochzeit besucht hatte. Und die Sinclairs hatten praktisch denselben Freundeskreis und dieselben Bekannten wie die Gilberts. Dadurch hatte Holly schon die meisten Leute kennengelernt, die sie vermutlich bei Pauls Eltern treffen würde. Es bestand wirklich kein Risiko. Und selbst wenn ein früherer Kunde auftauchte, war er wahrscheinlich verheiratet und es wäre nicht in seinem Interesse, zu verbreiten, in welcher Funktion er Holly kannte. Jeder schlaue Mann würde den Mund halten, um nicht seinen eigenen Ruf aufs Spiel zu setzen.

„Du hast eine schöne Wohnung“, sagte Holly und drehte sich zu ihm um.

„Danke. Sie entspricht meinen Anforderungen.“ Paul deutete zum Ende des Ganges. „Ich zeige dir mein Schlafzimmer.“

Sie versteifte sich sofort. „Dein Schlafzimmer? Ich dachte wir haben uns geeinigt – ”

„Ich habe das Gästezimmer zum Büro umfunktioniert, also werde ich auf der Couch schlafen. Das Schlafzimmer ist für dich“, versicherte er ihr hastig, doch in seinem Inneren fühlte er einen leichten stechenden Schmerz, als hätte sie ihm gerade ein Messer in den Bauch gerammt, indem sie ihre Bedingung bekräftigte, Sex aus der Beziehung herauszuhalten. „Die Putzhilfe hat heute Morgen die Laken gewechselt, also ist alles frisch.“

Holly nickte. „Danke.“ Es schien, als wollte sie etwas hinzufügen, aber dann wandte sie sich ab und beraubte ihn des Blickes auf ihr schönes Gesicht mit diesen strahlend blauen Augen.

„Die letzte Tür“, wies er sie an, als er ihr den kurzen Gang hinunter folgte, unfähig, seine Augen von ihren schwingenden Hüften zu lösen. Sie trug eine weiße Caprihose, die ihren wohlgeformten Po und ihre langen Beine akzentuierte und ihn daran erinnerte, wie er sie das erste Mal genommen hatte: auf ihren Händen und Knien, während dieser wunderschöne Hintern ihm direkt zugewandt gewesen war.

Er sollte sich für seine Dummheit auspeitschen. Wann war er auf die Schnapsidee gekommen, dass diese Abmachung mit Holly funktionieren würde? Sicherlich würde sie seine Freundin meisterhaft spielen, aber die Nächte alleine verbringen zu müssen und zu masturbieren, während sie im Zimmer nebenan schlief, wäre reine Folter. Selbst zweimal am Tag zu wichsen, würde die Spannung nicht lindern können. Würde dreimal helfen? Er bezweifelte es ernsthaft.

„Es gefällt mir“, sagte Holly, als sie das Schlafzimmer betrat, ihre Tasche auf den Nachttisch legte und ihr Handgepäck neben das Bett stellte. Dann drehte sie sich zu ihm um. „Aber warum bleiben wir in New York? Ich dachte, wir machen das für deine Eltern.“

Er stellte den Koffer im Zimmer ab. „Wir werden morgen zu ihnen fahren. Aber ich dachte, dass wir den heutigen Tag brauchen, um unsere Geschichte auszuarbeiten. Ich muss dich über die Einzelheiten meines Lebens ins Bild setzen.“

Als sie eine Augenbraue hochzog, fügte er hinzu: „Damit meine Eltern glauben, dass wir uns gut kennen. Ich will nicht, dass sie den Braten riechen. Ich dachte, dass wir alles durchgehen, sobald du dich von deinem Flug erholt hast.“

„Wir können gleich jetzt anfangen, wenn du willst. Ich bin ausgeruht. Erster Klasse zu fliegen ist wirklich erholsam.“

Überrascht nickte er und deutete auf den Gang hinter sich. „Machen wir es uns im Wohnzimmer gemütlich. Kann ich dir etwas zu trinken anbieten? Ein Glas Wein?“

„Nur Wasser bitte.“

Holly folgte ihm in die Küche, wo er zwei kleine Wasserflaschen aus dem Kühlschrank nahm und ihr eine reichte.

„Du solltest dir wirklich einen Wasserfilter anschaffen. Weißt du, wie viel Müll Plastikwasserflaschen produzieren?“, fragte sie.

„Sag mir nicht, dass du Umweltschützerin bist.“

Sie zuckte mit den Achseln. „Wir alle haben etwas, das uns am Herzen liegt.“

„Und was, abgesehen davon, den Planeten retten zu wollen, ist das für dich, Holly?“

Sie nahm einen Schluck Wasser. „Ich dachte, wir diskutieren die Einzelheiten deines Lebens, nicht meines.“

Paul ging um die Kücheninsel herum und bedeutete ihr, ihm ins Wohnzimmer zu folgen, wo er sich in einen Sessel setzte und ihr die Couch überließ.

„Ich muss auch mehr über dich erfahren, andernfalls werde ich mich verplappern.“ Er beobachtete, wie sie ihre Beine unter sich verschränkte und es sich in einer Ecke der Couch gemütlich machte.

„Die Wahrheit über mein Leben wird dir nicht weiterhelfen, wie wir beide wissen, denn du willst deinen Eltern sicherlich nicht sagen, was ich beruflich mache.“ Sie sah ihn direkt an und plötzlich fühlten sich ihre Worte wie eine Herausforderung an.

„Sag mir, wie dein Leben wäre, wenn du kein Callgirl wärst. Wir müssen meinen Eltern etwas erzählen. Was würdest du stattdessen tun?“

Es gab kein Zögern, als sie antwortete: „Ich würde eine Heiratsvermittlung leiten.“

Er runzelte die Stirn. Hatte er richtig gehört? „Eine Heiratsvermittlung? Du meinst wie *match.com* oder *eharmony.com*?“

„Nicht genau. Das sind Online-Dating-Firmen. Mein Unternehmen wird eine viel persönlichere Note haben. Ich werde alle Kunden treffen, herausfinden, was sie suchen und sie dann mit der Person zusammenbringen, zu der sie am besten passen. Dabei werde ich keinen Computer brauchen.“

„Und du denkst, dass so etwas eine Chance hat, wenn doch heutzutage jeder ins Internet geht, wenn er ein Date sucht? Denkst du nicht, das ist etwas altmodisch?“

„An der Liebe ist nichts Altmodisches. Würdest du es wirklich einem Computer überlassen, deine Ehefrau auszusuchen? Wäre es dir nicht lieber, dass dir eine echte Person bei dieser Suche hilft, jemand, der dich und deine Wünsche versteht?“

Paul musste zugeben, dass Holly nicht ganz unrecht hatte. „Und was für eine Art Klientel stellst du dir für so ein Unternehmen vor?“

„Hauptsächlich erfolgreiche, gebildete Menschen, Leute mit Geld. Schließlich ist diese Dienstleistung nicht günstig.“

„Komisch, ich kann mir dich bei so was wirklich vorstellen. Mit Kunden so zu reden, dass sie sich dir öffnen und dir erzählen, was sie suchen. Ich denke, das würdest du gut machen.“

Zum ersten Mal, seitdem sie angekommen war, schenkte sie ihm ein breites Lächeln, das bis zu ihren Augen reichte. „Danke.“ Sie nippte an ihrem Wasser. „Wie ist es bei dir? Was machst du beruflich, dass du dir so eine Wohnung in Manhattan leisten kannst? Oder ist das nur das Geld deiner Familie?“

Er versteifte sich sofort. „Nein. Ich habe nie einen Cent von meinen Eltern genommen, obwohl sie für mein Studium bezahlt haben. Also habe ich keinen Studienkredit.“ Er machte eine Grimasse. „Ich bin Makler.“

„Du meinst, du verkaufst Immobilien?“

Paul schmunzelte. „Nein. Ich vermittle Firmengeschäfte. Große Fusionen.“

Holly rutschte auf dem Sofa nach vorne, als hätte sie wirklich Interesse an seiner Antwort. „Wie machst du das?“

„Ich finde heraus, welche Firmen von einer Fusion profitieren würden, stelle dann Vorschläge zusammen und gehe persönlich zu ihnen und erläutere ihnen, warum sie fusionieren sollten. Ich zeige ihnen die Vorteile auf und wenn auf beiden Seiten Interesse besteht, helfe ich, die Verträge aufzustellen und die Details auszuarbeiten.“

„Das klingt kompliziert. Ich vermute, sie zahlen für diese Arbeit gut?“

„Sehr gut.“

„Woran arbeitest du gerade, oder ist das ein Geheimnis?“

„Ich habe erst vor einer Woche einen Deal abgeschlossen, also habe ich im Moment Ruhepause, bis etwas anderes beginnt. Etwas Freizeit.“ Zeit, die er mit Holly verbringen wollte.

„Und was machst du gerne in deiner Freizeit, Paul?“

Er bemerkte, dass sie angefangen hatte, ihn zu interviewen und ließ es geschehen. Immerhin musste sie etwas über sein Leben herausfinden, seine Vorlieben und Abneigungen, seine Eigenarten, damit ihre Scharade realistisch sein würde.

„Ich probiere gerne gutes Essen aus, hänge mit meinen Kumpeln rum oder gehe in Off-Off-Broadway-Shows.“

„Ins Theater?“, fragte sie.

„Ja, besonders die kleinen Bühnen. Dort findet man wirklich Schmuckstücke. Aufstrebende Schauspieler und großartig geschriebene Theaterstücke. Es lehrt einen viel über die Menschen und was sie bewegt.“

„Ich hätte dich nicht für einen Theaterfan gehalten. Ich habe in der High School ein bisschen Theater gespielt. Ich habe es geliebt, aber ich hasste es, typisiert zu werden.“

Paul lachte. „Lass mich raten: die doofe Blondine.“

Sie streckte ihm lachend die Zunge entgegen. „Kein Wunder, dass ich aufgehört habe.“ Dann rutschte sie wieder in die Ecke des Sofas zurück. „Okay, zurück zu dir. Was machst du noch gerne? Irgendwelche Sportarten?“

Versuchte sie festzustellen, ob er fit war? Sicher erinnerte sie sich doch an seinen trainierten Körper. Schließlich hatte sie ihn nackt gesehen. „Ich hebe Gewichte und wenn ich in den Hamptons bin, dann laufe ich jeden Morgen am Strand. Außerdem segle ich gerne.“

„Hast du ein Boot?“

„Nein, aber meine Eltern haben eins. Sie benutzen es kaum, weshalb für mich nie die Notwendigkeit bestand, ein eigenes zu kaufen. Wenn ich in den Hamptons bin, nehme ich ihres. Bist du schon mal gesegelt?“

„Ein, zwei Mal. Aber oft ist es in der Bucht von San Francisco zu kalt, um es wirklich zu genießen.“

„Tja, wenn es windig ist, wird es auch auf dem Atlantik kalt, aber wenn es überall heiß ist, schätzt man es, sich auf einem Boot abzukühlen. Außerdem bekommt man eine großartige nahtlose Bräune.“

Hollys Augenlider hoben sich, als sie scheinbar die Bedeutung seiner letzten Worte erkannte. Er konnte sich lebhaft vorstellen, wie Holly auf dem Deck des Bootes seiner Eltern lag, mit nichts am Leibe außer Sonnencreme. Der Gedanke machte ihn steinhart und er rutschte in seinem Sessel umher, wobei er ein Bein über das andere schlug, um seine Erektion zu verbergen.

Holly sah an ihm vorbei. „Erzähl mir von deiner Familie. Hast du Geschwister?“

Ihr Themenwechsel machte ihm nichts aus. Es war besser, sich auf andere Dinge zu konzentrieren als auf Hollys sinnlichen Körper. „Eine Schwester, Olivia. Sie ist verheiratet und hat einen dreijährigen Jungen und ein Baby ist auf dem Weg.“

„Ach ja? In welchem Monat ist sie?“

„Ich glaube im siebten. Du lernst sie in den Hamptons kennen. Sie und Quentin werden zum Jubiläum meiner Eltern kommen. Genauso wie ihr kleiner Balg.“

„Ihr Balg?“

„Jonathan. Er ist etwas schwierig.“ Ein *süßer* schwieriger Junge.

„Du magst keine Kinder?“

Sie schaute ihn an, als wäre sie enttäuscht, doch vielleicht irrte er sich.

Paul zuckte mit den Achseln. „Sagen wir einfach, mir liegt nichts an Kindern. Ich bin nicht scharf auf sie, wenn sie sich wie Jonathan benehmen.“ Nicht, weil er das Kind nicht liebte, sondern weil er nicht wusste, wie er mit ihm umgehen sollte. Er hatte einfach nicht die Fähigkeit, Jonathan dazu zu bewegen, mit dem Weinen aufzuhören, wenn er verstimmt war. Und es frustrierte ihn, seinen Neffen immer verärgert oder betrübt zu sehen. Er war ein Kind und sollte glücklich sein.

„Was meinst du damit?“

„Er schreit; er rennt wie ein Verrückter herum; er hat Wutanfälle. Seine Eltern können oder wollen ihn nicht im Zaum halten.“ Oder sie sorgten sich nicht genug, um es zu bemerken.

„Es gibt immer einen Grund, warum sich ein Kind so benimmt. Vielleicht schenken ihm seine Eltern nicht genug Aufmerksamkeit.“

Komisch, Pauls Mutter hatte dasselbe gesagt. Und Paul selbst vermutete das auch. „Also, magst du Kinder?“

Ein warmes Lächeln breitete sich auf Hollys Gesicht aus. „Ja. Sie sind winzige, kleine Wunder.“

Er bemerkte, wie er zurücklächelte. Dann blickte er in ihre Augen und konnte sich nicht erinnern, worüber sie geredet hatten. Alles, was er sah, war die Frau, die seine Welt in jener Nacht in den Hamptons auf den Kopf gestellt hatte. Und alles, was er wollte, war, dass sie es erneut tat.

11

Beim Abendessen in einem französischen Bistro in der Nachbarschaft hatte Paul ihr mehr von sich erzählt, praktische Dinge, wie etwa, wie er seinen Kaffee trank, welches Essen er mochte oder auch nicht, in welcher Kleidung er sich wohlfühlte, auf welche Schule er gegangen war, welche Universität er besucht hatte und vieles mehr.

Holly hatte versucht, sich jedes Wort einzuprägen und sich so sehr darauf konzentriert, dass sie zumindest davon abgelenkt gewesen war, wie gut Paul aussah und wie charmant er sein konnte, wenn er sie nicht gerade aus seinem Haus warf.

Er war in der Tat den ganzen Abend der perfekte Gentleman gewesen und hatte die Tür aufgehalten, als wäre sie eine Dame anstatt ein Callgirl, für das er bezahlte. Auf dem Weg nach Hause hatte er schnell die Seite mit ihr gewechselt, als ein Betrunkener an ihnen vorbeigegangen war, um sicherzustellen, dass sie nicht zu nahe an dem nach Alkohol stinkenden Mann vorbeigehen musste. Ihr gefiel seine Aufmerksamkeit.

Nun lag sie unruhig in seinem Bett und dachte darüber nach, ob es klug war, sein Angebot zu akzeptieren. Jetzt, da sie flüchtige Eindrücke des wirklichen Paul gesehen hatte, würde es nur noch schwerer sein, nach dieser Woche wieder nach Hause zurückzukehren. Jedoch hatten seine Worte, dass ihm Kinder gleichgültig waren, sie in ihrer Entscheidung bestärkt, ihm nie von ihrer Schwangerschaft zu erzählen. Er wollte keine Kinder, warum also sollte sie ihn mit diesem Wissen belasten?

Holly setzte sich im Bett auf und blickte auf die Uhr auf dem Nachttisch. Es war weit nach Mitternacht und sie konnte nicht schlafen. Ihr zartes Nachthemd klebte an ihren Brüsten und Schweiß lief ihr Dekolleté hinunter. Sie griff nach der Wasserflasche auf dem Nachtkästchen und bemerkte, dass sie leer war.

„Mist“, fluchte sie leise. Sie brauchte kaltes Wasser, um ihren erhitzten Körper abzukühlen.

Mit einem Seufzer schob sie die Decke zurück und stieg aus dem Bett. Der Teppich schluckte das Geräusch ihrer Schritte. Sie war auf dem Weg vom Korridor in Richtung Küche, als sie ein Stöhnen aus dem offenen Wohnbereich hörte.

Sie spähte um die Trennwand herum und hielt inne, während ihre Augen den Wohnbereich absuchten. Die Vorhänge waren nicht zugezogen und ließen das Licht der New Yorker Skyline in den Raum. Das schummrige Licht war genug, um zu sehen, woher das Stöhnen gekommen war und warum.

Paul lag mit nacktem Oberkörper auf der Couch, seine Boxershorts waren bis zu den Knien heruntergezogen und sein Unterleib entblößt. Seine Hand hielt seine Erektion umklammert und bewegte sich daran hoch und hinunter, während seine andere Hand seine Hoden streichelte.

Holly schlug sich die Hand vor den Mund, um ein Keuchen zu unterdrücken, das ihr zu entkommen drohte. Sie sollte sich sofort abwenden und in ihr Zimmer zurückgehen, aber ihre Beine gehorchten ihrem stummen Befehl nicht. Als wären sie am Boden verwurzelt, bewegten sie sich nicht. Fasziniert beobachtete sie Paul. Seine Augen waren geschlossen und die Muskelstränge an seinem Hals traten hervor, als er seinen Kopf zurück ins Kissen drückte. Seine Brustmuskeln spannten sich an und das Licht tanzte bei jeder Bewegung darauf und reflektierte sich in dem glänzenden Schweiß, der ihn bedeckte.

Ihr Blick schweifte nochmals tiefer, von seinem Schwanz angezogen. Bei jedem Strich nach unten spähte dessen Spitze aus seiner Faust und glitzerte bereits feucht. Sie hatte noch nie etwas Erotischeres gesehen als Paul sich selbst befriedigen. Ihr Körper reagierte sofort darauf. Feuchtigkeit sammelte sich zwischen ihren Beinen und ihre Nippel wurden steif. Sie rieb mit ihrer Hand darüber, um die plötzliche Qual zu stillen, aber sie wusste, dass es sinnlos war. Nur eins konnte das Verlangen lindern, das sie plötzlich verspürte: Pauls Mund auf ihrem und sein Schwanz in ihr. Aber sie konnte das nicht noch einmal tun. Es würde zu nichts führen.

Allerdings konnte nichts sie davon abhalten, ihn zu beobachten. Er würde nie erfahren, dass sie ihn gesehen hatte und zumindest konnte sie den Nervenkitzel genießen, der jetzt durch sie raste, als sie ihn masturbieren sah. Es zeigte ihr auch noch etwas anderes: Obwohl er Sex wollte, hatte er nicht versucht, sich ihr aufzuzwingen, trotz der Menge

Geld, die er für ihre Gesellschaft zahlte. Stattdessen legte er selbst Hand an sich und stillte sein Verlangen alleine.

Oder befriedigte er sich selbst, weil er nicht noch einmal mit einem Callgirl schlafen wollte? War er immer noch so angewidert davon, mit ihr geschlafen zu haben, wie er es sie an dem Morgen nach ihrer leidenschaftlichen Nacht hatte spüren lassen? Nichts von seinem Benehmen am heutigen Tag oder während des Abendessens hatte darauf hingedeutet, doch wahrscheinlich verbarg Paul seine Gefühle genauso wie sie. Nur dass seine Gefühle Abscheu waren, wohingegen ihre völlig anders waren.

Holly konnte ihre Augen nicht von ihm nehmen und wünschte sich, dass es ihre Hand wäre, die ihn jetzt streichelte, die seine Erektion drückte und ihn immer näher zum Höhepunkt brachte. Sie wollte ihn mit ihren Händen berühren und seine Eier halten, ihn mit ihrem Mund einfangen und mit ihrer Zunge lecken und saugen. Und dann kurz bevor er kam, wollte sie auf ihn steigen und ihn tief in sich aufnehmen und ihn reiten, bis er seinen heißen Samen in sie schoss und sie damit füllte.

Sie wollte all das und mehr. Aber sie konnte nur zusehen, wie Paul Befriedigung durch seine eigene Hand fand. Sie wusste, dass sie ihm seine Privatsphäre geben und ihn nicht beobachten sollte, aber sie war wie gelähmt. Was sie sah, war aufregender als jeglicher Pornofilm, den sie je gesehen hatte. Erregender als alles, was sie je getan hatte – außer der Nacht, die sie mit Paul verbracht hatte.

Holly befeuchtete ihre Lippen und ließ ihre Hand zu ihrem Geschlecht gleiten, umfasste es durch den dünnen Stoff und fühlte, wie es in ihrer Hand pulsierte. Ihre Augen klebten an Pauls Schwanz und seiner Hand, die sich auf und ab bewegte, während sie mit ihrem Finger über ihren Lustknopf rieb. Durch den Stoff fühlte sie die feuchte Wärme, die ihre weiblichen Falten durchtränkte.

Sein Schwanz könnte mit einem einzigen Stoß in sie gleiten und sie könnte ihn in ihrer feuchten Hitze einschließen. Dieser Gedanke machte sie noch heißer.

Als ein weiteres, dieses Mal lauteres Stöhnen von Paul kam, fühlte sie, wie ein Schauer durch sie raste. Sie sah, wie sein Körper zuckte und dann sein Samen aus seinem Schwanz spritzte und über seine Hand und seinen Bauch regnete.

Ihr Unterleib verkrampfte sich und sie rieb härter und fester über ihre Klitoris. Sekunden später presste sie ihre Lippen fest zusammen, um keinen Laut von sich zu geben, als ihr Orgasmus über sie hereinbrach.

Es dauerte Sekunden, bevor sie fähig war, zurück ins Schlafzimmer zu gehen und leise die Tür hinter sich zu schließen. Erst dann war sie wieder in der Lage zu atmen.

Es war verrückt! Sie musste sich unter Kontrolle bringen oder die kommende Woche würde zu einer Katastrophe werden und ihr Leben noch mehr durcheinanderbringen, als es schon war.

Von jetzt an musste sie sich zügeln und Paul nur als Kunden ansehen, als einen Mann, an dem sie kein Interesse haben durfte, denn in seinem Herzen gab es keinen Platz für sie oder ihr Kind.

12

Die Fahrt von Manhattan nach Montauk war überraschend angenehm gewesen. Holly hatte sich als großartige Gesprächspartnerin herausgestellt. Paul wusste selbst nicht, warum er erstaunt darüber war. Schließlich musste sie als Callgirl die Männer, mit denen sie zusammen war, unterhalten. Schon während des Abendessens am Tag zuvor hatte er bemerkt, wie einfach es war, mit Holly zu reden.

Sie hatten viele Informationen über ihre Leben ausgetauscht, alles, damit ihnen ihre Geschichte nicht um die Ohren fliegen würde, sobald sie seine Eltern trafen. Zumindest redete er sich das selbst ein, auch wenn ein Teil von ihm wusste, dass er ihr Dinge über sich und sein Leben erzählt hatte, damit sie ihn besser kennenlernte und vielleicht verstand, warum er vor zwei Monaten so reagiert hatte.

Er bog in die Auffahrt seines Elternhauses ein und hielt an. Nachdem er den Motor abgestellt hatte, drehte er sich zu ihr. „Bereit für die Vorstellung?“

Holly nickte. „Ich denke schon.“

„Gut.“

Er stieg aus dem Auto aus und ging nach vorne, um ihr Gepäck aus dem kleinen Kofferraum seines Porsches zu holen. In der Zwischenzeit war Holly ausgestiegen und hatte die Tür zugeschlagen.

Er sperrte die Haustür auf und stellte die Koffer ins Foyer. Hinter ihm trat Holly ein und schloss die Tür.

Paul lächelte sie an und streckte ihr seine Hand entgegen. „Wir müssen Händchen halten. Nur für meine Eltern“, murmelte er.

Als sie seine Hand nahm und er fühlte, wie ihre warme Handfläche seine berührte, schoss eine angenehme Wärmewelle von seiner Hand in seinen Arm hoch und breitete sich dann in seinem ganzen Körper aus.

„Mutter? Dad?“, rief er, aber er bekam keine Antwort. „Vielleicht sind sie hinten im Garten.“

Er zog Holly mit sich den breiten Gang entlang in den offenen Wohnbereich, der sich zu einer großen Terrasse mit Blick auf den

Swimmingpool und das kleine angrenzende Poolhaus hin öffnete. Er öffnete die Schiebetür, trat hinaus und ließ seine Augen schweifen. Niemand war am Pool oder saß auf der Terrasse. Hinter einer Hecke von Büschen, die etwas Privatsphäre bot, führte ein hölzerner Steg über den Sandstrand aufs Wasser hinaus. Das Boot seiner Eltern war dort angelegt, was bedeutete, dass sie auch nicht mit dem Boot draußen waren.

„Seltsam", sagte er sich, als er sich zu Holly wandte. „Sie wussten, dass ich heute komme."

„Vielleicht sind sie nur unterwegs, um Besorgungen zu machen."

„Hmm, naja, machen wir es uns in der Zwischenzeit gemütlich."

Er sah Holly an, die plötzlich gerötet wirkte. Gleichzeitig bemerkte er, dass er immer noch ihre Hand hielt. Es war so eine natürliche Geste, dass es ihm nicht einmal aufgefallen war.

„Möchtest du etwas Kaltes zum Trinken?"

Sie lächelte ihn dankbar an. „Das wäre toll."

Er führte sie wieder hinein und ging durch den angrenzenden Essbereich in die Küche.

„Wow, was für eine tolle Küche!", rief Holly aus.

„Ziemlich groß, wie?" Er lächelte. „Und weißt du, meine Mutter hasst kochen. Sie lässt jeden Tag eine Köchin aus dem Dorf kommen, um für sie und Dad zu kochen, damit sie es nicht tun muss."

Holly blickte sich um. „Was für ein Luxus."

Widerwillig ließ Paul ihre Hand los, ging zum Kühlschrank und nahm eine Flasche Wasser heraus, als seine Augen auf einen Briefumschlag fielen, der mit „Paul" beschriftet und mit einem Magneten an der Kühlschranktür befestigt war.

„Tut mir leid, dass es wieder Plastik ist." Er reichte Holly die Flasche und nahm den Umschlag von der Tür. Er zog ein Blatt Papier heraus und las es, dann sah er in Hollys fragendes Gesicht. „Hier steht, dass sie nach Boston fahren mussten, um meine Großtante Mirabelle abzuholen. Anscheinend wollten sie nicht, dass sie mit dem Zug fährt und Mirabelle wollte den Wagen mit dem Chauffeur nicht annehmen, den sie ihr schicken wollten." Er zwinkerte Holly zu. „Sie macht meine Mutter verrückt. Du wirst sie mögen."

„Deine Mutter oder Großtante Mirabelle?"

„Großtante Mirabelle natürlich. Glaub mir, meine Mutter wird dich von dem Moment an hassen, wo sie dich erblickt."

„Was? Na danke, dass du mir das jetzt sagst!", grummelte Holly.

Paul trat einen Schritt auf sie zu und nahm ihre Hand. „Es ist nichts Persönliches, aber meine Mutter wird jede Frau hassen, die ich mit nach Hause bringe, außer sie hat sie höchstpersönlich ausgesucht. Und deshalb bist du auch hier: Damit ich meiner Mutter ein für alle Mal klarmachen kann, dass ich mir die Frau, die ich eines Tages heiraten werde, selbst aussuchen werde und dass sie in dieser Angelegenheit kein Mitspracherecht hat. Und je eher sie das kapiert, desto besser."

Hollys Gesichtsausdruck besänftigte sich ein bisschen. „Du verträgst dich nicht mit deiner Mutter."

„Lass es mich mal so ausdrücken: Sie hat sehr hohe Erwartungen, von denen ich bisher keine erfüllt habe." Er würde nie die Erwartungen seiner Mutter erfüllen, denn er hatte nicht vor, ihren Wünschen nachzukommen.

„Das kann ich kaum glauben. Du bist geschäftlich erfolgreich, du passt gut auf dich auf. Worüber kann sie sich nur beschweren?"

Hatte ihm Holly gerade ein verstecktes Kompliment gemacht?

Paul zuckte mit den Schultern. Er wollte nicht zu viel Gewicht in Hollys Bemerkung legen. „Mütter. Was weiß ich, wie sie ticken?" Dann wechselte er das Thema. „Lass mich dir dein Zimmer zeigen. Es ist neben meinem, nur um den Anschein zu wahren. Meine Eltern werden annehmen, dass ich dich in das Zimmer neben meinem stecke, damit ich nachts ungesehen in dein Zimmer schleichen kann."

„Ich verstehe", antwortete sie und drehte sich zur Tür.

Als er das Gepäck nach oben trug, spürte er ihren Blick auf sich. Glaubte sie wirklich, dass er gut auf sich aufpasste? Hatte sie das körperlich gemeint? Verdammt, er klang wie ein Dreizehnjähriger, der sich fragte, ob das beliebteste Mädchen in der Schule scharf auf ihn war. Lächerlich! Er musste solche Gedanken abschalten. Sicherlich sprach da sein Schwanz. Selbst nachdem er in der vorherigen Nacht masturbiert hatte und dann nochmals morgens unter der Dusche, konnte er seine Libido nicht unter Kontrolle bringen. Vielleicht wäre es gut, wenn er die Nacht nicht alleine mit Holly verbringen würde.

Paul öffnete die Tür zum Gästezimmer und führte Holly hinein. Ihren Koffer stellte er neben dem Wandschrank auf dem Boden ab.

„Fühl dich wie zuhause."

„Das sieht sehr gemütlich aus."

Es gab ein Doppelbett mit einem Nachttisch, einen kleinen Schreibtisch und einen Stuhl am Fenster und einen bequemen Sessel und Ottomanen, alles in Weiß und Hellrosa.

Paul lächelte. „Das war früher Olivias Zimmer, aber da sie mit ihrem Ehemann und ihrem Sohn kommt, nimmt sie lieber eine der Gästesuiten neben dem Zimmer meiner Eltern." Er zwinkerte ihr zu. „Zumindest heißt das, dass wir Jonathan nicht schreien hören werden, wenn er nicht schlafen will."

Holly sah sich um. „Führt diese Tür ins Badezimmer?"

„Ja, aber es hat nur eine Dusche, also wenn du ein Bad nehmen willst, kannst du mein Badezimmer benutzen."

„Oh", sagte sie viel zu schnell. „Das ist schon okay, eine Dusche reicht mir."

Nun, er konnte ihr nicht übel nehmen, dass sie nicht das Bad mit ihm teilen wollte. „Ich dachte, ich biete es dir an." Er blickte auf seine Füße, dann sagte er, was er sagen musste, bevor er es sich anders überlegte. „Da meine Eltern bis Donnerstag nicht hier sind, glaube ich, kannst du dir heute Abend freinehmen. Kein Schauspielern für die nächsten zwei Tage. Wenn du willst, kannst du dir mein Auto leihen und Sabrina besuchen. Ich habe gehört, dass sie und Daniel für ein paar Tage bei seinen Eltern zu Besuch sind."

Ein Lächeln breitete sich auf Hollys Gesicht aus. „Du hättest nichts dagegen?"

Schien sie ein wenig zu begierig darauf zu sein, von ihm wegzukommen?

„Nein, natürlich nicht. Ich werde sehen, wer von meinen Freunden gerade hier ist und ein Bier trinken gehen."

Zumindest würde er dann heute Nacht nichts Dummes anstellen.

13

Holly hatte ihn in der Dune Bar abgesetzt und fuhr nun zum Haus der Sinclairs weiter. Paul beobachtete, wie sein Porsche in der Ferne verschwand, bevor er die Tür zur Bar öffnete und das schummrige Innere betrat.

Es war eine typische örtliche Kneipe. Er kam schon hierher, seit er alt genug für Alkohol war. Er liebte es, dass man in dieser Bar in Ruhe gelassen wurde, wenn man alleine sein wollte, und Gesellschaft fand, wenn einem nach einem Gespräch war.

Er blickte zu der langen Theke und sah Zach ihm bereits zuwinken. Neben ihm trank Jay den letzten Schluck seines Bourbons. Als Südstaatler bestand er immer darauf, Bourbon anstatt Whiskey zu trinken.

Paul war froh, dass seine zwei Freunde – ebenfalls Mitglieder des Clubs der ewigen Junggesellen – heute Abend nichts Besseres zu tun hatten, als mit ihm abzuhängen. Jay war gerade zu Besuch in Zachs Strandhaus in East Hampton, um einen dringend notwendigen Urlaub zu genießen. Und Zach arbeitete von seinem Strandhaus aus, da seine Eigentumswohnung in New York neu gestrichen wurde.

„Hey, Zach, Jay!“, begrüßte er sie und nahm den leeren Barhocker neben Zach für sich in Anspruch.

„Paul, schön dich zu sehen!“, antwortete Zach.

„Noch einen Bourbon und einen Drink für meinen Freund“, sagte Jay zum Barkeeper, dann drehte er sich zu Paul. „Was trinkst du, Paul?“

Paul nickte Steve, dem Kerl hinter der Bar, zu. „Ein Pils vom Fass, danke, Steve.“

„Du bist also endlich gekommen, wie?“, meinte Zach.

„Endlich?“

„Ja, ich habe neulich deine Mutter beim Einkaufen getroffen. Sie beschwerte sich, dass du zu viel Zeit in New York verbringst und nicht oft genug zu Besuch kommst.“

Paul verdrehte die Augen und nahm das Bier, das Steve ihm hinstellte. „Ich hoffe, du hast dich nicht auf ihre Seite geschlagen."

Zach lachte. „Ich weiß, wie man mit Müttern umgeht. Das darfst du mir glauben." Er hob sein Bierglas und stieß mit Paul an. „Zum Wohl."

„Wartet!", bat Jay und winkte dem Barkeeper. Einen Augenblick später hatte er seinen Bourbon in der Hand. „Jetzt bin ich bereit."

Sie stießen an und tranken.

Paul mochte das Gefühl des leicht bitteren Getränks, das seine ausgedörrte Kehle hinunterlief und seinen Körper von innen kühlte. In Hollys Nähe zu sein hatte seine Körpertemperatur in unangenehme Höhen steigen lassen.

„Ah, das habe ich gebraucht", kommentierte er, als er sein halbleeres Glas auf der alten Theke abstellte. „Steve, schenk mir gleich noch eins ein."

Steve bestätigte seine Anfrage mit einem Nicken.

„Wie lange bleibst du?", fragte Jay.

„Nur eine Woche. Ich glaube nicht, dass ich es länger aushalte. Besonders wegen dieser großen Party, die meine Eltern geplant haben. Habt ihr Einladungen bekommen?"

Beide nickten.

„Ich glaube, jeder in den Hamptons hat eine Einladung bekommen", sagte Zach.

Jay stieß ihn in die Seite. „Du meinst jeder mit Geld."

Zach lachte. „Das versteht sich ja von selbst." Dann warf er Paul einen entschuldigenden Blick zu. „Hey, sorry, aber du weißt doch genauso gut wie ich, dass die Einladungen deiner Mutter nach dem Nettoeinkommen priorisiert sind. Nichts für ungut."

Paul zuckte mit den Achseln und kippte den Rest seines Biers hinunter, gerade als Steve ihm ein neues volles Glas hinstellte. „Du könntest mich nicht beleidigen, selbst wenn du das wolltest."

„Hast du das gehört, Jay? Sieht so aus, als müsste ich mich mehr anstrengen."

Jay und Zack fingen an zu lachen und Paul stimmte ein.

„Kommt ihr beide zur Jubiläumsfeier?", fragte Paul.

„Um nichts in der Welt würde ich sie verpassen wollen", behauptete Jay, „auch wenn deine Mutter eine Begabung dafür hat, die langweiligsten Singlefrauen einzuladen – obwohl sie wirklich schön sind."

„Meistens", schränkte Zack ein. „Auf der letzten Feier deiner Mutter waren ein paar vollkommene Blindgänger dabei."

„Ich bin sicher, dass sie das durch ihren extremen Reichtum und ihre gute Erziehung wettgemacht haben", fügte Paul hinzu.

Jay beugte sich näher und senkte seine Stimme. „Ja, aber würdest du lieber eine hübsche oder eine reiche und gut erzogene Frau ficken?"

„Das eine muss das andere ja nicht ausschließen", sagte Zach grinsend. „Außerdem kannst du ja das Licht ausmachen."

Jay drehte sich zu Zach. „Ich weiß ganz bestimmt, dass du das nicht so meinst. Und der Grund, warum ich das weiß, ist, dass du dich nie mit weniger als Perfektion zufriedengeben würdest. Also warum sollten wir es dann?"

Paul schüttelte den Kopf. Es stimmte. Er hatte Zach noch nie mit einer Frau gesehen, die nicht umwerfend schön war. Umso überraschender war, dass Zach noch ungebunden war. Er hatte alles, was sich eine Frau wünschen konnte: Reichtum, gutes Aussehen, Bildung und Charme.

„Unterstütz mich hier mal, Paul!", fügte Jay hinzu.

„Genau", antwortete Paul.

„Tja, wen bringt ihr zwei denn auf die Party mit, wenn schon die Chance, dort eine passende Frau zu finden, minimal ist?", fragte Zach, bevor er den Rest seines Biers austrank. Er gab dem Barkeeper ein Zeichen, ihm noch eins einzuschenken.

„Ich gehe wahrscheinlich ohne Begleitung hin", antwortete Jay. „Und du, Paul?"

Paul nahm noch einen Schluck von seinem Bier. Er hatte nicht erwartet, Holly heute Abend erwähnen zu müssen. Aber es schien so, als könnte er das Thema nicht vermeiden. Nicht, dass er seinen Freunden viel erzählen würde. „Ich habe jemanden für die Woche mitgebracht."

Zwei Augenpaare drehten sich zu ihm und durchbohrten ihn neugierig.

Zach war der Erste, der fragte: „Wen?"

„Sie ist eine von Sabrinas Freundinnen. Ihr erinnert euch vielleicht an sie. Holly." Er versuchte, so ungezwungen wie möglich zu klingen.

„Ach? Sie besucht Sabrina und Daniel und du nimmst sie mit auf die Party?“, wollte Zach wissen.

Paul nahm einen Schluck von seinem Bier und schaute auf die Reihe von Flaschen, die die Bar säumten. „Nein, sie besucht mit mir zusammen meine Eltern.“

Zach fiel die Kinnlade herunter, während Jay durch seine Zähne pfiff. „Du Hundesohn! Wie konntest du bei ihr landen? Die Frau ist ein Hammer! Ich hätte es selbst probiert, aber sie war nach der Hochzeit plötzlich weg und ich hatte keine Gelegenheit mehr.“

„Zu spät“, sagte Paul. Jay würde sie nicht in die Finger bekommen. Dafür würde Paul sorgen.

„Moment mal!“, unterbrach Zach.

Paul warf ihm einen fragenden Blick zu. „Was?“

Wusste Zach mehr über Holly? War er vielleicht sogar einer ihrer Ex-Kunden? Nicht, dass Zach je erwähnt hatte, dass er ein Callgirl gebucht hatte, oder dass er es nötig hatte, wo er doch alles, was er wollte, von jeder Frau umsonst bekommen konnte. Doch würde ein Kerl wie Zach wirklich zugeben, ein Callgirl gebucht zu haben? Würde schon alles auffliegen, bevor das Ganze überhaupt angefangen hatte?

„Wenn sie bei dir ihm Haus übernachtet, was zum Teufel machst du dann hier mit uns?“

Einen Moment lang blieb sein Herz stehen. Dann durchfuhr ihn Erleichterung. Zach zog ihn nur auf. Sein Freund hatte keine Ahnung, was Holly war. Genauso wenig wie alle anderen. Nichts würde passieren. Sein und Hollys Geheimnis war sicher.

„Sie wollte sich mit Sabrina treffen, also habe ich ihr gesagt, dass ich nichts dagegen habe.“ Als seine beiden Freunde ihn zweifelnd ansahen, fügte er hinzu: „Und sobald sie genug vom Plaudern mit ihrer Freundin hat, wird sie im Bett auf mich warten.“

Wunschdenken!

Zach klopfte ihm auf den Rücken, aber Paul wusste, dass er die Bewunderung seines Freundes nicht verdiente. Er war ein Hochstapler. Er hatte Holly angeheuert, um seine Freundin zu spielen, und jetzt prahlte er vor seinen Freunden, dass er mit ihr schlief. Was für ein Stück Scheiße er doch war.

„Noch ein Bier, Steve.“

14

„Oh mein Gott, ich kann nicht glauben, dass du hier bist!“ Sabrina umarmte sie aufgeregt.

Holly kicherte. „Lass uns das Baby nicht zu Tode quetschen!“ Sie zeigte auf Sabrinas Babybauch. Sie war bereits im fünften Monat schwanger.

Ihre Freundin ließ sie los und zog sie in den Gang des Hauses der Sinclairs. Es war ruhig im Haus.

„Wo sind alle?“, fragte Holly, als Sabrina sie durch den offenen Wohnbereich nach hinten auf die Veranda führte.

„Daniel ist auf dem Heimweg. Er war mit seinem Vater im Country Club Tennis spielen und ich glaube, dass sie danach für ein paar Drinks geblieben sind. Raffaela ist auf dem Weg, James abzuholen, um mit ihm Abendessen zu gehen.“

Sabrina setzte sich auf die Couch im Freien und Holly gesellte sich zu ihr.

„Ich liebe diese Aussicht“, sagte Holly und zeigte auf den Strand und den Ozean dahinter. Die Sonne war schon untergegangen, aber das Licht aus den Häusern am Strand reichte aus, um die Wellen zu sehen.

Sabrina ignorierte ihren Kommentar und fragte stattdessen: „Warum hast du mir nicht gesagt, dass du kommst? Wo ist dein Gepäck? Wie lange bleibst du?“

„Hey, eine Frage nach der anderen! Und ich würde nicht einfach unangemeldet auftauchen und erwarten, ein Gästezimmer zu bekommen. Ich habe schon eine Übernachtungsmöglichkeit.“

„Was? Das erlaube ich nicht. Du bist meine beste Freundin. Ich kann dich nicht in einem Hotel übernachten lassen.“

„Ich bleibe in keinem Hotel.“ Wie sollte sie ihrer Freundin beibringen, in welcher Situation sie sich befand? Schließlich hatte sie Sabrina nichts von ihrer Nacht mit Paul erzählt. Denn wenn sie es ihr sagte, würde ihre Freundin es Daniel erzählen. Und was würde dann passieren? So wie sie Daniel kannte, würde er sich wahrscheinlich mit

Paul prügeln, sobald er hörte, wie er sie aus seinem Haus geworfen hatte. Nun, dem Haus seiner Eltern. Egal, es kam auf dasselbe hinaus.

„Du bist nicht im Hotel?"

Holly schüttelte langsam den Kopf. „Ich übernachte bei Paul."

Sabrina runzelte die Stirn. „Paul? Paul wer?"

„Daniels Freund Paul."

Ihre Kinnlade fiel herunter. „Paul Gilbert?"

„Ja."

Sabrina sprang beinahe von der Couch hoch. „Du gehst mit Paul aus? Oh mein Gott, das ist so aufregend! Wann ist das passiert? Wieso hast du mir nichts gesagt? Komm schon, rück raus damit!"

Holly verdrehte die Augen. „Es ist nicht so, wie du glaubst." Sie zappelte herum, weil sie nicht wusste, wie sie anfangen sollte und wie viel sie ihrer Freundin erzählen durfte. „Es ist kompliziert."

„Was ist daran kompliziert, dass du mit Paul ausgehst? Nun abgesehen davon, dass er in New York lebt und du in San Francisco. Aber selbst Fernbeziehungen können klappen."

„Ich gehe nicht mit Paul aus."

„Aber du hast doch gerade gesagt, du übernachtest bei ihm."

„Ja, aber nicht als seine Freundin. Nun, eigentlich soll ich seine Freundin spielen, aber ich bin nicht wirklich seine Freundin."

Sabrina griff nach ihrer Hand. „Holly, fang am Anfang an, weil das was du sagst keinen Sinn ergibt."

„Na gut", seufzte Holly. „Paul hat mich engagiert, seine Freundin zu spielen, um ihm seine Eltern vom Leib zu halten und sie dazu zu bringen, ihn nicht mehr mit Frauen zu verkuppeln, an denen er kein Interesse hat."

„Engagiert? Willst du damit sagen, er hat dich als Callgirl angeheuert?"

„Ja."

„Aber du hast den Job doch an den Nagel gehängt! Sag nicht, du hast wieder angefangen."

Holly schüttelte vehement den Kopf. „Nein, habe ich nicht. Ich habe endgültig aufgehört!"

„Aber er hat dich engagiert. Was ist los? Woher weiß er es überhaupt? Und warum hast du ihm nicht gesagt, dass du aufgehört hast?"

Holly hob ihre Hände. „Eine Frage nach der anderen, erinnerst du dich? Er hat es auf der Hochzeit herausgefunden. Du weißt schon, als ich noch als Callgirl gearbeitet habe."

„Wie hat er es herausgefunden? War Tim betrunken und hat es ausgeplaudert?"

„Tim hat nichts damit zu tun. Es war ein dummer Zufall. Kein Problem. Er wird es hier niemandem erzählen. Vertrau mir." Denn dann müsste Paul zugeben, dass er mit einem Callgirl geschlafen hatte, und sie wusste aus erster Hand, dass er sich nicht so die Blöße geben würde.

„Aber du hast doch gekündigt. Dich von ihm engagieren zu lassen bedeutet, dass du wieder im Geschäft bist."

„Bin ich nicht. Wir haben uns geeinigt, dass es keinen Sex geben wird. Es ist alles anständig. Alles, was ich tun muss, ist, vor seinen Eltern und deren Freunden vorgeben, dass wir ein Paar sind."

Sabrina schüttelte den Kopf, während sich Unglaube auf ihrem Gesicht ausbreitete. „Das ist irrelevant. Selbst wenn du nicht mit ihm schläfst, bedeutet das immer noch, dass du ein Callgirl bist. Warum machst du das? Ich dachte, du wolltest von vorne anfangen und dein eigenes Geschäft aufmachen. Oder hast du schon aufgegeben?"

Holly sprang auf. „Nein! Ich habe nicht aufgegeben. Aber hast du eine Ahnung, wie schwer das ist? Die Bank hat meinen Kreditantrag abgelehnt." Sie wollte nicht ins Detail gehen, warum, denn es machte keinen Unterschied. „Ich hatte alles organisiert, um diese super Heiratsvermittlung von einer Frau zu kaufen, die sich zur Ruhe setzen will. Und dann, *bam*! Ein weiterer Stein im Weg. Ich brauche das Geld, okay?"

„Holly, beruhige dich! Ich versuche ja nicht, dich niederzumachen. Ich versuche nur, dich zu unterstützen. Als du mir vor zwei Monaten erzählt hast, dass du aufhörst, hast du auch gesagt, dass ich dich daran erinnern soll, auf diesem Weg zu bleiben. Und das tue ich jetzt."

Holly seufzte und ließ sich wieder auf die Couch fallen.

„Es wird noch andere Geschäfte zu kaufen geben. In der Zwischenzeit wirst du einen Job finden und etwas Geld sparen und mehr Erfahrungen sammeln. Es wird sich alles zum Guten wenden und – "

„Ich kann das nicht, Sabrina."

„Natürlich kannst du das."

Holly konnte es nicht länger für sich behalten. „Ich bin schwanger, Sabrina. Niemand wird mich anstellen, sobald man es sehen kann."

Sabrina rang nach Luft und das Geräusch war lauter als die Wellen, die sich am Strand brachen. „Schwanger?"

Holly ließ den Kopf fallen. „Deshalb brauche ich das Geld. Mit dem Geld werde ich das Geschäft kaufen können und unabhängig sein. Ich werde in der Lage sein, für mein Baby zu sorgen."

„Oh Holly!" Sabrina verlagerte sich auf dem Sofa und einen Augenblick später lagen ihre Arme um Holly. „Wer ist der Vater?"

Holly zuckte mit den Schultern. Das war ein Geheimnis, das sie nicht mit ihrer Freundin teilen konnte. „Irgendein Typ. Es ist nicht wichtig. Ich kenne nicht einmal seinen Nachnamen. Er war von auswärts."

Sie fühlte sich schlecht, weil sie ihre beste Freundin belog, aber es war besser so. Wenn Sabrina wüsste, dass es Pauls Baby war, würde sie einen Plan aushecken, Paul darauf aufmerksam zu machen und ihn zwingen, das Richtige zu tun.

„Aber du musst ihn finden. Er muss dir mit dem Kind helfen. Zumindest muss er Alimente zahlen", protestierte Sabrina.

„Es ist mein Kind. Ich werde keinen Kerl, den ich einmal getroffen habe, in mein Leben eingreifen lassen. Nein, Sabrina, ich werde das selbst machen. Deshalb brauche ich das Geld, das Paul mir zahlt."

„Ich verstehe, aber es kann doch nicht so viel sein, dass es einen Unterschied macht. Du müsstest eine ganze Menge solcher Aufträge annehmen, um genug Geld zusammenzubekommen, um –"

„Er zahlt mir zweihundertfünfzigtausend Dollar für die Woche", unterbrach sie.

Sabrinas Mund klappte auf und einen Augenblick lang sagte sie kein Wort und starrte Holly nur mit geweiteten Augen an. Sie schluckte schwer. „Das ist verrückt. Und du sagst mir, dass er dafür, dass er dir zweihundertfünfzigtausend Dollar bezahlt, nicht einmal Sex will?"

„Wer will keinen Sex für zweihundertfünfzigtausend Dollar?", fragte plötzlich eine bekannte männliche Stimme aus der Tür zum Wohnzimmer.

Holly wirbelte ihren Kopf in die Richtung und sah zu ihrem Schrecken, wie Daniel auf die Veranda trat.

Scheiße!

Plötzlich fiel Daniels Blick auf sie. „Holly? Wow! Was machst du hier? Wo ist Paul?“

„Paul?“, wiederholte sie. Wusste Daniel schon, was los war? Aber wie?

„Ja.“ Er deutete mit dem Daumen Richtung Haus. „Sein Porsche steht in der Einfahrt.“

„Oh, ja, das.“ Holly wand sich auf der Couch. „Er hat ihn mir geliehen.“

Daniels Gesichtsausdruck verwandelte sich in Ungläubigkeit. „Paul lässt nie jemanden mit seinem Porsche fahren. Und am wenigsten eine Frau, nichts für ungut.“

Holly zuckte mit den Achseln.

„Was ist los?“ Sein Blick wanderte zwischen ihr und Sabrina hin und her. „Baby?“ Er sah seine Frau an und zog seine Augenbrauen hoch.

Holly tauschte einen Blick mit Sabrina aus. Sie wusste, dass ihre Freundin nichts sagen würde, es sei denn, Holly gab ihre Zustimmung. „Na gut. Aber lass *mich* es ihm erzählen.“ Zumindest könnte sie so kontrollieren, wie viel Daniel herausfinden würde. „Paul hat mich engagiert, um seinen Eltern vorzumachen, dass ich seine Freundin bin. Es ist nur ein Job für eine Woche und dann werde ich wieder nach San Francisco abreisen. Das ist alles. Keine große Sache.“

Daniel pfiff durch seine Zähne. „Keine große Sache? Habe ich richtig gehört? Er zahlt dir eine viertel Million Dollar dafür? Und er will nicht einmal Sex?“

„Genau. Also stell es nicht so hin, als wäre es etwas Geschmackloses. Insbesondere du solltest nicht mit Steinen werfen.“ Sie hasste es, Daniel daran erinnern zu müssen, dass auch er einmal ein Callgirl engagiert hatte, obwohl die Frau, die aufgetaucht war, in Wahrheit kein Callgirl gewesen war, sondern eine Anwältin: Sabrina.

„Ich werfe nicht mit Steinen. Aber ich möchte dich auf etwas hinweisen: Wenn du denkst, dass Paul eine viertel Million Dollar für eine falsche Freundin zahlt, ohne Sex zu erwarten, dann kennst du ihn schlecht.“

Holly sprang auf. „Ich schlafe nicht mit ihm! Und ich habe es auch in Zukunft nicht vor.“

Denn Paul wollte sie nicht. Er würde sie nie respektieren und sie wollte keinen Mann, der es bedauerte, ein Callgirl befriedigt zu haben.

15

Paul stieg aus dem Taxi, das ihn an seinem Elternhaus abgesetzt hatte, und ging zur Eingangstür. Er schloss die Tür auf und trat ins Haus. Außer einem schwachen Licht aus dem Wohnzimmer war das Haus dunkel. Langsam ging er auf die Lichtquelle zu. Der Fernseher war an, aber der Ton war leise eingestellt.

Er erblickte Holly, wie sie nur in Jogginghose und einem weiten T-Shirt gemütlich auf der Couch lag. Sie drehte ihren Kopf, als sie ihn näherkommen hörte.

„Hi", murmelte sie.

Er wusste, dass er zu viel getrunken hatte, aber er konnte immer noch stehen und normal gehen. Er lallte nicht, doch ihm war klar, dass sein Urteilsvermögen getrübt war. Und der Grund, warum er das wusste, war, weil er jetzt zur Couch ging und sich auf die Kante setzte und dabei an Hollys Oberschenkel stupste, wo er doch nach oben in sein Zimmer gehen und sich schlafen legen sollte.

Holly rutschte von ihm weg und er nutzte diese Gelegenheit, um mehr Platz auf der Couch einzunehmen und sie in die Ecke zu drängen.

„Hi", antwortete er. „Hattest du Spaß mit Sabrina?"

Sie nickte, wobei ihre Augen ihn wie die eines Falken beobachteten. Und das zu Recht. Seine Hemmungen waren an einem absoluten Tiefpunkt angelangt und er war kurz davor, etwas zu tun, was er am Morgen sicherlich bereuen würde. Aber er hatte nicht die Kraft, sich zurückzuhalten. Nicht, wenn Holly so verführerisch aussah.

„Hör zu, Holly, wir machen alle manchmal Fehler. Ich wollte nicht . . . " Er schluckte schwer. „Ich überreagiere manchmal. Verstehst du. Aber es ist schwer, etwas zurückzunehmen, selbst wenn man es will."

„Manche Dinge kann man nicht zurücknehmen", sagte sie in einem gleichmäßigen Ton.

„Ich weiß. Deshalb wünschte ich, es gäbe eine Zeitmaschine, damit ich die Zeit zurückdrehen und alles ungeschehen machen könnte."

Holly sah an ihm vorbei. „Würden wir das nicht alle gern können?“

Paul nickte ernst. „Ja.“

Sie bewegte sich, um sich an ihm vorbeizudrücken. „Ich bin müde. Ich werde ins Bett gehen.“

Bevor er wusste, was er tat, packte er ihren Unterarm und hielt sie auf. Dann lehnte er sich näher und senkte seinen Kopf zu ihrem. „Geh nicht.“

Sie schloss einen Moment lang die Augen. „Ich muss.“

Er strich mit seiner Hand ihren Arm hinauf und liebkoste ihre Schultern, dann wanderte er zu ihrem Hals und umfasste ihren Nacken. Er spürte, wie sie unter seiner Berührung zitterte. War es, weil sie ihn wegschieben oder ihn heranziehen wollte?

„Holly“, flüsterte er und näherte sich ihren Lippen.

Als ihr Atem aus ihrem Mund rauschte und gegen ihn prallte, verlor er die Kontrolle und nahm ihre Lippen mit seinen gefangen.

Sie nach so langer Zeit wieder zu kosten, brachte die Erinnerungen an jene Nacht noch lebendiger zurück, als sich zu Fantasiebildern von Holly selbst zu befriedigen. Sein Schwanz wurde innerhalb von Sekunden hart und seine Hände taten das Einzige, was sie konnten: Sie drückten Holly in die Sofakissen zurück. Dann war sein Körper über ihrem und seine Erektion drückte gegen sie, während seine Zunge sie erforschte und er sich wieder mit ihrem Geschmack vertraut machte.

Paul stöhnte bei dem Gefühl, das dieser Kuss durch seinen Körper sandte. Er hatte das vermisst, vermisst, sie zu küssen, sie zu berühren, sie in seinen Armen zu halten.

Aber er wollte mehr. Seine Hand wanderte tiefer und erreichte den Scheitelpunkt ihrer Schenkel. Gierig umfasste er ihr Geschlecht durch den Stoff ihrer Jogginghose und spürte, wie sie nach Luft rang.

Er war so in den Kuss vertieft, dass er zu spät bemerkte, dass Holly plötzlich gegen ihn presste und ihn von sich stieß. Er landete auf dem Teppich.

„Ich mache das nicht noch mal!“, rief sie. „Hörst du mich? Ich kann das nicht.“

Gleichzeitig sprang sie auf, rannte Richtung Flur und verschwand aus seinem Blickfeld.

„Verdammt!“ Jetzt hatte er alles noch schlimmer gemacht.

Holly rannte die Treppe hinauf und war froh, als sie das Gästezimmer einen Augenblick später erreichte. Sie schlug die Tür hinter sich zu, ließ sich aufs Bett fallen und hämmerte mit der Faust in die Matratze.

Nein! Nein! Nein!

Sie würde ihrer Begierde nicht nachgeben, nur weil es sich gut anfühlte, Pauls Hände und Lippen auf ihrem Körper zu spüren. Nein, sie würde nicht so tief sinken und wieder mit einem Mann schlafen, der sie nicht respektierte. Egal, was er jetzt sagte. Egal wie sehr sie eine Umarmung brauchte.

Bist du dir da sicher?, fragte eine Stimme aus ihrem Inneren.

„Ich bin mir sicher!", murmelte sie zu sich selbst.

Warum hast du dann auf ihn gewartet?

Sie setzte sich auf und verkrampfte ihren Kiefer. Es war wahr. Sie hatte auf ihn gewartet, aber nur, um sicherzustellen, dass er gut nach Hause kam. Schließlich war er mit seinen Kumpeln trinken gewesen und sie wollte sich vergewissern, dass ihm nichts passiert war.

Naja, nicht einmal sie selbst glaubte diese Erklärung. Aber das bedeutete nicht, dass sie mit ihm schlafen wollte. Morgen würde sie mit ihm reden und ihn an die Grenzen erinnern, auf die sie sich geeinigt hatten. Und wenn er sich nicht daran halten konnte, hatte sie nur eine Wahl: ihm das Geld zurückzugeben und zu gehen.

Und was, wenn du diejenige bist, die sich nicht an die Grenzen halten kann?, meldete sich ihre innere Stimme wieder zu Wort.

In diesem Fall war sie vollkommen aufgeschmissen.

16

Paul war bei Tagesanbruch aufgewacht und am Strand entlang gejoggt, um den bitteren Nachgeschmack der vergangenen Nacht loszuwerden. Er fühlte sich wegen seines Benehmens wie ein Schweinehund. Sicherlich könnte er es auf den Alkohol schieben, den er in der Bar konsumiert hatte, aber dadurch fühlte er sich auch nicht besser.

Nach seiner Rückkehr vom Joggen, als er frisch geduscht hatte und aus seinem Zimmer trat, hörte er Geräusche aus dem Erdgeschoss. Holly war anscheinend bereits wach.

Beklemmt ging er in die Küche und beobachtete, wie sie die Kaffeemaschine mit gemahlenem Kaffee füllte, dann den Deckel schloss und sie einschaltete. Sie sah wunderschön aus mit ihrem langen blonden Haar, welches ungezähmt über ihren lässigen cremefarbenen Pulli fiel, den sie zu einer Capri-Hose trug.

„Morgen“, sagte er und blieb an der Tür stehen.

Holly drehte kurz ihren Kopf zu ihm. „Morgen.“ Dann beschäftigte sie sich damit, den Küchentresen abzuwischen.

Es war offensichtlich, dass sie ihn mied.

„Holly, ich möchte mich entschuldigen.“ Paul machte ein paar Schritte auf sie zu und blieb dann wieder stehen. Er wollte sie nicht bedrängen, das würde sie sicherlich nicht begrüßen, nicht nach seinem Benehmen von letzter Nacht. „Ich könnte sagen, dass ich betrunken war und dass ich dich geküsst habe, weil ich betrunken war. Aber das wäre nicht die ganze Wahrheit.“

Bei seinen letzten Worten hob sie plötzlich die Augenlider und sah ihn an.

„Weil die Wahrheit ist, dass ich dich geküsst habe, weil ich mich immer noch zu dir hingezogen fühle. Nichts hat sich geändert. Wenn ich dich ansehe, will ich dich berühren. Ich möchte dich in meinen Armen spüren und dir Vergnügen bereiten. Aber ich weiß, dass du das nicht mehr willst. Und das kann ich dir nicht einmal übel nehmen.“ Paul wandte sich zur Seite und sah durch die Glasscheiben der Doppeltüren hinaus, die zum Garten und zum Swimmingpool führten. „Ich habe dich schrecklich behandelt. Wir alle treffen Entscheidungen im Leben, die auf Umständen basieren, in denen wir uns gerade befinden. Ich weiß nicht, was deine Umstände waren und warum du dich entschlossen hast, das zu tun, was du tust, und das muss ich auch nicht wissen. Es geht mich nichts an und ich hatte kein Recht, dich zu verurteilen. Wenn ich die Zeit zurückdrehen könnte, würde ich das alles ungeschehen machen. Aber diese Fähigkeit habe ich leider nicht."

„Danke. Du hast recht. Es wäre besser gewesen, wenn ich in jener Nacht nicht mit dir mitgegangen wäre. Es war dumm."

Paul drehte sich wieder zu ihr. „Das habe ich nicht gemeint. Ich würde die Nacht nicht ungeschehen machen, nur den Morgen danach. Aber ich verspreche dir, dass du nichts mehr von mir zu befürchten hast. Ich verspreche dir, dass ich dich nie wieder unangemessen berühren werde. Du verdienst etwas Besseres."

Hollys Augen glänzten plötzlich voller Wärme und es schien, als wollte sie etwas sagen, doch dann überlegte sie es sich anders und nur zwei Worte kamen über ihre Lippen: „Vielen Dank."

Paul öffnete eines der Hängeschränkchen und nahm zwei Tassen heraus.

„Möchtest du später Segeln gehen? Zach hat uns alle auf seine Jacht eingeladen. Es wird Mittagessen geben. Einige der Jungs werden dabei sein. Ich glaube, er hat Daniel angerufen, um zu fragen, ob er und Sabrina auch mitkommen wollen. Ich kann gerne nachfragen, ob sie kommen. Aber du musst nicht mit, wenn du lieber alleine hierbleiben möchtest. Ich habe nichts dagegen. Es liegt an –"

„Ich komme gerne mit", unterbrach Holly sein Geplapper. „Ich bin sicher, das wird Spaß machen."

Paul lächelte sie an, erleichtert, dass sie so großzügig war, ihm sein Fehlverhalten zu vergeben. „Danke." Vielleicht könnte sich zumindest eine Freundschaft zwischen ihnen entwickeln.

Zwei Stunden später hielt Paul mit seinem Porsche vor Zachs Strandhaus und stellte den Motor ab. Er zeigte auf einen weiteren Sportwagen, der neben ein paar anderen Autos stand und drehte sich zu Holly. „Sieht so aus, als wären Daniel und Sabrina schon hier."

„Großartig!“, antwortete sie und sprang aus dem Wagen.

Er machte es ihr nach und deutete zu einem Holzsteg, der an der linken Seite des Strandhauses entlangführte. „Das ist der kürzeste Weg zur Anlegestelle.“

Paul wartete, bis Holly bei ihm war und sie gingen gemeinsam den hölzernen Weg entlang.

„Da ist noch etwas.“

Sie sah ihn fragend an. „Ja?“

„Gestern Abend, als ich mit Jay und Zach aus war, fiel dein Name.“

„In welchem Zusammenhang?“

Befürchtete sie, dass er ihnen in seinem betrunkenen Zustand erzählt hatte, dass sie ein Callgirl war? Er konnte sie das nicht denken lassen. „Keine Angst, ich habe ihnen nicht die Wahrheit erzählt. Ich habe ihnen gesagt, dass wir zusammen sind.“

Holly nickte. „Ok.“

„Das heißt also, es wäre gut, wenn ich deine Hand halten würde, damit es realistisch aussieht.“ Paul blickte sie an. „Aber keine Sorge, wir werden uns nicht küssen müssen. Die Jungs wissen, dass ich in der Öffentlichkeit nicht sehr anhänglich bin, also werden sie es nicht seltsam finden, wenn sie uns nicht rumturteln sehen.“

„Sicher.“ Dann hielt sie an, sodass er auch stehen bleiben musste. „Da wir gerade so offen zueinander sind, solltest du auch wissen, dass ich Sabrina von unserer Abmachung erzählt habe. Ich hatte wirklich keine andere Wahl.“

„Nun, ich nehme an, sie weiß sowieso, was du beruflich machst.“

„Sie verurteilt mich nicht deswegen“, meinte Holly. „Aber Daniel ist hereingeplatzt, als wir gerade im Gespräch waren. Er hat sowieso immer über meinen . . . Beruf Bescheid gewusst. Aber jetzt weiß er auch, dass du mich engagiert hast.“

„Scheiße!“, fluchte Paul.

Würde sein Freund ihn jetzt verurteilen? Doch gleich, nachdem ihm diese Frage in den Sinn gekommen war, schüttelte er den Kopf, denn er erkannte plötzlich, dass es ihm egal war, was seine Freunde, wenn sie es herausfänden, über die Situation denken würden. Das überraschte ihn, weil er sein ganzes Leben lang darauf gedrillt worden war, zu bedenken, was andere Menschen von ihm hielten: seine Eltern, seine Kollegen, seine Freunde und selbst seine Feinde. Plötzlich schien all das unwichtig zu sein. Es zählte nur, was er selbst dachte – und was Holly dachte.

„Na egal“, beschwichtigte Paul Holly und sich selbst. „Daniel wird nichts zu den anderen sagen. Nicht um meinen Ruf zu schützen, sondern deinen. Ich weiß, dass er viel von dir hält.“

„Er ist ein guter Kerl. Ich mag ihn.“

Sie gingen weiter den Steg entlang und erreichten die Anlegestelle ein paar Augenblicke später. Ein glänzendweißes Segelboot war dort vertäut und mehrere Leute waren schon an Bord. Zach war damit beschäftigt, die Knoten, mit denen das Hauptsegel am Mast befestigt war, zu lösen, damit es später auf offener See hochgezogen werden konnte. Jay machte das gleiche mit dem Focksegel am Bug.

Am Heck stand Daniel hinter Sabrina, die ihre Hände am Steuerruder hatte, und schien ihr zu zeigen, wie man ein Boot manövrierte.

Paul nahm Hollys Hand und winkte seinen Freunden zu, gerade als Hunters Kopf aus der Kabine lugte. Er war der Erste, der sie sah und winkte zurück.

„Hey, Jungs, schaut, wer es endlich geschafft hat!“, rief Hunter und veranlasste den Rest der Truppe damit, ihre Köpfe in ihre Richtung zu drehen.

Hinter Hunter kam Wade aus der Kabine.

Als Paul das Boot erreichte, begrüßte er sie: „Jungs! Sabrina! Schön euch zu sehen!“

Hallos und andere Begrüßungen kamen ihm und Holly entgegen.

„Erlaubnis an Bord zu kommen“, sagte Paul, wobei er Zach ansah.

„Erlaubnis erteilt.“

Paul half Holly, auf das Segelboot zu klettern. „Vorsichtig, es könnte glatt sein.“

„Danke.“ Holly ließ seine Hand los, sobald sie an Bord war, und ging sofort zu Sabrina, um sie zu umarmen. „Hey, Schatz.“

Paul gesellte sich zu seinen Freunden. „Wo sind Xavier und Michael? Kommen sie nicht?“

Während Jay immer noch in Hollys Richtung blickte, antwortete Hunter: „Den beiden ist in der Arbeit etwas dazwischen gekommen. Sie werden frühestens in zwei oder drei Tagen in den Hamptons eintreffen.“

„Schade“, sagte Paul geistesabwesend, während er beobachtete, wie Jay sich Holly näherte.

„Schön, dich wiederzusehen, Holly!“, sagte Jay und umarmte sie herzlich.

„Es ist eine Weile her“, meinte Holly.

Paul bemerkte, wie sich sein Kiefer unwillkürlich verkrampfte. Versuchte Jay, in sein Revier einzudringen? In dem Versuch, sich zu beruhigen, wandte sich Paul ab und bemerkte, wie Daniel ihn anstarrte. Er blickte seinem Freund einige Momente in die Augen, um ihm klarzumachen, dass er sich nicht für das schämte, was er tat. Es war Daniel, der den Blickkontakt schließlich abbrach und dann seinen Arm um seine Frau legte.

„Baby, soll ich dir und Holly etwas zu trinken holen?“, fragte er sie.

Paul drehte sich weg und gesellte sich zu Zach, der immer noch damit beschäftigt war, das Hauptsegel loszubinden.

„Kann ich dir zur Hand gehen?“

Zach deutete auf das Focksegel. „Da Jay mich im Stich gelassen hat, um mit deiner Freundin zu flirten, könntest du vielleicht beenden, was er angefangen hat.“

„Sicher.“ Paul ging zum Focksegel und machte sich an die Arbeit.

„Sie ist sogar noch schöner, als ich sie in Erinnerung hatte“, sagte Zach leise, sodass die anderen am Heck des Bootes ihn nicht hören konnten.

Stolz schwoll in Pauls Brust an. Zach hatte recht. Holly war eine Wucht. Er hatte noch nie eine schönere Frau als sie gesehen. „Das ist sie.“

„Du bist ein glücklicher Hundesohn.“

Paul wusste, dass er das nicht war, denn Holly gehörte ihm nicht. Aber er konnte das nicht zugeben, weder seinen Freunden noch sich selbst gegenüber. In seinem Kopf war sie zumindest für diese Woche seine Freundin. Selbst wenn sie nicht sein Bett wärmen würde, konnte er sie doch zumindest gelegentlich berühren, wenn auch nur, um ihre Hand zu halten.

Plötzlich konnte er es nicht erwarten, bis seine Eltern endlich eintrafen, damit er ein paar Küsse von ihr erhaschen konnte. Natürlich nur, um seine Eltern von der Tatsache zu überzeugen, dass er und Holly ein Liebespaar waren.

„Warum so ernst?“, fragte Zach plötzlich.

„Es ist nichts. Mir graut nur vor dieser blöden Jubiläumsfeier meiner Eltern. Es wird zugehen wie in einem Zirkus“, lenkte er ab.

Zach klopfte ihm auf die Schulter. „Keine Sorge. Die Jungs und ich werden kommen und dich aus dem Schussfeld halten.“ Sein Freund zwinkerte ihm zu. „Und wenn es nötig ist, werden wir Xavier dazu verdonnern, mit deiner Mutter zu flirten. Er wird nichts dagegen haben.“

„Ihhh!“ Der Gedanke, dass irgendjemand mit seiner Mutter flirten musste, war ihm nicht geheuer. „Ich würde das nie einem Freund antun. Außerdem habe ich Holly, um mich aus der Schusslinie zu halten. Das wird eine Party sein, bei der mir meine Mutter keine heiratswütige Junggesellin ihrer Wahl andrehen kann.“

Zach lachte. „Wenn du das sagst. Aber wie ich deine Mutter kenne, hat sie noch mehr im Ärmel. So leicht wird sie nicht aufgeben.“

„Aber sie wird nicht gewinnen.“ Paul löste den letzten Knoten am Segel. „Also, sollen wir das Boot aufs Wasser hinausbringen und etwas Spaß haben?“

„Hört sich gut an.“

Er folgte Zach zum Heck des Bootes, wo der Bereich um das Steuerruder und das Backbord von Bänken eingerahmt war, als plötzlich ein Schnellboot an ihnen vorbeiraste und dessen Kielwasser die Seite des Bootes traf und es zum Schaukeln brachte.

Paul war es gewohnt, auf einem Boot zu sein, und hatte schnell sein Gleichgewicht wieder gefunden, aber Holly, die sich immer noch mit Jay unterhielt, schwankte nach hinten. Paul war sofort hinter ihr und fing sie auf, bevor sie stürzen konnte.

„Vorsichtig, Baby“, sagte er, wobei ihm der Kosename herausrutschte, bevor er sich davon abhalten konnte. Naja, wenn er Glück hatte, würde Holly denken, dass er ihn wegen seiner Freunde benutzt hatte.

Sie wandte ihm ihr Gesicht zu und lächelte. „Danke, Paul.“

Lächelte sie, weil sie wirklich dankbar war, oder zog sie eine Schau für seine Freunde ab, um vorzugeben, dass sie ein frischverliebtes Pärchen waren?

Er hatte seinen Arm immer noch um ihre Hüfte liegen. „Jederzeit. Ich glaube, dir müssen erst noch Seemannsbeine wachsen, wie?“

Jay lachte leise. „Hör nicht auf ihn, Holly! Deine Beine sind absolut in Ordnung, so wie sie sind.“

Paul warf ihm einen finsteren Blick zu, verärgert über seine unverschleierte Anmache.

Sein Freund verdrehte die Augen, zwinkerte dann Holly zu und beugte sich näher. „Pass auf den Kerl auf. Ich glaube, er hat eine besitzergreifende Ader.“ Dann wandte sich Jay an Hunter. „Hey, wo ist das Bier, das du mir aus der Kabine bringen wolltest?“

Hunter hob seine Hände. In einer hielt er eine halb leere Flasche Bier, in der anderen eine Flasche Wasser. „Sorry, Ladies first.“ Dann ging er zu Daniel und Sabrina, die auf der Bank saßen, und gab Sabrina das Wasser.

Paul bemerkte sofort, dass Sabrina kreidebleich war.

„Ich glaube nicht, dass ich bleiben kann.“ Sie schloss einen Augenblick die Augen. „Vom Schaukeln wird mir übel.“

„Das ist noch gar nichts“, behauptete Hunter. „Warte, bis wir draußen sind. Da wird es noch wackeliger.“

Daniel legte seinen Arm um Sabrinas Schultern. „Ich glaube, wir gehen besser. Ich will nicht, dass dir schlecht wird.“ Er legte seine andere Hand auf ihren runden Bauch und streichelte sie zärtlich. „Komm, lass uns gehen.“

Daniel sah in Zachs Richtung. „Sorry, Kumpel, aber ich habe das Gefühl, dass wir aufs Segeln verzichten müssen, solange Sabrina schwanger ist.“

Er erhob sich und half Sabrina auf.

„Kein Problem, Daniel“, antwortete Zach.

„Du kannst bleiben, Daniel, wirklich. Du solltest das nicht verpassen, nur weil ich mich ein bisschen mulmig fühle“, meinte Sabrina.

„Ich will nicht, dass du alleine bist“, antwortete er.

„Ich bringe sie heim“, bot Holly an, ging zu Sabrina hinüber und nahm ihren Arm.

Daniel sah Holly an. „Aber dann verpasst du doch den ganzen Spaß.“

Holly machte eine wegwerfende Geste. „Es macht mir wirklich nichts aus. Du solltest mit deinen Freunden rumhängen. Sabrina und ich vergnügen uns schon alleine.“

Sabrina lächelte sie dankbar an und als Daniel nickte, spürte Paul, wie ihn Enttäuschung durchströmte. Er hätte es genossen, ein paar Stunden mit Holly in der sorgenfreien Umgebung des Segelboots zu verbringen.

Holly drehte sich zu ihm um. „Paul, du hast doch nichts dagegen, oder?“

Er kam einen Schritt auf sie zu. „Nein, natürlich nicht“, log er. „Pass auf Sabrina auf, das ist wichtiger.“

„Danke. Ich sehe dich später.“ Holly lehnte sich zu ihm und gab ihm einen sanften Kuss auf die Lippen. Die Berührung war so kurz, dass er glaubte, geträumt zu haben.

Aber er wusste, dass er das nicht hatte: Der Neid in den Gesichtern seiner Freunde war Beweis dafür, dass sie ihn wirklich geküsst hatte.

„Warum nimmst du nicht mein Auto?“ Er zog seine Autoschlüssel aus der Tasche und drückte sie ihr in die Hand. „Ich lasse mich später von einem der Jungs zuhause absetzen.“

„Danke.“

Paul beobachtete, wie die beiden Frauen von Bord gingen.

Er hörte Sabrina Holly danken und schaute dann zu, wie Holly den Arm ihrer Freundin nahm. Ein paar ihrer Worte trieben mit dem Wind, der wehte, zu ihm. „. . . fühle mich auch etwas mulmig.“

Kurz darauf waren sie auf offenem Wasser, die Segel füllten sich mit Wind und trieben das Boot vorwärts.

Paul ging in die Kabine und schnappte sich ein paar Biere aus dem großen Küchenbereich, die er mit nach draußen nahm, wo Jay das Boot steuerte und Zach das Focksegel ausrichtete. Er gab Jay ein Bier und setzte sich auf die Bank. Wade und Hunter saßen an der Seite des Bootes und ließen ihre Füße über die Reling hängen. Er konnte ihre Unterhaltung nicht hören; der Wind, der an seinen Ohren vorbei blies, machte es unmöglich.

Paul öffnete das Bier und nahm einen Schluck, als ein Schatten auf sein Gesicht fiel. Daniel stand über ihm.

„Hey.“

Sein Freund setzte sich neben ihn. „Also?“

Natürlich wusste er, worüber Daniel reden wollte, aber von sich aus wollte Paul nichts sagen. Außerdem ging es Daniel nichts an, was er und Holly ausgemacht hatten.

„Ich hätte nie gedacht, dass du jemand bist, der Geld verschwendet."

Also wusste Daniel, was er sich das Privileg, Zeit mit Holly zu verbringen, kosten ließ. „Das bin ich auch nicht."

„Verarsch mich nicht!"

„Hör zu, Daniel, ich glaube, du solltest dich da raushalten." Paul hob die Bierflasche zu seinen Lippen und nahm einen großen Schluck.

„Das kann ich nicht. Denn irgendetwas ist an der ganzen Sache faul."

„Da ist nichts faul", protestierte Paul und blickte in Jays Richtung. Dieser schien nichts von ihrer Unterhaltung mitzubekommen. Trotzdem lehnte er sich näher zu Daniel und senkte seine Stimme. „Holly ist ein Callgirl. Damit verdient sie ihren Lebensunterhalt. Und ich habe zufällig jemanden wie sie gebraucht, also habe ich sie engagiert. Ende der Geschichte."

„Im Gegenteil, hier fängt die Geschichte erst an. Oder willst du mir ernsthaft erzählen, dass du nicht mit ihr schlafen willst?"

„Meine Abmachung mit Holly schließt Sex nicht mit ein."

„Das habe ich nicht gefragt. Ich weiß über eure Abmachung Bescheid. Und darum geht's nicht. Was ich hören will, ist die Wahrheit. Und es scheint, dass weder du noch Holly gewillt seid, jemandem zu erzählen, was hier wirklich vor sich geht. Denn hier *geht* etwas vor sich."

Paul kreuzte die Arme über seiner Brust. „Ich weiß nicht, wovon du sprichst."

Daniel attackierte Pauls Brust mit seinem Finger. „Ich warne dich, Paul. Wenn du Holly wehtust, werde ich dir das Fell über die Ohren ziehen."

Paul schaute ihn finster an. „Ich habe keine Absicht, ihr wehzutun."

„Hey Jungs, was ist los?", rief Jay ihnen plötzlich zu.

Beide drehten ihre Köpfe zu Jay.

„Nichts!", sagten sie im Einklang.

17

Holly streckte sich auf der gepolsterten Liege neben dem Pool aus und sog die Nachmittagssonne in sich auf. Nachdem sie im Haus der Sinclairs mit Sabrina zu Mittag gegessen hatte und ein paar Stunden mit ihr rumgehangen war, war Sabrina müde geworden. Seit sie schwanger war, hatte sie angefangen, jeden Tag einen Mittagsschlaf zu machen. Ihre Freundin hatte Holly gewarnt, dass Holly sehr bald ebenso mit der Müdigkeit zu kämpfen haben würde.

Im Moment zeigte sich allerdings noch nichts von dieser sich anbahnenden Müdigkeit. Stattdessen fühlte sich Holly gestärkt, als sie mit einem winzigen schwarzen String-Bikini, der kaum ihre Brüste bedeckte, unter den wärmenden Sonnenstrahlen lag. Sie hatte sich schon immer gern nahtlos bräunen lassen und jetzt schien dafür die richtige Gelegenheit zu sein. Sie war allein. Niemand würde sie sehen, wenn sie ihr Oberteil auszog und sich oben ohne sonnte.

Holly griff hinter ihren Rücken und öffnete den Knoten, dann zog sie das Oberteil über ihren Kopf und legte es auf den Beistelltisch neben sich. Um keinen Sonnenbrand zu bekommen, goss sie ein wenig Sonnencreme auf ihre Handfläche und massierte sich damit ihre Brüste ein. Zu ihrer Überraschung wurden ihre Brustwarzen sofort hart. Sie waren vorher noch nie so empfindlich gewesen und sie schob diese Überempfindlichkeit auf ihre Schwangerschaft.

Sie lehnte sich zurück und genoss, wie die Sonne ihren Körper erwärmte. Die kühle Meeresbrise, die vom Strand heraufkam, sorgte dafür, dass ihr nicht zu heiß wurde und hielt ihren Körper auf einer angenehmen Temperatur.

Viele Dinge gingen ihr durch den Sinn. Nach Pauls aufrichtiger Entschuldigung am Morgen war sie verwirrter als je zuvor. Er hatte so ehrlich geklungen, dass sie keinen Grund gehabt hatte, an seinem Bedauern über sein Benehmen ihr gegenüber zu zweifeln. Gleichzeitig war sie überrascht darüber gewesen, dass er sich immer noch von ihr angezogen fühlte, und diese Worte waren den ganzen Tag über ihr geschwebt. Sie konnte sie nicht aus ihren Gedanken verbannen.

Paul wollte sie berühren, sie küssen und sie in seinen Armen halten. Ja, er wusste, was sie war, oder besser gesagt, was sie noch immer vorgab zu sein: ein Callgirl. Bedeutete das, dass für sie beide doch noch eine Chance bestand?

Sie schüttelte den Kopf und versuchte, keine Hoffnung aufkommen zu lassen. Nein, Paul versuchte nur, sein rüpelhaftes Benehmen die Nacht zuvor wiedergutzumachen und die Wogen zu glätten, bevor seine Eltern morgen zurückkehrten. Es sollte keine Spannungen zwischen ihnen geben, die seine Eltern misstrauisch machen würden. Das war alles.

Holly seufzte, als das Geräusch einer sich öffnenden Tür zu ihr drang. Sie wandte ihren Kopf in Richtung Haus und sah Paul auf die Terrasse treten. Er bemerkte sie und winkte, aber sie wusste, dass er von dort, wo er stand, nicht sehen konnte, dass sie oben ohne war. Sie würde genug Zeit haben, sich zu bedecken, bevor er sie erreichte. Ihre Hand griff zum Tisch, aber anstatt ihr Bikinioberteil zu ergreifen, umklammerte sie die Sonnencreme.

Einen Augenblick später fiel ein Schatten auf ihren Körper und sie sah zu Paul hoch, der neben ihr stand. Seine Augen waren vor Überraschung geweitet. Abrupt sah er weg und blickte absichtlich nicht auf ihre nackten Brüste.

„Hi! Es tut mir leid, ich wollte dich nicht stören. Ich werde lieber –“

Sie schätzte die Tatsache, dass er versuchte, ihr ihre Privatsphäre zu geben, doch genau diese Tatsache festigte ihren Entschluss für ihre nächste Handlung. „Ich wollte gerade mehr Sonnenmilch auftragen“, log sie. „Ich könnte etwas Hilfe gebrauchen.“

Langsam drehte Paul seinen Kopf zurück zu ihr und starrte auf die Flasche Sonnencreme, die sie ihm hinhielt. „Holly, ich sollte wirklich nicht –“

Sie rieb eine Hand über ihre Brust. „Ich will keinen Sonnenbrand auf meinem Busen bekommen.“ Sie schlug ihre Wimpern auf und sah ihn direkt an, wohl wissend, dass er ihr nicht widerstehen konnte. Sie wusste, dass sie mit dem Feuer spielte, aber sie konnte nicht anders. Paul wollte sie und sie wollte ihn. Die Tatsache, dass sie keine gemeinsame Zukunft hatten, zählte in diesem Moment nicht.

Paul ließ sich auf die Liege nieder, während er ihr die Sonnenmilch abnahm. „Das wäre eine Schande", sagte er mit rauer Stimme.

Ihr Herz schlug ihr bis zur Kehle, als sie beobachtete, wie er die Sonnenmilch in seine Hand goss und dann auf beide Handflächen verteilte.

Seine Augen schienen dunkler zu werden, als er sich über sie beugte und seine Hände auf ihre Brüste legte. Ein leises Stöhnen kam aus seiner Brust. Holly seufzte.

„Reib mich ein", murmelte sie und drückte ihren Busen in seine Handflächen.

„Oh Gott, Holly", presste er hervor, als seine Hände begannen, die Creme in kreisenden Bewegungen zu verteilen.

Ihre Brustwarzen waren schon hart und mit jedem Streicheln erregte er sie noch mehr. Seine Hände begannen, sie mit festeren Strichen zu massieren.

Holly drückte ihren Kopf in die Liege zurück, wölbte ihren Rücken und drängte Paul, nicht aufzuhören. Sie liebte es, wie er sie streichelte, mit langen bestimmten Bewegungen und mit genau dem richtigen Druck. Immer wenn seine Finger über ihre Brustwarzen streiften, wollte sie aufschreien, aber stattdessen zog sie ihre Unterlippe zwischen ihre Zähne und hielt sie dort fest.

Ihr Herz raste und plötzlich fühlte sie die Hitze der Sonne intensiver. Oder war es Pauls Hitze, die sie spürte? So oder so war sie gerade dabei, zu verbrennen.

Als eine seiner Hände ihre Brust verließ, sagte sie: „Du bist noch nicht fertig."

Ihre Blicke trafen sich. „Nein, wir sind noch nicht fertig, nicht wahr?"

Paul griff nach dem Handtuch auf dem Tisch und goss etwas Wasser darauf. Sie sah zu, wie er seine Hände damit säuberte.

„Was machst du?"

Er beugte sich näher, sodass ihre Gesichter nur Zentimeter voneinander entfernt waren. Ihre Brüste berührten fast das Polohemd, das er immer noch trug.

„Holly, ich weiß, ich sagte, dass ich das nicht tun würde, aber das war, bevor du mich gebeten hast, deine Brüste zu berühren. Ich weiß, dass ich jetzt verschwinden und kalt duschen sollte, aber das will ich nicht. In jener Nacht, als du in meinem Bett warst, habe ich es geliebt, meinen Mund auf dich zu legen und dich zu lecken. Und genau das würde ich gerne wieder tun. Ich verlange nicht, dass du mit mir schläfst. Ich will nichts im Gegenzug. Alles was ich will, ist deine Erlaubnis, deine Muschi zu lecken und dich kommen zu lassen."

Hollys Puls raste. Paul wollte sie mit seinem Mund zum Höhepunkt bringen? Trotz der Tatsache, dass er wusste, was sie beruflich tat? „Du willst mich lecken?"

„Ja, ich will dich lecken und an dir saugen, bis du kommst. Und ich will deine wunderschöne Muschi mit meinen Händen berühren und spüren, wie du meinen Finger drückst, wenn du kommst. Darf ich das, Holly, bitte? Nur dieses eine Mal, damit ich meine Erinnerung an jene Nacht auffrischen kann. Sodass ich heute Nacht in meinem Bett liegen und an dich denken kann."

Hatte er in jener Nacht in seiner Eigentumswohnung in New York an sie gedacht? Hatte er sich vorgestellt, dass sie ihn berührte, als er sich bis zur Vollendung gestreichelt hatte?

„Und wenn du heute Nacht im Bett bist, wirst du dann deinen Schwanz berühren und dich zum Höhepunkt treiben, während du an mich denkst?" Der Gedanke daran ließ ihr Herz noch schneller schlagen.

„Ja", knurrte er.

„Dann lass mich deine Lippen auf mir spüren, deine Zunge auf meiner Muschi und deine Finger in mir", flüsterte sie an seinen Lippen.

„Danke." Er nahm ihre Lippen gefangen und küsste sie innig.

Allzu früh ließ er von ihr ab und bewegte sich nach unten. Er griff nach den Schnüren an der Seite ihres Bikinihöschens und öffnete diese. Dann zog er den Stoff weg und entblößte sie. Seine hungrigen Augen schweiften fast ehrfürchtig über sie. Er spreizte ihre Beine und begab sich an den Platz, den er für sich geschaffen hatte.

„Leg deine Beine über meine Schultern."

Holly folgte ohne zu zögern seiner Anweisung. Einen Augenblick später tauchte sein Kopf zu ihrem Geschlecht hinab und ihre letzten klaren Gedanken entflohen ihrem Gehirn und überließen sie der Gnade ihrer Begierde.

Pauls heißer Atem blies über ihre feuchten Schamlippen. Eine noch heißere Zunge folgte und schlug gegen ihr Fleisch. Sein Stöhnen hallte an ihr wider und ließ sie vor Vergnügen erschauern.

Plötzlich verspürte sie kalte Luft gegen ihr erhitztes Zentrum wehen und hob ihren Kopf.

„Sag mir, dass du das so gern magst wie ich“, verlangte er mit lodernden Augen, die sie verschlangen.

„Mehr“, gab sie zu. „Ich mag es mehr.“

„Unmöglich“, behauptete er und tauchte wieder zwischen ihre Beine, wo er fortführte, was er unterbrochen hatte.

Seine Hände streichelten die Innenseite ihrer Schenkel, spreizten sie noch mehr und wanderten langsam höher. Dann berührten seine Finger ihr erregtes Fleisch und strichen ihre nasse Spalte entlang, während seine Zunge jetzt höher hinauf wanderte und über ihre Klitoris leckte.

Sie hob fast von der Liege ab, aber Paul drückte sie hinunter und knurrte wie ein wildes Tier.

„Ich bin noch nicht fertig“, sagte er.

Da sie sich erinnerte, wie sehr er es mochte, seinen Namen zu hören, während er sie befriedigte, fuhr sie mit ihren Händen durch sein dichtes Haar und murmelte: „Paul, oh Paul.“ Holly streichelte seinen Nacken und spürte, wie er unter ihrer Berührung erzitterte. „So gut.“

Seine Zunge war unermüdlich, aber nicht nur das. Er war auch talentiert und variierte sein Streicheln, um sich dem Rhythmus ihres Körpers anzupassen, als wäre sein Ziel wirklich nur, ihr Vergnügen zu bereiten, ohne sich über sein eigenes Gedanken zu machen. Kein Mann war je so selbstlos gewesen.

„Ich muss dich in mir spüren“, flüsterte sie.

Ein weiteres Stöhnen prallte gegen ihr sensibles Fleisch, dann tastete sich ein Finger zu ihrer Spalte. Langsam teilte Paul ihre Schamlippen damit und noch langsamer ließ er seinen Finger in sie gleiten. Instinktiv klammerten sich ihre Muskeln um ihn und hielten ihn dort, sodass er nicht entkommen konnte.

„Oh ja!“

Paul zog seinen Finger zurück und schob ihn dann wieder hinein, während er ihre Klitoris zwischen seine Lippen saugte und mit seiner Zunge darüberfuhr. Aber es war nicht genug. Sie musste ausgefüllt werden.

„Paul! Ich brauche mehr. Noch einen Finger. Bitte“, flehte sie, unfähig, sich zurückzuhalten.

Er hob seinen Kopf. Seine Lippen glitzerten von ihren Säften und seine Augen waren dunkel vor Verlangen. „Ich gebe dir so viele Finger wie du aushältst, Baby. Und dann ficke ich dich damit so hart und so lange, wie du willst.“

Holly keuchte. „Ja, ja, tu es!“

Erleichterung durchflutete sie, als sie zwei Finger tief in sich tauchen spürte.

„Oh Gott!“

„Sag meinen Namen!“, verlangte er plötzlich.

Sie sah ihn an und suchte seine Augen. Als sich ihre Blicke trafen, öffneten sich ihre Lippen. „Paul. Ich liebe es, wie du mich berührst. Hör nicht auf.“

Dann ließ sie ihren Kopf zurückfallen. Sie schloss die Augen und gab sich der Fülle von Empfindungen hin, die durch ihren Körper rasten.

„Ich werde mich um dich kümmern“, sagte er, bevor sein Mund wieder auf ihrem Geschlecht war und er sie mit Hingabe leckte und seine Finger sie weiter tief und hart fickten.

Gleichzeitig stellte sie sich vor, wie es wäre, wenn sein Schwanz sie ausfüllte und weitete anstatt seiner Finger.

Sekunden wurden zu Minuten, während er sie weiter streichelte, ohne zu ermüden, ohne sie zu drängen, denn es schien so, als wollte er wirklich nichts anderes, als sie zum Höhepunkt zu bringen. Bei diesem Gedanken füllte sich ihr Herz mit Zuneigung und hinter ihren geschlossenen Augenlidern begannen Tränen sich zu sammeln. Sie war überwältigt von der Zärtlichkeit und Leidenschaft, die er mit ihr teilte.

Sein Stöhnen und Knurren waren Beweis für das Vergnügen, das Paul daraus schöpfte, sie zu liebkosen. Es gab nichts, was sie lieber wollte, als ihm das gleiche Vergnügen zu bereiten und seinen Körper zum Lodern zu bringen, so wie ihrer gerade brannte.

Sie fühlte sich schwerelos, als hätte sie keine Knochen mehr im Leib und wäre sie gestanden, wäre sie längst umgefallen. Pauls Mund entrang ihrem Körper Empfindungen, von denen sie nicht wusste, dass sie dazu fähig war, und seine Finger in ihr ließen ihren Unterleib sich vor unstillbarem Verlangen verkrampfen. Sie wollte jede Sekunde der

Zärtlichkeit und des Vergnügens, das er ihr bereitete, aufsaugen, denn sie wusste, dass alles bald vorbei sein würde und sie dann wieder allein wäre.

Unfähig, sich noch länger zurückzuhalten, schrie sie: „Verdammt, Paul! Ich will deinen Schwanz in mir. Nimm mich.“ Sie hob ihren Kopf im selben Moment wie er und sah, wie er sie überrascht ansah.

„Du willst meinen Schwanz?“, fragte er ungläubig. „Aber du musst nicht . . . “

„Ich will aber.“ Holly atmete tief ein, denn sie wusste, dass es von dem Weg, den sie gerade eingeschlagen hatte, kein Zurück gab. „Ich will, dass du mich so wie in jener Nacht fickst. Hart und tief. Und ich will nicht, dass du aufhörst, bis wir uns beide nicht mehr bewegen können.“

Paul griff nach seinem Hemd und zog es sich über den Kopf.

„Paul, bist du das?“, rief plötzlich eine Stimme, die von der Terrasse kam.

Blanker Horror breitete sich in Holly aus, als sie verzweifelt nach dem Handtuch auf dem Tisch griff. Sie drückte das kleine Stück Stoff gegen sich, aber es verbarg nichts von ihrer Nacktheit. Gleichzeitig versuchte sie verzweifelt, aufzusitzen, um das Badetuch, auf dem sie lag, unter sich hervorzuziehen.

„Verdammt!“, fluchte Paul atemlos und sprang auf.

18

Paul hatte eine Erektion so groß wie Florida und wusste nicht, wie er sich wenden sollte. Was noch schlimmer war, Holly lag nackt auf der Liege und versuchte verzweifelt, sich zu bedecken. Er hatte keine Wahl, als dazustehen und dem näherkommenden Eindringling die Sicht auf Hollys Körper zu versperren. Aber in ein paar Sekunden würde die Frau, die er jetzt als Tara Pierpont, die jüngste Tochter einer der Busenfreundinnen seiner Mutter, erkannte, sicherlich sehen können, dass seine weißen Shorts sich vorne ausbeulten und bemerken, was sie unterbrochen hatte.

Was für ein verdammt schlechtes Timing! Ein paar Sekunden länger und er wäre in Hollys herrlichen Körper eingetaucht und hätte unter der Nachmittagssonne mit ihr geschlafen. Das war etwas, das er gar nicht erwartet hatte. Er hatte nur vorgehabt, Holly zu befriedigen, zufrieden damit, noch einmal ihren Körper vor Ekstase explodieren und dieses wunderschöne Lächeln auf ihren Lippen zu sehen, wenn sie befriedigt war. Nur das hatte er gewollt. Es hatte ihn bis aufs Mark erschüttert, zu hören, wie sie ihn bat, sie zu ficken. Und das hätte er ihr nicht verweigert. Auf keinen Fall! Er war bereit gewesen, seinen Schwanz herauszunehmen und ihn mit solcher Wucht in sie zu stoßen, dass sie die Liege in die unbezahlbaren Azaleen seiner Mutter dahinter katapultiert hätten.

Aber das würde jetzt nicht passieren.

Paul blickte auf Holly hinab und bemerkte, dass sie es geschafft hatte, ein Badetuch um ihren Oberkörper zu wickeln, aber sie hatte nicht genug Zeit gehabt, ihren Bikini wieder anzuziehen. Das Oberteil lag auf dem Tisch, doch wo das Unterteil gelandet war, konnte er auf die Schnelle nicht sehen.

Was er auch bemerkte, war, dass Holly es mied, ihn anzusehen. Alles schien wieder beim Alten zu sein.

Er unterdrückte einen Fluch, als Tara ihn erreichte.

„Hi, Paul! Es tut mir leid, dass ich erst so spät komme. Ich hoffe, du hast nicht auf mich gewartet. Ich wollte anrufen, aber der Akku meines Handys war leer." Dann blickte sie an ihm vorbei und machte plötzlich ein langes Gesicht. „Oh." Ihr Blick fiel auf das Bikinioberteil auf dem Tisch, bevor ihre Augen wieder zu ihm zurück schweiften.

„Äh, hi, Tara."

„Du hast jemanden eingeladen?", fragte Holly mit leiser, fast unhörbarer Stimme, während sie fassungslos in Taras Richtung blickte.

Bevor er die Sache richtigstellen konnte, sprang Holly auch schon von der Liege auf. „Entschuldigt mich. Ich muss duschen."

Als ob sie ihn von sich abwaschen wollte! „Holly!", rief ihr Paul nach, aber sie eilte ins Haus, ohne sich umzudrehen.

„Es tut mir leid, ich hatte ja geklingelt", sagte Tara sichtlich beschämt, wie ihre erröteten Wangen bezeugten. „Aber niemand hat geantwortet." Sie zeigte am Haus vorbei. „Also habe ich mein Gepäck an der Vordertür gelassen und bin außen herum gegangen."

„Gepäck?", wiederholte er, wobei er sich mit einer Hand durchs Haar fuhr.

Sie nickte und ihr Gesicht war plötzlich von Verwirrung gezeichnet. „Ja, natürlich. Du hast mich doch eingeladen, für ein paar Tage zu Besuch zu kommen."

„*Ich* habe dich eingeladen?"

Tara trat von einem Fuß auf den anderen. „Hast du das nicht? Aber . . . " Sie senkte ihre Augenlider.

„Tara, erzähl mal, wie ich dir die Einladung geschickt habe. Habe ich sie dir gemailt? Auf den Anrufbeantworter gesprochen?"

Sie schüttelte den Kopf. „Du erinnerst dich nicht? Mom sagte, dass du bei ihr angerufen hast, weil du meine Nummer nicht hattest. Also hat sie mir die Nachricht weitergeleitet."

Paul fluchte. Er wusste genau, wer Taras Mutter angerufen hatte und es war sicher nicht er gewesen. „Ich werde meiner Mutter den Hals umdrehen!"

Tara ließ die Schultern hängen. „Also hast du mich nicht eingeladen, oder?" Sie deutete auf die leere Liege. „Tja, das war sowieso ziemlich offensichtlich. Du bist mit jemandem zusammen. Ich rufe besser ein Taxi und versuche, den Zug zurück nach New York zu erwischen."

Sie drehte sich um.

„Bleib."

Überrascht wandte sie sich wieder um. „Aber ich sehe doch, dass ich im Weg bin."

„Es ist nicht deine Schuld, dass unsere Mütter versuchen, ihre Spielchen mit uns zu treiben. Es gibt genügend Gästezimmer im Haus."

„Ich wollte sowieso nicht kommen, aber meine Mutter bestand darauf. Sie ist in letzter Zeit unausstehlich. Sie sagte, entweder müsste ich hierher kommen oder vier Tage mit ihr und den Willamontts am See verbringen. Und den Sohn der Willamontts kann ich noch weniger ausstehen als –" Sie stoppte sich und schlug sich ihre Hand vor den Mund. „Es tut mir leid."

Paul lachte und machte eine abweisende Handbewegung, erleichtert zu erfahren, dass Tara kein Interesse an ihm hatte. Zumindest bedeutete das, dass er sie sich nicht vom Leib halten musste und sich darauf konzentrieren konnte, die Sache mit Holly zu bereinigen.

„Ich nehme an, deine Mutter weiß das."

Tara nickte. „Ich habe genug davon, dass sie sich ständig in mein Leben einmischt. Sie wusste, dass ich nicht zu den Willamotts wollte, also gab sie mir eine *Alternative*, von der sie wusste, dass ich sie jederzeit annehmen würde, um nicht die Avancen des schleimigen Willamotts-Sohnes abwehren zu müssen."

„Vielleicht ist es an der Zeit, dass du dich gegen deine Eltern auflehnst."

Sie seufzte. „Leider ist es etwas schwierig, sich gegen diejenigen aufzulehnen, auf deren Geld man angewiesen ist."

„Ich dachte, du hast einen Job in der Stadt. Etwas mit Mode?"

Sie verdrehte die Augen. „Es war ein unbezahltes Praktikum und ich habe es beendet. Und es war meine Mutter, die das als passenden Beruf für eine Frau ansah. Ich habe seitdem nichts Neues finden können."

„Wonach siehst du dich um? Vielleicht kann ich ein paar Nachforschungen für dich anstellen. Ich kenne viele Leute."

Taras Gesichtsausdruck erhellte sich. „Würdest du das wirklich tun, nachdem ich gerade dein kleines, äh, Treffen mit deiner Freundin unterbrochen habe? Sie ist doch deine Freundin, oder?"

Paul lächelte stolz. „Ja, das ist sie, auch wenn sie jetzt der Meinung ist, dass ich eine andere Frau eingeladen habe. Und sie wird mir vermutlich mit etwas Schwerem den Schädel einschlagen wollen, wenn ich ihr nahe komme.“

„Vielleicht sollten wir dieses Missverständnis aufklären“, schlug Tara vor.

„Ja, vielleicht sollten wir das.“

Doch vielleicht würde er Holly einfach etwas schmoren lassen, denn er hatte das Gefühl, dass ihr Davonlaufen weniger mit Scham, in einer kompromittierenden Situation erwischt worden zu sein, zu tun hatte, als vielmehr mit Eifersucht. Könnte sein kleines Callgirl wirklich eifersüchtig auf Tara sein, weil sie dachte, dass er Interesse an ihr hatte? Seltsamerweise gefiel ihm die Idee, dass Holly ihn für sich alleine wollte, obwohl er immer gedacht hatte, dass eifersüchtige Frauen unter allen Umständen gemieden werden mussten.

„Das kann warten. Lass uns dich mal erst in ein Gästezimmer einquartieren.“ Er deutete Richtung Haus. „Ich hole dein Gepäck und dann kannst du mir noch mehr darüber erzählen, an welcher Art Job du interessiert wärst.“

Tara strahlte ihn an und es sah fast so aus, als wollte sie ihn umarmen.

„Und dann könntest du mir vielleicht einen kleinen Gefallen tun.“

Sie zog ihre Augenbrauen hoch. „Sicher, was für einen Gefallen?“

„Flirte beim Abendessen mit mir.“

„Vor deiner Freundin?“

Er nickte schmunzelnd. „Ja, vor Holly.“

Tara sah ihn schief an und schlug ihm auf den Oberarm. „Du bist schrecklich.“

Paul warf ihr einen flehenden Blick zu.

„Ok, aber wenn sie mir die Augen auskratzt, verklage ich dich auf Heller und Pfennig. Vielleicht verschafft mir das ja dann finanzielle Unabhängigkeit von meinen Eltern.“

Er lachte. „Keine Sorge, der Einzige, dem sie an den Kragen gehen wird, bin ich.“

Und er konnte es nicht erwarten, denn wenn er mit seiner Vermutung richtig lag, konnte er sich lebhaft vorstellen, was Holly mit ihm tun würde, wenn sie dachte, dass eine andere Frau in ihr Revier eindrang.

19

Holly verließ ihr Zimmer und ging den Korridor im ersten Stock entlang. Sie hatte vom Fenster aus gesehen, wie Tara Paul verführerisch angelächelt hatte und wie Paul laut über etwas gelacht hatte, das sie gesagt hatte. Glaubte diese Frau wirklich, sie hätte das, was es bedurfte, einen Mann wie Paul zu befriedigen?

„Bi-hitte!“, grummelte sie zu sich selbst.

Nachdem sie ausgiebig geduscht und über eine Stunde gebraucht hatte, sich anzuziehen, dann eine weitere Stunde, um ihre Nerven zu beruhigen, war sie endlich bereit, nach unten zu gehen und der Tussi zu zeigen, dass sie Paul nicht ohne Kampf aufgeben würde.

Verdammt! Sie hatte sich vorgenommen, ihre Emotionen aus dem Spiel zu lassen, aber das, was draußen am Pool geschehen war – bevor diese reiche Schlampe aufgetaucht war – hatte alles geändert. Zuerst hatte Pauls aufrichtige Entschuldigung beim Frühstück sie erweicht, dann hatte sein selbstloses Liebesspiel den Rest getan. Kein Wunder, dass sie sich ganz durcheinander und verwirrt fühlte. Es war nicht ihre Schuld! Außerdem spielten ihre Hormone verrückt. Und an allem war Paul Schuld!

Als Holly die breite Treppe hinunterging, konnte sie schon die Stimmen hören, die aus der Küche kamen. Nicht nur Stimmen, auch Gelächter!

Sie überprüfte ihr lässiges Outfit, das aus einem weit ausgeschnittenen blau-weiß-gestreiftem Top, das ihre Brüste akzentuierte, und einer weißen Hose bestand, noch einmal und wusste, dass sie mit jedem reichen Mädchen aus den Hamptons mithalten konnte, auch wenn sie keine Designerklamotten oder teuren Schmuck trug.

Mit einem stärkenden Atemzug marschierte Holly in die Küche.

„Oh, das ist zu komisch“, hörte sie Tara sagen und auflachen.

Holly erblickte Tara, als diese Paul gerade auf die Schulter schlug. Beide standen am Spülbecken, Schulter an Schulter, mit dem Rücken zu

Holly. So wie sie sehen konnte, war Tara damit beschäftigt, Salat zu waschen, während Paul Tomaten in Scheiben schnitt.

Nun, war das nicht sehr heimelig und häuslich? Wie lange kannten sich die beiden schon?

„Nein, es ist die Wahrheit!“, antwortete Paul lachend. „Deine Mutter dachte, er wäre ein Kellner und gab ihm ein Trinkgeld. Und ein sehr großzügiges, muss ich hinzufügen. Natürlich hat er das Geld behalten und nichts gesagt.“

„Das ist viel lustiger als das, was in jenem Sommer im Strandhaus der Campbells passiert ist. Ich weiß nicht mehr, waren du und deine Familie in dem Jahr auf der Poolparty?“

Holly trat einen weiteren Schritt in die Küche, nicht sicher, wie sie die beiden unterbrechen sollte. Sie gehörte nicht hierher. Aus ihrer Unterhaltung konnte sie schließen, dass Paul und Tara viele gemeinsame Bekannte hatten, die alle reich waren und gute Verbindungen hatten. Es war, wie in eine geschlossene Clique einzudringen, wenn man an einer neuen High School anfing. Sie fühlte sich wie eine Außenseiterin, die keine Chance hatte, je akzeptiert zu werden.

Holly wandte sich ab.

„Holly, da bist du ja“, sagte Paul plötzlich, sodass sie sich wieder umdrehen musste. Sie bemerkte, wie er seine Augen bewundernd über ihren Körper schweifen ließ. „Ich wollte dich in einer Minute holen.“

Ja, ganz bestimmt wollte er das! Sobald er damit fertig war, mit Tara zu flirten.

Er deutete zu Tara, die sich auch umgedreht hatte. „Tara und ich machen Salat. Und ich habe eine Pizza bestellt.“

„Großartig“, zwang sich Holly lächelnd zu antworten. „Ich liebe Pizza.“

Tara trocknete ihre Hände an einem Handtuch ab und ging auf sie zu. „Hi, entschuldige, ich hatte keine Gelegenheit, mich vorhin vorzustellen. Ich bin Tara Pierpont, eine Freundin der Familie.“

Widerwillig schüttelte Holly ihr die Hand. „Holly Foster. Nett, dich kennenzulernen.“ Sie machte sich nicht die Mühe, eine Ausrede zu erfinden, warum sie weggerannt war, als Tara sie am Pool überrascht hatte. Warum sollte sie auch alle an jene peinliche Situation erinnern?

Holly blickte sich um, verzweifelt auf der Suche nach Beschäftigung, um keinen Smalltalk führen zu müssen. „Wie wär's, wenn ich den Tisch decke?"

Paul zeigte auf die Kücheninsel mit den Barhockern. „Ich dachte, wir essen hier. Dann müssen wir nicht alles ins Esszimmer schleppen."

„Klingt gut", antwortete Holly und ging zu den Küchenschränken, als ihr plötzlich klar wurde, dass sie keine Ahnung hatte, wo die Teller und das Besteck aufbewahrt wurden.

Paul lächelte sie an und deutete auf einen der Hängeschränke, dann auf eine Schublade, bevor er sich wieder zum Schneidebrett umdrehte.

„Ist das dein erster Besuch hier?", fragte Tara, während sie den Salat in die Salatschleuder packte und den Deckel verschloss.

„Äh, ja."

„Ich hatte bisher noch keine Gelegenheit, Holly meinen Eltern vorzustellen", fügte Paul hinzu.

Tara kicherte und stupste Paul mit dem Ellbogen an, eine Handlung, die Hollys Blutdruck steigen ließ. „Nicht dass das ein großer Verlust wäre", behauptete Tara und sie und Paul tauschten verschwörerische Blicke aus.

Holly stellte die Teller, die sie aus dem Schrank geholt hatte, lautstark auf der Kücheninsel ab. „Warum das?" Dachte Tara, dass Holly es nicht wert war, Pauls Eltern vorgestellt zu werden?

„Pauls Mutter kann ziemlich voreingenommen sein. Aber sein Vater ist ein Schatz."

Paul knurrte. „Tara, warum sagst du nicht, wie es wirklich ist? Mein Vater steht unter dem Pantoffel."

Tara schenkte ihm ein breites Lächeln. „Ich hörte, deine Mutter war eine atemberaubende Schönheit, als er sie kennenlernte. Ich glaube, sie hat ihn vollkommen um den Finger gewickelt." Sie blickte Holly an, bevor sie fortfuhr: „Mach besser nicht denselben Fehler wie dein Vater."

Holly ballte die Faust fester um die Gabeln in ihrer Hand und kämpfte gegen den Drang an, dieser hinterhältigen Frau ein Auge auszustechen.

„Nun, Schönheit kann für einen Mann eine ziemliche Ablenkung sein", gab Paul zu. „Wir können einfach nichts dagegen tun." Er hob seine Schultern zu einem Achselzucken.

„Als ob du je den Kopf verlieren würdest!“, neckte ihn Tara. „Du bist viel zu vernünftig.“

„Das muss sich noch herausstellen“, sagte Paul.

Bevor Holly einen von beiden mit einem stechenden Blick töten konnte, unterbrach sie das Läuten der Türklingel.

„Das muss die Pizza sein. Ich hole sie“, kündigte Paul an und eilte aus der Küche.

Sie war allein mit Tara, die jetzt die Salatschüssel auf die Kücheninsel stellte.

„Oh, ich habe die Servietten vergessen“, sagte Holly, erleichtert, dass sie noch etwas zu tun hatte.

Sie ging um die Kücheninsel herum, da öffnete Tara eine Schublade und zog einige Servietten heraus. „Hab‘ sie schon“, sagte sie fröhlich, dann lehnte sie sich über die Insel und machte eine abwertende Geste. „Ich war schon ein paar Mal hier.“

Taras Worte halfen nicht dabei, Hollys Gefühl, nicht hierher zu gehören, zu lindern.

Während Holly die Servietten neben die Teller legte, sagte sie: „Du bist also eine Freundin der Familie. Paul hat nicht erwähnt, dass du diese Woche zu Besuch kommst.“

„Oh, das war eine „Last-Minute“-Entscheidung“, sagte Tara ruhig und ging zum Kühlschrank, um eine Flasche Salatdressing herauszuholen.

Natürlich war es eine „Last-Minute“-Entscheidung: Als Holly Paul deutlich gemacht hatte, dass sie nicht mit ihm schlafen würde, hatte er sich entschieden, Tara einzuladen, in der Hoffnung, mit ihr etwas Spaß zu haben. Sicher konnte er seinen Schwanz nicht lange in seiner Hose behalten.

„Pizza!“ Paul sauste in die Küche und mit ihm der köstliche Duft von Pizza frisch aus dem Ofen.

Holly bemerkte plötzlich, wie hungrig sie war.

„Lasst uns essen!“ Paul stellte die Pizza in die Mitte der Kücheninsel und öffnete den Deckel der Pappschachtel. Er wollte sich gerade auf einen der Barhocker setzen, als er innehielt. „Oh, ich habe die Getränke vergessen. Wer möchte Wein?“

„Rot für mich“, sagte Tara sofort.

Holly schüttelte den Kopf. „Ich nehme ein Wasser.“

Paul ging zum Weinkühlschrank und zog eine Flasche heraus, dann sah er Holly an. „Bist du sicher? Ich habe einen wirklich guten Jahrgang.“ Er zeigte auf die Flasche.

„Heute Abend nicht“, beharrte Holly. Schließlich konnte sie während der Schwangerschaft keinen Alkohol trinken, zumindest nicht während der ersten Monate.

„Wie du willst.“ Dann lächelte er Tara an. „Dann bleibt mehr für dich und mich.“

Während Paul die Flasche öffnete und Tara Gläser aus dem Küchenschrank holte, setzte sich Holly auf einen der Barhocker. Innerlich kochte sie. Nun hatten Paul und Tara noch etwas gemeinsam: Beide würden Wein trinken, während sie mit ihrem Wasser aus der Reihe tanzen musste. Alles was sie tat, schien die Kluft zwischen ihr und Paul noch zu vergrößern, wobei Tara sich in diese Lücke schlich und wie zuhause fühlte.

Holly schaute zu, wie Paul zwei Gläser Wein einschenkte, während Tara ein Glas Wasser eingoss. Einen Augenblick später saßen beide bei ihr an der Kücheninsel, Paul zwischen Holly und Tara.

Paul erhob sein Glas. „Nun, Prost zusammen. Danke, dass du mir beim Kochen geholfen hast, Tara.“

„Oh, das war doch gar nichts. Ist ja nur Salat.“

Das mädchenhafte Kichern, das Taras Worte begleitete, begann, Holly auf die Nerven zu gehen. War es das, was Männer wirklich wollten? Eine Frau wie Tara? Eine Frau, die ihre eigenen Leistungen abtat und sich einem Mann unterwarf? Denn das genau war der Eindruck, den Holly von Tara bekam. Sie schien klug und intellektuell zu sein, aber in all ihren Handlungen schien sie sich Paul unterwürfig zu machen.

Während des Abendessens wurde das noch offensichtlicher. Tara spielte das nette Mädchen und stimmte allem zu, was Paul sagte. Es war wirklich ekelerregend!

Als Holly drei Stück Pizza gegessen hatte, hatte sie das Gefühl, sich übergeben zu müssen und das lag nicht an der Pizza. Sie konnte das Scherzen und die Anspielungen auf vergangene Sommer und Partys, die Paul und Tara besucht hatten, nicht mehr ertragen.

Warum hatte Paul nicht von Anfang an Tara anstatt Holly eingeladen, um seine Freundin zu spielen? Es hätte das Ganze für alle leichter gemacht.

„Es war ein langer Tag. Ich mache mich fürs Bett fertig", kündigte Holly an, nachdem sie das Geschirr weggeräumt hatten.

Paul zog eine Augenbraue hoch. „Willst du keinen Film mit uns ansehen? Ich bin sicher, wir finden etwas, das wir alle mögen."

Holly schüttelte den Kopf. „Nein danke, ich werde mich hinlegen. Gute Nacht."

Paul trat näher, als wollte er ihr einen Gutenachtkuss geben, aber Holly drehte sich um, bevor er sie erreichte und stampfte aus der Küche.

Als sie den Flur entlangging, hörte sie Tara sagen: „Habe ich etwas angestellt?"

Diese verdorbene kleine Schlampe wusste genau, was sie getan hatte: Sie hatte Holly eifersüchtig gemacht.

20

Paul lag nackt in seinem Bett und starrte in der Dunkelheit hoch zur Decke, doch er konnte nicht schlafen. Vielleicht war er zu weit gegangen und hätte Holly sagen sollen, dass seine Mutter diejenige gewesen war, die Tara eingeladen hatte, nicht er.

Er setzte sich auf und wollte gerade die Bettdecke wegschieben, als er hörte, wie sich eine Tür öffnete. Seine Tür.

Sein Herz hüpfte aufgeregt. Er wusste, dass Tara nie in sein Zimmer kommen würde, somit blieb nur eine Person übrig: Holly.

Er erkannte ihre Umrisse sofort, als sie die Tür langsam hinter sich schloss und sich dem Bett näherte. Paul lächelte in sich hinein. Er hatte also doch recht gehabt.

Als Holly fast neben ihm war, suchte er nach dem Lichtschalter und schaltete die Nachttischlampe an. Sie warf gedämpftes Licht in den Raum, gerade genug, um alles zu sehen, aber nicht zu viel, um die Stimmung zu ruinieren.

Holly rang nach Luft.

Paul grinste. „Nun, wen haben wir hier?“ Er labte seine Augen an ihr.

Holly war verführerisch gekleidet. Sie trug ein schwarzes Negligé über einem roten Body.

„Hast du jemand anderen erwartet?“, fragte sie mit hochgezogenen Augenbrauen. Sie schob das Negligé gelassen von ihren Schultern und ließ es zu Boden fallen.

Der Body bestand nicht aus genug Stoff, um ihre Brüste angemessen zu bedecken. Stattdessen waren nur ihre Brustwarzen verhüllt, aber das runde und feste Fleisch ihrer Brüste war praktisch wie auf einem Tablett zur Schau gestellt.

„Wen sollte ich denn erwarten?“ Er schob die Bettdecke hinab und gab ihr so einen Blick auf seinen Unterleib, wo sein Schwanz schon aufrecht stand.

Holly deutete zur Tür. „Diese Frau.“

Die Art, wie sie das letzte Wort aussprach, bestätigte ihm, dass Holly eifersüchtig war.

Paul schob die Bettdecke ganz zur Seite. „Denkst du wirklich, ich hätte wegen diesem Mädchen so einen Ständer, wenn eine echte Frau bei mir übernachtet?“

Er griff nach ihrem Arm und zog sie hinab aufs Bett, wo er sie auf die Laken drückte und dann einen Schenkel über ihren Unterleib schob, um sie dort gefangenzuhalten.

„Du hast sie eingeladen. Hast du das getan, weil ich darauf bestanden habe, keinen Sex mit dir zu haben?“

Ein Lächeln formte sich auf seinen Lippen. „Es scheint, als hätten wir aber doch Sex. Oder wie würdest du den Vorfall am Pool heute Nachmittag nennen? Ich glaube, das war Sex.“

„Aber du konntest nicht wissen, dass das geschehen würde, als du sie eingeladen hast“, beharrte Holly.

„Nein, das konnte ich nicht. Da hast du recht.“ Paul ließ seine Hand ihren Oberkörper hinaufgleiten und genoss das Gefühl des weichen Stoffes unter seiner Handfläche und die Hitze, die Hollys Körper ausstrahlte. An ihrer Brust angekommen schob er den Stoff beiseite und streichelte mit dem Daumen ihre Brustwarze.

Sie stöhnte und drückte ihren Kopf zurück in die Matratze.

„Also gibst du zu, dass du sie eingeladen hast, um mit ihr zu schlafen“, fuhr Holly fort.

„Bist du deswegen so angezogen in mein Zimmer gekommen?“ Er schnippte einen Finger gegen ihren Body. „Wirklich skandalös.“ Dann tauchte er seinen Kopf hinab, um einen Nippel in seinen Mund zu ziehen, bevor er ihn einen Augenblick später wieder freigab. „Aber appetitlich.“

„Du bist ein niederträchtiger Schürzenjäger, Paul!“

„Na na, ich glaube du kennst die Bedeutung dieses Wortes nicht. Wenn ich mich nicht irre, schläft ein Schürzenjäger mit vielen Frauen, manchmal sogar gleichzeitig. Wohingegen ich –“ Er drückte ihre Brust und schob dann den Stoff auch von ihrer anderen Brust beiseite. „– nur mit einer schlafe. Und diese Frau ist hier in meinem Bett.“

Seine Hand wanderte ihren Oberkörper hinab und glitt zwischen ihre Beine, wo er den kleinen Druckknopf ihres Bodys fand und ihn aufriss, um ihr Geschlecht zu entblößen. Seine Finger strichen über ihre weichen Schamlippen und er spürte, wie sie erbebte.

„Eine Frau, die mit dem weitermachen will, was wir heute Nachmittag begonnen haben."

„Du bist ein arroganter Arsch!", sagte Holly und drückte ihn weg. „Eine andere Frau einladen, wenn du doch weißt, dass ich hier bin."

Vielleicht war es an der Zeit, mit der Wahrheit herauszurücken. „Holly!"

Sie drehte den Kopf weg.

„Schau mich an, Holly!", seufzte Paul. „Meine Mutter hat Tara eingeladen und sie glauben lassen, dass die Einladung von mir kam. Ich habe das mit ihr geklärt und offen gesagt war Tara erleichtert."

Holly ließ ihren Kopf zurück zu ihm schnellen. „Was? Warum hat sie dann während des ganzen Abendessens mit dir geflirtet?"

Paul schmunzelte. „Weil ich wollte, dass du heute Nacht zu mir kommst. Und es hat funktioniert."

Holly schnaubte wütend und versuchte, sich aufzusetzen, indem sie ihre Arme gegen ihn schlug. „Von all den miesen Sachen –"

Er brachte sie zum Schweigen, indem er seine Lippen auf ihren Mund presste und sie in seine Umarmung zog. Er küsste sie fest, bis er spürte, wie sie ihm nachgab. Erst dann ließ er von ihr ab.

„Ich will dich", murmelte er. „Wären wir heute Nachmittag nicht unterbrochen worden, hätte ich dort am Pool mit dir geschlafen." Und er hatte nicht einmal ein Kondom bei sich gehabt, als sie dort draußen waren. Er machte sich eine geistige Notiz, immer Kondome bei sich zu tragen, egal was er trug oder wohin er ging. „Ich hatte es nicht erwartet. Aber als du gesagt hast, dass du meinen Schwanz in dir spüren wolltest, habe ich mich glücklicher als je zuvor gefühlt." Er streichelte mit seinen Fingerknöcheln über ihr Gesicht und ihren Hals. „Bitte sag mir, dass du immer noch mit mir schlafen willst. Denn ich will dich heute Nacht in meinen Armen halten. Aber wenn du es dir anders überlegt hast, werde ich deine Entscheidung respektieren und dich wieder in dein Zimmer gehen lassen." So schwer es ihm auch fallen würde.

Holly blickte ihm in die Augen. Sekunden verstrichen, bevor sie seine Hand nahm und sie weiter südlich schob, bis er wieder ihre Scheide berührte.

„Schlaf mit mir. Nicht, weil du für meine Gesellschaft bezahlt hast, sondern weil ich es will. Weil ich mich danach sehne, dich in mir zu spüren."

„Oh, Baby, du weißt gar nicht, was mir das bedeutet!"

Trotz der Tatsache, dass Holly ein Callgirl war, eine Tatsache, an die sie ihn gerade erneut erinnert hatte, konnte er nicht anders, als sich über ihre Worte zu freuen. Sie war nicht verpflichtet, mit ihm schlafen. Ihr mündlicher Vertrag verlangte das nicht von ihr. Aber zu wissen, dass sie ihn begehrte, dass sie sich nach ihm *verzehrte*, sprach alles Männliche in ihm an. Die Frau in seinen Armen wollte ihn, nicht wegen seines Geldes oder Status, nicht wegen seiner familiären Verbindungen oder dem, was er für sie tun konnte, sondern einfach nur, weil sie wusste, dass sie sich gegenseitig unfassbares Vergnügen bereiten konnten. Das war alles, was jetzt wichtig war.

Die Realität würde bald genug auf sie hereinbrechen. Aber für jetzt, für diese Woche, würde Holly ihm gehören. Und er hatte vor, das Beste daraus zu machen.

Paul rollte sich auf den Rücken und nahm Holly mit sich, sodass sie auf ihm zu liegen kam. Sie setzte sich auf und er schob den roten Body hoch und streifte ihn über ihren Kopf.

„Ich habe dich vermisst", sagte er, während seine Augen sich an dem wunderschönen Anblick ihres nackten Körpers weideten. „Und jetzt, meine schöne Nymphe, warum beugst du dich nicht zum Nachtkästchen und holst mir ein Kondom, damit wir heute Nacht nicht noch mehr Zeit vergeuden?"

Sie schenkte ihm ein verführerisches Lächeln. „Du hast dich also entschieden, mich herumzukommandieren."

„Wenn du das Kondom nicht gleich holst, werde ich noch viel mehr tun", warnte er sie ohne Böswilligkeit.

Holly beugte sich zur Seite, öffnete die Schublade des Nachtkästchens und nahm ein Kondom heraus, während Paul ihre Brüste bewunderte, die über ihm hingen. Als sie sich wieder zu ihm wandte, konnte er nicht widerstehen, packte eine Brust und saugte deren Spitze in seinen Mund.

Holly drückte sich an ihn, wobei sie breitbeinig auf seinem Unterleib saß und ihr Geschlecht an seinen Schwanz rieb. Ihre Feuchtigkeit breitete sich auf seiner Erektion aus. Wenn er sich das

Kondom nicht in den nächsten zwei Sekunden überzog, würde er ohne Schutz in sie eindringen, sie ficken und seinen Samen in sie schießen, wenn er kam.

Fuck! Dieser Gedanke erregte ihn mehr als er sollte. Er war nie zuvor diese Art Risiko eingegangen. Bevor er etwas Dummes tun konnte, befahl er ihr: „Zieh es mir über. Schnell!“

Holly riss die Verpackung auf und mit gekonnten Handgriffen umhüllte sie ihn mit dem dünnen Latex. Sie glättete das Kondom mit ihren Fingern und raubte ihm dabei fast die Beherrschung.

„Jetzt reite mich, meine schöne Lady Godiva, oder ich werfe dich aufs Bett und nehme mir, was ich will!“

„Nun, in diesem Fall“, schnurrte sie, „gehorche ich wohl besser.“

Holly erhob sich auf ihre Knie und brachte ihre Muschi über seinen Schwanz. Instinktiv platzierte Paul seine Hände auf ihren Hüften, nicht, um sie herunterzudrücken, sondern um ihr Absenken zu verlangsamen.

„Langsam, Baby“, warnte er sie, als sie versuchte, ihn mit einem Stoß in sich aufzunehmen. „Ich bin wie ein Pulverfass. Und ich glaube nicht, dass du willst, dass ich sofort explodiere, oder?“

Holly beugte sich näher, sodass ihre Brustwarzen an seiner Brust rieben. „Ein bisschen empfindlich?“

„Das wärst du auch, wenn du zwei Monate keinen Sex gehabt hättest.“

Als sich Hollys Augen weiteten, erkannte er, was er versehentlich zugegeben hatte. Das hatte er nicht beabsichtigt. Er wollte nicht, dass sie das falsch interpretierte. Ja, es war wahr, dass er seit jener schicksalhaften Nacht mit Holly mit keiner anderen Frau zusammen gewesen war, aber das bedeutete nichts.

„Ich habe Tag und Nacht gearbeitet“, fügte er schnell hinzu und versuchte so, sein Geständnis herunterzuspielen.

Ach, verdammt!

Wem machte er da etwas vor? Keine andere Frau hatte ihn interessiert und er hatte seitdem kein einziges Date gehabt, noch hatte er sich auf anonyme One-Night-Stands eingelassen. Zum Teufel, er hatte nicht einmal eine andere Frau geküsst.

Er konnte Holly nicht erlauben, darüber nachzudenken, also tat er das einzig Mögliche, um sie abzulenken: Er drückte ihre Hüften nach unten und stieß sein Becken hoch, um seinen Schwanz bis zum Ansatz in sie zu stoßen. Die Intensität dieser Handlung hüllte ihn ein und raubte ihm fast die Beherrschung. Doch in letzter Sekunde zog er sich wieder vom Abgrund zurück.

„Gott, fühlst du dich gut an!“, drückte er zwischen zusammengebissenen Zähnen hervor. „Jetzt reite mich, Holly!“

Holly folgte seinen Anweisungen, nicht nur hypnotisiert von der Lust, die aus seinen Augen loderte und der rohen Emotion in seinen Worten, sondern auch fasziniert von seinen vorherigen Worten, die er so schnell abgetan hatte.

Das wärst du auch, wenn du zwei Monate keinen Sex gehabt hättest.

Der Grund, warum sie wusste, dass er die Wahrheit gesprochen hatte, war, weil er versucht hatte, die Worte sofort zurückzunehmen. Hätte er ihr mit so einer Bemerkung Honig ums Maul schmieren wollen, hätte er nicht versucht, die Aussage abzutun, indem er seiner Arbeit die Schuld für seinen Mangel an Sex gab.

Warum war er also die letzten zwei Monate enthaltsam gewesen?

Bedeutete es das, was sie hoffte – dass Paul sie nicht vergessen hatte, genauso wenig, wie sie ihn hatte vergessen können?

Holly fing an, sich zu bewegen, erst langsam, wobei sie sich auf die Knie hob und dann wieder auf ihn fallen ließ, sodass sie ihn tief in sich aufnahm. Sie hatte dieses Gefühl vermisst, ausgefüllt und gedehnt zu werden, wenn Paul versuchte, so tief wie nur menschenmöglich in sie einzudringen. Mit jedem Stoß schlug ihr Herz schneller und ihre Körpertemperatur stieg an.

Pauls Hände wanderten über ihren Körper und streichelten dabei abwechselnd ihren Rücken und drückten dann ihre Brüste und liebkosten ihre Brustwarzen, als wüsste er nicht, was er als Erstes tun sollte. Sie spürte sein Verlangen nach ihr körperlich und konnte nicht anders, als davon berührt zu sein.

„Ich will dich“, flüsterte sie.

Seine Augen fanden ihre und in deren dunklen Tiefen sah sie Zustimmung. „Du hast mich.“ Dann packte er sie an den Hüften und drückte sie ruckartig nach unten auf seinen Schwanz, härter als zuvor.

Sie wusste, was er ihr mit seinen Worten und seinen Taten sagen wollte. Er genoss den Sex mit ihr mehr als alles andere und würde im

Bett ihr gehören. Das musste genug sein. Zumindest war es etwas, das ihr niemand nehmen konnte.

„Ich liebe es, wie dein Schwanz in mich stößt“, sagte sie, denn sie wusste, wie sehr es ihn erregte, wenn sie anzüglich mit ihm redete.

„Fuck, Holly! Noch ein Wort und ich komme.“ Er biss die Zähne zusammen und dann plötzlich, ohne Vorwarnung, rollte er sich herum und brachte sie mit ihrem Rücken auf dem Bett unter sich.

„Bevor ich komme, will ich dich so hart ficken, dass ich dir den Atem raube.“

Sie lächelte zu ihm hoch. „Ich liebe es, wenn ein Mann weiß, wann er die Führung übernehmen muss.“ Denn jetzt brauchte sie es tatsächlich, hart genommen zu werden.

„Oh, ja? Du denkst, du hältst das aus?“ Er zog seine Hüften zurück.

„Neck mich nicht.“

Paul rammte seinen Schwanz in sie. Ihr Atem entwich ihrer Lunge.

„Oh, Paul, ja! Ja! Noch mal! Bitte!“ Sie war jetzt außer Kontrolle. Nichts zählte jetzt, als zu spüren, dass Pauls Körper das Kommando übernahm, ihr Vergnügen bereitete und sie zum Höhepunkt brachte. „Lass mich kommen, Paul!“

„Alles, was du willst, Baby.“

Dann arbeiteten seine Hüften wild und er fickte sie härter und schneller, als er es in ihrer ersten Nacht getan hatte. Schweiß bildete sich auf seinem Gesicht und seiner Brust und jedes Mal, wenn ihre Körper zusammenschlugen, hallte das Geräusch im Raum wider und Holly war sicher, dass es den Gang hinunter bis ins Gästezimmer gehört werden konnte.

„So gut“, presste sie keuchend heraus.

„Ja“, antwortete er und senkte seinen Kopf zu ihrem. „So gut.“ Dann waren seine Lippen auf ihren und er küsste sie.

Alles verschwand in die Ferne. Alles außer Paul. Sie hätten in einer Baracke sein und sich auf einer harten Pritsche lieben können und sie hätte es nicht bemerkt.

Als sie ihren Höhepunkt nahen spürte, versteifte sich ihr Körper und Paul ließ von ihren Lippen ab.

„Ja, Baby, komm mit mir“, ermutigte er sie.

Die Welle ihres Orgasmus traf sie. „Paul!“ Dann fühlte sie, wie sein Schwanz in ihr zuckte und sein Stöhnen erfüllte den Raum. Ein Schauer lief durch seinen Körper und vereinte sich mit dem Zittern in ihrem.

Augenblicke später brach er auf ihr zusammen, bemüht, sich mit Ellbogen und Knien abzustützen, um sie nicht mit seinem Gewicht zu belasten.

Holly atmete schwer und versuchte, Luft in ihre Lungen zu zwingen. Sie hörte Paul genauso schwer atmen und es dauerte lange Sekunden, bevor er seinen Kopf hob.

Er strich eine blonde Locke aus ihrem Gesicht, eine Geste, die so zärtlich war, dass sie drohte, ihr Tränen in die Augen zu treiben.

„Ich glaube, ich sollte dich viel öfter eifersüchtig machen“, murmelte er.

„Eifersüchtig? Ich bin nicht eifersüchtig!“, protestierte sie sofort mit erhobener Stimme.

„Mmhmm“, summte er und strich mit einer federleichten Berührung seiner Lippen über ihre. „Jetzt sei ein gutes Mädchen und küss mich.“

„Oder?“, forderte sie ihn heraus.

Er zog seinen Kopf ein paar Zentimeter zurück, sodass sie sich in die Augen sehen konnten. „Oder ich muss die ganze Nacht mit dir Liebe machen. Und glaube mir, wenn ich dir sage, dass du meiner Mutter morgen *nicht* erklären willst, warum du so komisch gehst.“ Paul lachte.

„Paul Gilbert, du mieser Schweine–“

Sie konnte ihren Fluch nicht zu Ende führen, denn er verschloss ihre Lippen mit seinem Mund und küsste sie. Nicht hart und schnell, sondern zärtlich. Und diese Zärtlichkeit raubte ihr den Willen, sich ihm noch länger zu widersetzen. Sie schlang ihre Arme um seinen Rücken und liebkoste seinen Nacken. Er erzitterte unter ihrer Berührung.

„Viel besser“, murmelte er, als er den Kuss kurz unterbrach.

„Hör‘ auf zu reden“, verlangte Holly.

„Ja, Madam.“

21

Der Geruch von Kaffee begrüßte Paul, als er die Küche betrat. Es schien, dass Tara schon wach war und Kaffee gekocht hatte. Nicht, dass ihn das überraschte. Schließlich waren er und Holly länger im Bett geblieben und hatten sich mit vergnüglicheren Aktivitäten beschäftigt als Kaffee zu kochen.

Paul drehte sich zu Holly, deren Hand er immer noch hielt, und zog sie an sich. „Sieht so aus, als müssten wir kein Frühstück machen."

Sie stellte sich auf die Zehenspitzen. „Kaffee zählt wohl kaum als Frühstück." Sie gab ihm einen flüchtigen Kuss auf die Lippen.

Bevor sie sich abwenden konnte, hatte er sie auch schon hochgehoben und küsste sie innig. Verdammt, er konnte einfach nicht genug von ihr bekommen. Nachdem sie sich die halbe Nacht und am frühen Morgen nochmals geliebt hatten, sollte er gesättigt sein. Stattdessen wollte er mehr. Holly machte wirklich süchtig.

Wenn sie allein im Haus gewesen wären, hätte er sie auf den Küchentresen gehoben und ihr gleich hier die Kleider vom Leib gerissen. Aber leider waren sie nicht allein. Er vermutete, dass Tara draußen auf der Terrasse saß, wo sie ihren Kaffee genoss und jeden Moment in die Küche kommen könnte.

„Verdammt noch mal! Ich habe dir doch gesagt, du sollst seine Hand nehmen!", hörte er plötzlich eine sehr bekannte weibliche Stimme vom vorderen Teil des Hauses rufen.

Paul ließ Holly los und stellte sie wieder auf die Füße. Er seufzte. „So viel zu einem ruhigen Frühstück. Wie es scheint, sind meine Schwester und ihr Balg eingetroffen."

Der schrille Schrei eines Kleinkinds durchbohrte fast sein Trommelfell. Und gleichzeitig sein Herz. Er kannte diesen Schrei besser als er wollte und würde ihn überall erkennen: Sein Neffe Jonathan war wieder aufgebracht.

„Du hast gesagt, du hättest ihn!", schrie Quentins wütend zurück. „Ich kümmere mich doch um das verdammte Gepäck."

Jonathan schrie weiter und sein Heulen hallte im ganzen Haus wider.

Holly warf Paul einen panischen Blick zu. „Das Kind ist verletzt."

Paul zog einen Mundwinkel hoch. „Das bezweifle ich. Jonathan schreit immer so, wenn er seine Eltern nicht dazu bewegen kann, sich ihm zu widmen." Nicht, dass Schreien dem armen Kind helfen würde. Paul zeigte auf die Tür zum Gang. „Lass mich ihnen helfen, bevor sie zu streiten anfangen."

Holly zog die Augenbrauen hoch. „Es klingt, als würden sie schon streiten."

„Das ist noch gar nichts. Wenn sie wirklich anfangen zu streiten, bleib lieber aus der Schusslinie. Und nur um dich zu warnen: Sie werden streiten, während sie hier sind. Es ist nur eine Frage der Zeit."

„Warum sind sie dann noch verheiratet?"

Paul zuckte mit den Achseln. „Vermutlich wegen der Kinder. Wenn du mich fragst, hätte meine Schwester vorsichtiger sein und von Anfang an nicht schwanger werden sollen."

Holly hielt plötzlich inne. „Was meinst du damit?"

„Sie war über beide Ohren in Quentin verliebt. Aber ihre Beziehung hat schon immer geschwankt. Olivia dachte, dass sich alles ändern würde, wenn sie schwanger wäre. Also hat sie das getan. Quentin tat die ehrenhafte Sache und heiratete sie, aber ich sehe nicht, dass die beiden wirklich glücklich sind."

Holly machte ein langes Gesicht. „Oh."

Paul griff nach ihrer Hand. „Komm. Lass mich dich ihnen vorstellen. Und sorge dich nicht um die beiden. Es ist ihr Leben, nicht deins."

In dem Moment, als Paul mit Holly im Schlepptau in den Gang trat, befand er sich in einem Chaos. Er wusste, dass er dem Ganzen nicht entkommen konnte, während seine Schwester und ihre Familie die nächsten drei Tage zu Besuch waren. Die einzige Möglichkeit, die Sache zu überleben, war, es locker anzugehen.

Olivia, die ihr langes dunkles Haar zu einem wüsten Pferdeschwanz zusammengebunden hatte, hatte mehrere kleine Taschen über ihre Schulter geworfen und trug einen Karton voller Gebäck, der auf ihrem Babybauch ruhte, während der dreijährige Jonathan an ihrem Bein zog. Er war wie ein kleiner Matrose angezogen und hätte hinreißend ausgesehen, wären ihm nicht die Tränen die Wangen hinuntergekullert. So sah er einfach nur überaus unglücklich aus.

Quentin schleppte zwei große Koffer herein und stellte sie vor der Treppe ab.

„Ich weiß nicht, warum wir nicht nur einen Koffer nehmen konnten“, beschwerte er sich.

Olivia fuhr herum. „Und wo hätte ich dann Jonathans Kleidung und sein Spielzeug hinpacken sollen?“

„Du hättest ja nicht zehn Outfits für drei Tage für ihn mitnehmen müssen!“

„Hey Schwesterherz“, unterbrach Paul, in der Hoffnung, zu verhindern, dass die Auseinandersetzung zu einem ausgewachsenen Streit wurde.

Olivia seufzte und setzte ein Lächeln auf. „Hey, Paul! Gott sei Dank bist du schon hier. Kannst du vielleicht Jonathan nehmen?“

Paul seufzte. Er bezweifelte, dass er auch nur die geringste Chance hatte, das Kind zu beruhigen. Jonathan wollte seine Mutter, nicht einen Onkel, den er kaum kannte. „Sicher doch.“

Als er auf Olivia zuging und ihr einen flüchtigen Kuss auf die Wange drückte, nickte er ihrem Ehemann kurz zu. „Quentin.“

„Paul.“

Erleichtert darüber, dass er mit Quentin, der trotz seiner Khaki-Shorts und seines teuren Polohemds aussah, als hätte er einen Besen verschluckt, keinen Smalltalk führen musste, beugte sich Paul zu seinem Neffen hinab. „Hey, Kumpel!“

Er griff nach dem Jungen und versuchte, ihn hochzuheben, woraufhin Jonathan noch lauter zu schreien begann. Paul sah seine Schwester an. „Ich glaube nicht, dass er mich mag.“

Olivia verdrehte die Augen. „Im Moment sieht es so aus, als möge er mich auch nicht. Willkommen im Club!“

Paul hörte die Frustration in ihrer Stimme. Obwohl er mit seiner Schwester mitfühlte, wusste er, dass ihre Einstellung nicht dabei half, ihren Sohn zu beruhigen. Kinder waren clever: Sie spürten, wenn ihre Eltern verärgert waren.

„Lass es mich versuchen“, sagte Holly und beugte sich bereits neben ihm hinab.

„Bist du sicher?“, murmelte er ihr zu. „Du weißt, dass du das nicht tun musst.“

Holly lächelte. „Ich möchte aber.“

Paul erhob sich aus seiner hockenden Position und trat zur Seite, da fing er den fragenden Blick seiner Schwester auf.

„Oh, Olivia, darf ich dir meine Freundin vorstellen: Holly. Holly, das sind Olivia und ihr Mann Quentin.“

Holly lächelte zu ihnen hoch. „Freut mich, euch kennenzulernen.“ Dann schenkte sie ihre Aufmerksamkeit wieder Jonathan. Sie breitete die Arme aus und sprach mit leiser, ruhiger Stimme.

„Hey Jonathan. Ich bin Holly. Ich habe mich schon so auf dich gefreut. Es ist schön, dass du endlich hier bist.“

Zu Pauls völliger Überraschung senkte sich Jonathans Weinen zu einem leisen Wimmern. Er ließ das Bein seiner Mutter los und machte einen zögernden Schritt auf Holly zu. Er streckte seine kleine Hand nach ihr aus und packte eine ihrer blonden Locken.

„Magst du die, Jonathan?“, fragte Holly sanft und ließ ihn mit der Strähne spielen.

Dann hob sie ihn in ihre Arme und stand auf. Scheinbar fasziniert von ihren Haaren brachte Jonathan seinen Kopf näher heran, bis er sein Gesicht darin vergrub und zu kichern begann, als die Strähnen sein Gesicht kitzelten.

Als er seinen Kopf zurückwarf und auch noch fröhlich gluckste, warf Olivia Paul einen überraschten Blick zu. „Paul, ich mag sie. Ich glaube, du solltest sie behalten.“

Paul lachte und bemerkte Hollys beschämten Blick, den sie zu verstecken versuchte, indem sie wieder dem Kind zumurmelte. „Das habe ich auch vor. Aber bilde dir nicht ein, dass du dadurch einen dauerhaften kostenlosen Babysitter bekommst!“ Er legte seinen Arm besitzergreifend um Holly.

„Du bist so ein Spielverderber!“, beschwerte sich Olivia und lächelte dann Holly an. „Ich würde dir die Hand schütteln, aber es scheint, als hätte ich keine frei.“

Paul ließ Holly los. „Lass mich dir helfen.“ Er griff nach den Taschen über Olivias Schulter, aber seine Schwester schüttelte den Kopf.

„Nimm das Gebäck und bring es in die Küche. Ich habe Dads Lieblingsgebäck aus der Bäckerei in unserer Stadt mitgebracht.“

„Dad ist gerade nicht hier. Er und Mutter holen Tante Mirabelle ab. Ich erwarte sie irgendwann heute zurück“, antwortete Paul und nahm seiner Schwester den Karton ab. „Aber wenn das Dads Lieblingsgebäck ist, dann ist es auch meins.“ Er hob den Deckel, um hineinzuspitzen.

Olivia schlug scherzhaft auf seine Hand. „Wenn du sie alle isst, bevor Dad ein Stück bekommt, erwürge ich dich.“

Paul schaute in die Box und zählte. „Da sind mehrere Stücke seines Lieblingsgebäcks und jede Menge andere Sorten. Wie viele braucht ein Mann schon? Außerdem hatte ich noch kein Frühstück.“

Olivia runzelte die Stirn. „Es ist nach zehn Uhr. Was hast du den ganzen Morgen gemacht?“

Instinktiv schweifte Pauls Blick zu Holly, die die Frage auch gehört hatte. Zu seiner Überraschung färbten sich deren Wangen in einem schönen Rosa. Als er wieder zu Olivia blickte, schien seine Schwester den kurzen Blickwechsel bemerkt zu haben.

Olivia seufzte. „Zumindest hat einer von uns beiden Spaß.“

Sie warf einen Blick über ihre Schulter, wo Quentin einen der Koffer die Treppe hoch schleppte. Ein sehnsüchtiger Blick lag in den Augen seiner Schwester und Pauls Herz schmerzte bei dem Anblick.

22

„Jonathan, hör auf!“, rief Olivia dem kleinen Racker hinterher, der jetzt über die Terrasse ins Haus raste, während seine Eltern auf den bequemen Polsterliegen saßen und einen Nachmittagsdrink genossen.

Paul sprang von seiner Liege auf, aber Holly stoppte ihn. „Ich gehe ihm nach.“

„Würdest du das?“, fragte Olivia mit Erleichterung in der Stimme. „Das ist so lieb von dir.“

„Klar, es macht mir doch nichts aus“, antwortete Holly und ging zur Tür.

Hinter ihr fragte Tara: „Wer will sein Glas aufgefüllt bekommen?“

„Ich nehme noch eins“, sagte Quentin begierig. „Lass mich dir in der Küche helfen. Paul, willst du auch noch einen Drink?“

„Sicher, warum nicht.“

Holly rannte Jonathan nach, der wie eine Rakete abging, und überließ die anderen sich selbst. Sie musste zugeben, dass sie Tara, jetzt, wo sie wusste, dass diese kein Interesse an Paul hatte, sehr nett und hilfsbereit fand. Tara hatte nichts dagegen, überall, wo sie konnte, auszuhelfen, und hatte sogar angeboten, Abendessen zu kochen, aber Paul hatte angekündigt, dass ja, da seine Eltern heute zurückkommen würden, sicherlich auch die Hausangestellten da wären. Was bedeutete, dass die Köchin in Kürze eintreffen sollte, um das Abendessen vorzubereiten.

Holly konnte es sich nicht vorstellen, dass ein Dienstmädchen oder eine Köchin für sie arbeitete. Es schien so dekadent. Sie schüttelte den Kopf. Naja, es war nicht ihr Leben.

Sie holte Jonathan gerade ein, als er seinen Fuß auf die erste Stufe der großen Treppe setzte, die zum ersten Stock führte.

„Nein, das machst du nicht!“, rief sie ihm zu.

Der Junge drehte den Kopf, sah sie und kicherte, dann benutzte er seine Hände, um sich weiter die Treppe hinaufzuziehen. Aber er kam nicht weit, da Holly ihn packte und in ihre Arme zog.

Er kicherte noch lauter. Sie hob ihn höher hinauf und drehte sich um ihre eigene Achse, sodass sie beide sich wie ein Karussell drehten und Jonathans Beine in weitem Bogen umher schwangen.

Dunkle Flecken tauchten vor Hollys Augen auf und sie hielt abrupt an. „Huch!“ Sie fing sich, stand einen Augenblick still, Jonathan immer noch in ihren Armen, und lehnte sich zum Abstützen gegen das Geländer.

„Noch mal!“, verlangte Jonathan.

„Später, Jonathan. Holly fühlt sich gerade ein bisschen schwindelig“, erklärte sie dem Jungen.

Bevor sie noch etwas Weiteres sagen konnte, öffnete sich die Eingangstür und mehrere Personen traten ein. Es war nicht schwer zu erraten, wer sie waren: Pauls Eltern und seine Großtante Mirabelle. Die alte Dame, die einen sehr aufmerksamen Gesichtsausdruck zur Schau trug, sah ziemlich robust aus. Holly wusste instinktiv, dass diese Frau ihren eigenen Kopf hatte. Pauls Vater half ihr über die Schwelle, aber sie schüttelte seinen Arm ab.

„Ich bin kein Invalide, Brad! Also behandle mich nicht wie einen.“

Holly unterdrückte ein verschmitztes Grinsen, das drohte, sich auf ihrem Gesicht auszubreiten, und verlagerte ihren Blick auf die Frau, die zuletzt eintrat: Pauls Mutter. Sie war angezogen, als hätte sie gerade ein Fotoshooting von Coco Chanel verlassen. Ihre Augen fielen sofort auf Holly, dann auf Jonathan.

„Oh, schaut meinen Enkel an! Er ist so sehr gewachsen!“ Sie eilte an ihrem Mann und Mirabelle vorbei, streckte ihre Arme aus und riss Jonathan praktisch aus Hollys Armen. „Sie müssen das neue Kindermädchen sein. Ich nehme ihn jetzt. Warum nehmen Sie sich nicht eine Stunde frei.“

„Aber, ich –“

„Keine Sorge, ich sage Olivia, dass es in Ordnung ist“, unterbrach sie und schaute Holly nur flüchtig von der Seite an. „Wo sind sie?“

„Auf der Terrasse. Ich wollte gerade . . . “ Hollys Worte verstummten allmählich und sie beobachtete, wie Pauls Mutter mit dem Kind in den Armen verschwand.

Langsam drehte sich Holly zu den beiden anderen Ankömmlingen um. „Ich bin nicht das Kindermädchen.“

Mirabelles wachsame Augen prüften sie, dann breitete sich ein Lächeln auf ihrem Gesicht aus. „Natürlich nicht. Jeder kann das sehen.“ Sie warf Pauls Vater einen frustrierten Blick zu. „Aber manche Menschen sehen nur, was sie sehen wollen.“ Dann wandte sie sich wieder an Holly. „Der Junge scheint Sie zu mögen.“

Mirabelle streckte ihre Hand zum Gruß aus. „Ich bin Mirabelle und das ist mein Neffe Brad. Und wer sind Sie?“

Holly schüttelte ihre Hand und war überrascht, wie fest der Griff der alten Dame war. „Ich bin Holly. Ich bin –“

„Holly ist meine Freundin“, erklang Pauls Stimme hinter ihr.

Sie drehte sich um und sah, wie er sich mit einem breiten Lächeln im Gesicht näherte. Er zog seine Großtante sofort in eine dicke Umarmung und hob sie fast von den Füßen. Die alte Dame kicherte.

„So schön dich zu sehen, Tante Mirabelle!“, begrüßte Paul sie.

„Das sagst du immer.“

„Weil es wahr ist!“, behauptete Paul und ließ sie los. Dann nickte er seinem Vater zu. „Dad, wie war die Fahrt?“

„Erträglich.“

Mirabelle beugte sich näher zu Paul, während sie Pauls Vater anschaute. „Dein Vater ist ein Heiliger. Deine Mutter hat die ganze Fahrt hierher geredet. Ich sage dir, ich kenne jetzt die gesamte Speisekarte für die Jubiläumsfeier, sowie die Namen aller Kellner, der Floristen und wer sonst noch daran beteiligt ist. Vielleicht nehme ich das nächste Mal doch den Zug.“

„Sei nicht albern, Mirabelle“, meinte Pauls Vater ruhig. Er machte eine wegwerfende Geste und tauschte einen Blick mit Paul aus. „Deine Großtante übertreibt wie üblich. Deine Mutter hat so viele Sachen im Kopf.“

Mirabelle verdrehte die Augen und trat dann näher zu Holly. „Sie sind also Pauls Freundin.“ Sie sah Paul an. „Wie hast du es geschafft, so eine atemberaubende Schönheit dazu zu bewegen, mit dir auszugehen? Hast du sie unter Drogen gesetzt?“

„Ich versichere dir, das war nicht nötig.“ Paul grinste und legte seinen Arm um Holly. „Diese verblüffende Frau hier mag mich tatsächlich.“

Als Paul ihr in die Augen sah, fühlte Holly, wie sich Wärme in ihrem Bauch ausbreitete. Ja, sie mochte ihn. Sie mochte ihn sogar sehr.

„In diesem Fall hältst du sie besser fest. Du weißt ja nie, ob du jemals wieder so viel Glück haben wirst.“

Paul lachte. „Entschuldige, Holly, aber Tante Mirabelle hat einen verdrehten Sinn für Humor.“

„Ich glaube, deine Großtante ist in bester Verfassung.“ Holly zwinkerte der alten Frau zu und fühlte eine sofortige Verbindung, als diese zurücklächelte. „Und sie hat auch recht. Du bist ein Glückspilz!“

„Dad, hilf mir mal“, wandte sich Paul dramatisch an seinen Vater, während er Holly näher an seine Seite zog, als wollte er ihr versichern, dass er nur spaßte. „Ich glaube, die Frauen verbünden sich gegen uns.“

„Das fällt dir erst jetzt auf, mein Sohn? Willkommen in meiner Welt.“ Dann streckte er Holly die Hand hin. „Freut mich sehr, Sie kennenzulernen, Holly. Nennen Sie mich doch Brad.“

Holly trat aus Pauls Umarmung und schüttelte die Hand seines Vaters. „Freut mich auch, Sie kennenzulernen.“

„Was geht hier vor sich? Warum kommt ihr nicht raus auf die Terrasse, um Olivia und Quentin zu begrüßen? Tara ist auch hier. Du erinnerst dich doch an Tara Pierpont, Tante Mirabelle, oder?“

Alle drehten sich um und sahen Pauls Mutter näherkommen. Sie war allein und hatte ihren Enkel offensichtlich jemand anderem übergeben. Als ihre Augen auf Holly fielen, schien sie ungehalten. „Ich sagte doch, Sie dürfen jetzt gehen. Wir passen für ein paar Stunden auf Jonathan auf. Kommen Sie nach dem Abendessen wieder, um ihn fürs Bett fertig zu machen.“

„Mutter!“, schnauzte Paul sie an, sodass sie ihn überrascht ansah.

„Was habe ich denn gesagt?“

„Du hast gerade meine Freundin herumkommandiert.“ Er griff nach Hollys Hand. „Das ist Holly.“

„Du hast eine Freundin mitgebracht?“

Holly spürte die Augen von Pauls Mutter über ihren Körper schweifen, als ob sie wie auf einem Viehmarkt inspiziert würde.

„Was ist mit Tara? Du kannst doch nicht zwei Frauen hier haben.“

„Ich habe Tara nicht eingeladen. Das hast du gemacht. Also wirst *du* Tara unterhalten und *ich* unterhalte meine Freundin.“

„Aber du hast mir nicht gesagt . . . “

„Ich habe dir in New York beim Essen mitgeteilt, dass ich Holly diese Woche mitbringen werde.“

„Aber ich dachte, du hast das nur erfunden, weil du nicht –"

„– weil ich nicht wollte, dass du dich in mein Privatleben einmischst?"

Holly konnte sehen, wie nicht nur Pauls Wut hochkochte, sondern auch die seiner Mutter.

„Ich habe dir gesagt, dass ich eine Freundin habe, also gewöhne dich daran. Ich erwarte, dass sie respektvoll behandelt wird."

Seine Mutter schnaubte. „Und was soll ich mit Tara machen? Ich habe ihrer Mutter versprochen –"

„Das ist dein Problem, nicht meines! Und ich würde es sehr zu schätzen wissen, wenn du aufhören würdest, vor meiner Freundin darüber zu reden, mich mit einer anderen Frau zu verkuppeln. Tu nicht so, als würdest du sie nicht sehen. Es ist geradezu unhöflich und ich dachte, dass dir der äußere Schein so wichtig ist."

Seiner Mutter fiel die Kinnlade herunter und sie war einen Moment lang sprachlos.

„Komm, Holly, lass uns zu den anderen auf die Terrasse gehen und die Sonne genießen."

Paul drehte sich um und zog sie mit sich, einen Arm um ihren Rücken geschlungen und seine Hand besitzergreifend auf ihrer Hüfte ruhend.

Als sie durch das Wohnzimmer in Richtung der Schiebetüren gingen, die auf die Terrasse führten, konnte Holly endlich wieder ihre Stimme finden. „Oh mein Gott, sie hasst mich."

„Sie hasst nicht dich persönlich. Sie hasst die Tatsache, dass sie mich nicht mit jemandem wie Tara, die aus der richtigen Familie kommt, verkuppeln kann."

„Ich sollte nicht hier sein." Wie würde sie nur die nächsten paar Tage überleben? Wie sollte sie überhaupt das Abendessen überleben, wenn seine Mutter nur Gift versprühte?

Paul hielt an und zog sie an seine Brust. „Ich brauche dich hier. Ich verspreche dir, ich weiche nicht von deiner Seite. Sie wird dich nicht angreifen können. Doch das heißt natürlich nicht, dass sie nett zu dir sein wird. Aber du bist mit mir zusammen. Vergiss das nicht. Wir sind ein Team."

Holly nickte langsam. „Ok."

Paul senkte seinen Kopf. „Danke. Du wirst das großartig machen. Und ich werde dich danach großzügig belohnen."

Sie blickte ihm in die Augen. „Wie?"

„Du weißt schon wie."

Er fing ihre Lippen ein und ließ sie einen Augenblick lang alles vergessen, um ihr einen Vorgeschmack auf ihre Belohnung zu geben. Und für eine Belohnung wie diese könnte sie viele Hindernisse überwinden und sogar Pauls widerliche Mutter ertragen.

23

Holly atmete erleichtert auf, als Paul sie endlich den schmalen Pfad entlang hinunter zum Strand führte. Die Stimmung beim Abendessen war angespannt gewesen. Pauls Mutter hatte sie abwechselnd ignoriert, abfällige Bemerkungen gemacht oder mit Tara über Leute und Ereignisse geplaudert, die Holly unbekannt waren, wodurch sie sich wie eine Außenseiterin gefühlt hatte. Sie hatte die Minuten gezählt, bis endlich alle fertig gegessen hatten und sie aufstehen konnte. Glücklicherweise hatte Paul angekündigt, dass er ihr einen Spaziergang am Strand versprochen hatte und nicht abgewartet, ob jemand protestierte.

Trotz der Dunkelheit am Strand spendeten die Beleuchtungen der verschiedenen Häuser an der Küste genug Licht, um ihnen bei der Orientierung zu helfen. Das Mondlicht reflektierte sich auf dem ruhigen Wasser und tat den Rest.

„Du warst heute großartig“, sagte Paul und drückte ihre Hand. „Erst Jonathan und dann, naja . . . “

„Du meinst, weil ich dem Zwang widerstanden habe, deiner Mutter die Augen auszukratzen?“

Er lachte leise. „Ja. Unter anderem.“

Sie fühlte sich ihm nahe. Es war etwas, das angefangen hatte, sich nach der vorangegangenen Nacht, die sie in seinen Armen verbracht hatte, zu entwickeln. Etwas schien sich zwischen ihnen verändert zu haben, und sie fühlte jetzt, dass es Dinge gab, die sie ihm erzählen wollte. Aber sie wusste nicht, wie sie anfangen sollte.

„Jonathan vergöttert dich“, sagte Paul.

Holly machte eine wegwerfende Geste. „Es sind nur meine blonden Haare. Die meisten Kinder scheinen davon fasziniert zu sein.“

„Es ist mehr als das. Es ist die Art, wie du mit ihm gesprochen hast. Du hast ihm deine volle Aufmerksamkeit gewidmet und ich glaube, dass seine Eltern das nicht oft tun. Sie sind zu sehr mit ihren eigenen Problemen beschäftigt.“

Holly hatte die Spannung zwischen Olivia und ihrem Ehemann auch gespürt. Es war schwer, nicht zu bemerken, dass die beiden ein Eheproblem hatten. „Jonathan sucht einfach nach Zuwendung.“ Sie würde denselben Fehler, den Olivia und Quentin machten, nicht bei ihrem eigenen Kind machen. Sie würde ihrem Kind all ihre Liebe schenken.

„Es war wahrscheinlich ein Fehler, so früh in ihrer Beziehung ein Kind zu haben“, meinte Paul nachdenklich. „Wer weiß? Vielleicht hätte sich alles anders entwickelt, hätten sie nicht Jonathan bekommen, bevor sie Gelegenheit hatten, sich erst besser kennenzulernen.“

Holly war froh, dass es dunkel war. Dadurch konnte Paul die Traurigkeit, die ihr wahrscheinlich ins Gesicht geschrieben stand, nicht sehen. Ja, so früh in einer Beziehung ein Kind zu haben, konnte eine große Belastung sein und viele Paare konnten damit nicht umgehen. Ein weiterer Grund, Paul ihre Schwangerschaft zu verheimlichen.

„Ja, du hast wahrscheinlich recht“, sagte sie stattdessen und suchte nach einem anderen Thema.

Ein paar Augenblicke herrschte Stille zwischen ihnen.

„Gestern Nacht war wunderschön“, begann Paul. „Kann ich heute Nacht auf eine Wiederholung hoffen?“ Er sah sie von der Seite an und sie blieb stehen. Er hielt ebenfalls an und wandte sich ihr zu.

War das vielleicht der richtige Moment, ihm zu sagen, was sie ihm schon letzte Nacht hatte gestehen wollen?

Seine Augen suchten ihre und sie bemerkte die Sorge darin. „Habe ich etwas Falsches gesagt? Wenn ja, tut es mir leid. Ich wollte das nicht. Du weißt, dass du mein Bett nicht teilen musst, wenn du nicht willst, aber ich dachte, nach letzter Nacht –“

Holly legte ihren Finger auf seine Lippen, um ihn davon abzuhalten, weiterzusprechen. „Paul, es gibt da etwas, das ich dir sagen muss.“

Sie konnte deutlich spüren, wie er seinen Atem anhielt, als erwartete er schlechte Nachrichten.

„Ich arbeite nicht mehr als Callgirl. Ich habe vor zwei Monaten damit aufgehört. Ich habe an Sabrinas und Daniels Hochzeitstag gekündigt.“

Es war heraus. Sie fühlte sich erleichtert, weil sie ihm endlich die Wahrheit gesagt hatte.

Paul fiel die Kinnlade herunter. „Aber . . . “ Er schüttelte den Kopf, bevor er es erneut versuchte. „Warum hast du mir das damals nicht gestanden? Warum hast du nichts erzählt? Ich nannte dich eine . . . “ Es schien, dass er jetzt das Wort nicht einmal aussprechen konnte. „Holly, warum hast du mir nicht die Wahrheit erzählt? Das hätte alles geändert.“

Holly schüttelte den Kopf. „Es hätte nichts geändert. Selbst wenn du mir damals geglaubt hättest. Was du nicht getan hättest. Du hättest gedacht, dass ich mich herausreden will.“

„Nein, Holly –“

Sie drückte ihre Hand gegen sein Herz. „Bitte, lass mich ausreden.“

Paul nickte stumm.

„Die Nachricht von Misty, meiner Chefin, die du auf meinem Handy gesehen hast: Das war ihre Reaktion darauf, dass ich ihr gekündigt hatte. Ich hatte ihr meine Kündigung ein paar Minuten, bevor ich dich auf dem Empfang angesprochen habe, geschickt. Weil ich in dem Moment erkannt hatte, dass ich nicht mehr für Geld mit Männern schlafen wollte. Ich wollte mit einem Mann schlafen, weil ich mich zu ihm hingezogen fühlte. Weil ich ihn begehrte.“

Holly ließ ihre Augen über ihn schweifen.

„Die Nacht, die wir zusammen hatten, war wundervoll. Zum ersten Mal nach langer Zeit war ich frei, etwas zu empfinden.“

Paul fuhr mit einer Hand durch sein dunkles Haar. „Oh Gott, Holly, es tut mir leid. Ich habe das alles damit zerstört, wie ich dich behandelt habe.“

„Es ist nicht deine Schuld. Die meisten Männer hätten so reagiert.“

„Wenn ich gewusst hätte . . . “

„Hättest du es gewusst, hättest du genauso reagiert, weil meine Vergangenheit immer noch dieselbe ist. Was sich geändert hat, ist meine Zukunft. Doch die Leute beurteilen dich nicht nach deiner Zukunft, sie beurteilen dich nach deiner Vergangenheit. Und meine Vergangenheit kann ich nicht ändern, so sehr ich es auch will.“

Paul schüttelte den Kopf und umklammerte ihre Schultern. „Aber wenn du aufgehört hast, warum hast du es mir dann nicht wenigstens gesagt, als ich dir dieses . . . dieses Angebot gemacht habe? Warum hast du nicht gesagt, dass ich mich zum Teufel scheren soll? Wie konntest du mir erlauben, dich wieder in so etwas hineinzuziehen?“

„Erinnerst du dich an die Heiratsvermittlung, von der ich dir erzählt habe?“

Er runzelte die Stirn. „Die du aufmachen würdest, wenn du es dir aussuchen könntest?“

Holly nickte. „An dem Tag, als du mich angerufen hast, hatte die Bank gerade meinen Kreditantrag abgelehnt.“ Den Grund dafür würde sie jedoch Paul nicht verraten. „Ich war verzweifelt. Ich wollte das Geschäft kaufen. Ich brauchte das Geld.“

Erkenntnis breitete sich in Pauls Augen aus. „Lass mich raten, der Kaufpreis beträgt zweihundertfünfzigtausend Dollar.“

Sie musste nicht einmal nicken, sondern zwinkerte nur mit den Augen, dann senkte sie den Blick. „Ich erkaufe mir damit eine Zukunft. Also dachte ich, ich verkaufe mich ein letztes Mal.“

Paul ließ ihre Schultern los und sah an ihr vorbei auf den Ozean hinaus, als ob er sie meiden wollte. „Und der Grund, aus dem du letzte Nacht mit mir geschlafen hast?“

„Was fragst du mich da?“ Wusste er nicht, warum sie zu ihm gekommen war?

Er wandte seinen Blick wieder zu ihr. „Ich frage dich, ob du gestern Nacht mit mir geschlafen hast, weil ich dich bezahle.“

„Du weißt genauso gut wie ich, dass du dafür nicht bezahlt hast. Wir hatten uns darauf geeinigt, dass du dafür bezahlst, dass ich deine Freundin spiele. Das schloss Sex nicht mit ein.“

„Verdammt, Holly! Ich habe dir eine direkte Frage gestellt: Warum hast du gestern Nacht mit mir geschlafen?“

Sie stemmte die Hände an ihre Hüften. „Bist du schwer von Begriff oder was? Kapierst du es nicht? Ich habe mit dir geschlafen, weil ich mich zu dir hingezogen fühle! Idiot!“

Ein Grinsen breitete sich auf seinem Gesicht aus. „Weißt du, dass du absolut sexy bist, wenn du wütend bist?“

Holly schnaubte, drehte sich in die Richtung, aus der sie gekommen waren und marschierte davon. Paul holte sie ein, packte ihre Hand und hielt mit ihr Schritt.

„Ich hätte es dir nie erzählen sollen.“

„Meinst du die Tatsache, dass du als Callgirl gekündigt hast oder die Tatsache, dass du mich heiß findest?“

Sie ließ ihren Kopf zur Seite schnellen und kniff die Augen zusammen. „Du drehst mir die Worte im Mund um. Ich habe nicht gesagt, dass du heiß bist.“

„Das habe ich aber gehört. Außerdem, so wie du mich gestern Nacht geritten hast, deutete es sehr darauf hin.“

Verärgerung kam in ihr hoch. „Warum hast du mich dann fragen müssen, warum ich mit dir geschlafen habe?“

„Weil ich die Raterei hasse. Ich wollte es aus deinem Mund hören.“

„Naja, dann hast du’s jetzt gehört!“ Aus irgendeinem Grund fühlte sie sich bloßgestellt. Nun, nicht aus einem *unbekannten* Grund. Sie wusste genau, warum sie sauer war. Während sie ihm ihre Gefühle offengelegt hatte, indem sie zugab, dass sie sich zu ihm hingezogen fühlte, hatte er im Gegenzug nichts erwidert.

Plötzlich zog Paul an ihrer Hand und veranlasste sie damit, sich umzudrehen. Sie bemerkte, dass sie am Haus seiner Eltern vorbeigegangen wäre, hätte er sie nicht zu dem Weg gelenkt, der zum Pool führte.

Von dort wollte sie zur Terrasse eilen, aber Paul zog sie in die entgegengesetzte Richtung.

„Was?“

„Wir sind mit dem Reden noch nicht fertig. Und für dieses Gespräch will ich etwas Privatsphäre.“

Widerwillig ließ sie sich von ihm zu dem kleinen Poolhaus führen, das ein paar Meter vom Pool entfernt stand. Sie beobachtete Paul, wie er vom Vorsprung über der Tür einen Schlüssel herunterholte und die Tür damit aufschloss. Dann schob er sie hinein.

Paul schloss die Tür hinter sich, sperrte sie ab und lehnte sich dagegen. Einen Augenblick später erleuchtete ein schwaches Licht den Raum. Holly hatte nur einen kurzen Moment, um sich umzusehen und zu bemerken, dass eine große Couchgarnitur mit einem Couchtisch davor in einer Ecke stand und es eine Tür zu einem anderen Raum gab, bevor Paul zu reden begann.

„Würdest du mir bitte sagen, warum du plötzlich wütend bist?“, fragte er sanft, wobei seine Augen sie voller Zuneigung betrachteten.

Holly blinzelte und fragte sich, ob sie einfach nur sah, was sie sehen wollte. Sie verschränkte die Arme vor ihrer Brust. „Es ist nichts.“

Er ging ein paar Schritte auf sie zu und sie wich instinktiv zurück. Als er sie erreichte, stand sie mit dem Rücken an der Wand. Paul stützte seine Hände zu beiden Seiten ihres Kopfes ab und beugte sich zu ihr.

„Holly, es tut mir leid, wenn ich etwas gesagt habe, das dich verärgert hat. Ich wünschte, ich wüsste, was es war, damit ich es zurücknehmen könnte."

Sie sah ihn an und suchte seine Augen. Versuchte er wirklich, sie zu verstehen? „Es ist nichts, was du gesagt hast."

Paul runzelte die Stirn. Dann sagte er plötzlich: „Also ist es etwas, das ich nicht gesagt habe." Er rückte näher und seine Brust berührte jetzt ihre. „Baby, ich glaube, dass ich dir gestern Früh, als ich mich entschuldigt habe, schon gesagt habe, dass ich mich immer noch zu dir hingezogen fühle. Das hat sich nicht geändert. Im Gegenteil. Nach allem, was gestern Nacht zwischen uns passiert ist und was du mir gerade gesagt hast, fällt es mir noch schwerer, meine Finger von dir zu lassen."

Er sagte genau das Richtige, aber konnte sie sich erlauben, mit ihm zusammen zu sein, wenn sie wusste, dass es doch keine gemeinsame Zukunft für sie gab? Sie hatte nicht vergessen, was er ihr über seine Schwester erzählt hatte: dass sie Quentin mit der Schwangerschaft in die Falle gelockt hatte. Würde sie, Holly, nicht das Gleiche tun? Und Pauls Kommentar darüber, so früh in einer Beziehung ein Kind zu haben, war ihr auch nicht entgangen. Es war eine Belastung für jede Beziehung und in ihrer wäre es der Eisberg, der das Schiff zum Sinken brachte.

„Holly", murmelte er verführerisch und seine Stimme sank tief in ihren Körper. „Trotz allem wollte ich dich wiedersehen. Deshalb habe ich dir diesen lächerlichen Vorschlag gemacht. Aber ich will nicht, dass du glaubst, dass du etwas tun musst, nur weil ich für deine Zeit bezahle. Unsere Abmachung steht immer noch: kein Sex für Geld." Er seufzte und sein Atem wanderte über ihr Gesicht. „Aber bei Gott, du kannst dir nicht vorstellen, wie sehr ich mich danach sehne, wieder mit dir zu schlafen. Nach letzter Nacht habe ich festgestellt, dass es nicht genug war. Ich verhungere hier, Holly."

Ihr Herz hämmerte gegen ihre Brust. „Was du gestern Nacht gesagt hast, ist das wahr, dass du in den zwei Monaten mit niemand anderem geschlafen hast?"

Paul schloss die Augen einen Moment lang, dann öffnete er sie wieder. „Ich will nicht, dass du zu viel auf diese Worte gibst, obwohl sie wahr sind.“

Holly lächelte, unbeschreiblich erfreut darüber, dass es ihm scheinbar peinlich war. „Weil du mit der Arbeit beschäftigt warst, richtig?“

„Richtig.“

„Also hast du dich um dich selbst gekümmert.“

Er zog eine Augenbraue hoch.

„So wie du dich in der Nacht, in der ich bei dir in New York übernachtet habe, um dich selbst gekümmert hast.

„Du hast mich beobachtet?“

„Ich war durstig und wollte mir eine Flasche Wasser aus der Küche holen. Ich habe dich auf dem Sofa gesehen. Die Lichter der Stadt haben es mir schwer gemacht, es nicht zu bemerken.“ Sie erinnerte sich nur zu gut an den Anblick. „Wie du dich berührt hast. Wie hart dein Schwanz war.“

Paul drückte seinen Unterleib an sie. Der harte Umriss seines Schwanzes war nicht zu ignorieren.

„So hart wie jetzt“, fuhr sie fort. „Ich wollte zu dir gehen und dich in den Mund nehmen, aber ich konnte nicht.“

„Warum nicht?“

„Du wolltest mich nicht. Du wolltest nicht berührt werden, nicht von einem . . . einem C–“

Er presste ihr einen Finger auf die Lippen und hielt sie davon ab, das Wort auszusprechen. „Willst du wissen, an was ich gedacht habe, als ich mich selbst berührt habe?“ Er hielt einen Augenblick inne. „Dich. Ich habe daran gedacht, mit dir zu schlafen. Genauso wie all die anderen Nächte zuvor. Ich habe mir vorgestellt, deine Beine vor mir zu spreizen und deine schöne Muschi zu lecken und dann, wenn du gekommen bist, in dich zu stoßen und dich zu reiten, bis wir beide gemeinsam kommen. Daran habe ich gedacht. Klingt das für dich so, als wollte ich nicht von dir berührt werden?“

Holly bewegte ihren Kopf sachte von einer Seite zur anderen.

„Gut. Dann verstehen wir uns also, oder?“

Sie hob ihre Wimpern und blickte in seine Augen.

Ein Lächeln formte sich auf ihren Lippen. „In diesem Fall, warum werden wir diese Klamotten nicht los und machen es uns auf der Couch da drüben etwas bequemer? Natürlich nur, wenn du mit mir schlafen möchtest.“

Ohne Eile zogen sie sich gegenseitig aus. Paul wusste noch nicht, was Hollys Enthüllung, dass sie das Begleitgewerbe aufgegeben hatte, wirklich bedeutete, aber er wusste, dass es ein Schritt in die richtige Richtung war. Doch im Moment konnte er nicht weiter als bis zum nächsten Tag denken. Es war egal. Er würde versuchen, jede Hürde dann zu nehmen, wenn sie sich vor ihm auftat und sich vorher keine Sorgen zu machen. Es war wichtiger, den Moment zu genießen.

Während er die nackte Holly auf das breite Sofa legte, sich über sie beugte und sich zwischen ihre gespreizten Beine positionierte, spürte er, wie ihn die Zärtlichkeit überwältigte. Er war nicht auf einen wilden Fick aus, sondern auf eine tiefere Verbindung mit ihr. Sanft strich er eine Strähne ihrer wunderschönen Haare zur Seite und liebkoste ihre Wange, dann ließ er seine Finger zu ihrem Hals wandern.

„Ich bin froh, dass du mir erlaubst, dich zu berühren.“

„Dann lass mich nicht warten“, flüsterte Holly und drängte ihm ihr Becken entgegen.

„Ich muss dich erst ansehen, damit ich sicher sein kann, dass ich nicht träume.“ Er ließ seinen Blick über sie schweifen und labte sich an dem Anblick ihrer cremigen Haut, ihrer harten Brustwarzen und ihrer blauen Augen. Er hatte noch nie eine schönere Frau gesehen, geschweige denn eine Frau so aufregend oder so abenteuerlustig wie Holly in seinem Bett gehabt. Dieser Gedanke ließ seinen Schwanz noch härter werden.

Langsam zog er seine Hüften zurück und passte seinen Winkel an. Dann schob er sich vor, drückte gegen ihre feuchte Scheide und teilte ihre Schamlippen mit seiner Schwanzspitze. Die Enge ihres Kanals, als er zentimeterweise vorstieß, reizte die Grenzen seiner Selbstbeherrschung aus. Aber er gab dem Verlangen, hier und jetzt zu kommen, nicht nach. Stattdessen erwiderte er weiterhin Hollys Blick und sank tiefer in sie, ohne dieses Erlebnis zu übereilen.

Hollys Augenlider flatterten.

„Es ist in Ordnung“, murmelte er. „Schließ die Augen, wenn du willst. Tu, was immer sich gut für dich anfühlt. Ich will dir mehr Vergnügen bereiten, als du je erfahren hast.“

Ihre Augen öffneten sich ruckartig und sie sah ihn direkt an. „Warum?“

Paul senkte seinen Kopf näher zu ihrem. „Weil ich dich mag, Holly. Ich mag dich sehr, sehr gern.“ Dann fing er ihre Lippen ein und im selben Augenblick stieß er bis zum Anschlag in ihre ihn willkommen heißende Muschi. Er schluckte ihr Stöhnen hinunter und goss jeden Tropfen Leidenschaft, den er für sie empfand, in den Kuss. Und er fügte noch etwas anderes hinzu: Zuneigung. Denn das, was er gesagt hatte, war wahr. Er mochte Holly mehr als er vor irgendjemandem außerhalb der schützenden Mauern des Poolhauses zugeben wollte. Hier drinnen fühlte er sich sicher, ihr zu gestehen, dass sie ihm etwas bedeutete. Dort draußen würde ihn die Welt verurteilen. Und er war nicht sicher, ob er dafür bereit war. Bereit dafür, verurteilt zu werden, sich in ein Callgirl zu verlieben. Naja, ein ehemaliges Callgirl.

Langsam bewegte Paul seine Hüften vor und zurück und drang mit behutsamen Bewegungen in Hollys Körper ein und wieder heraus. Heute Nacht war anders. Er spürte es in jeder Berührung, jedem Kuss. Heute Nacht waren sie aufrichtig zueinander gewesen und als Resultat hatte sich ihre Beziehung verändert. Er war nicht mehr der Mann, der sie engagiert hatte. Heute Nacht war er ihr Liebhaber und alles, was sie taten, geschah, weil sie beide es wollten, sie beide sich darüber einig waren, weil sie sich beide zueinander hingezogen fühlten.

Trotz des langsamen Tempos seiner Bewegungen war das Vergnügen, das sich in seinem Körper ausbreitete und sein Herz unkontrolliert schlagen ließ, nicht weniger intensiv als während ihrer leidenschaftlichen Begegnung die Nacht zuvor. Im Gegenteil. Heute Nacht war ihm Holly bewusster. Genauso wie er besser verstand, was sie von ihm brauchte und wie er ihr mehr Vergnügen bereiten konnte.

„Oh, Paul“, rief Holly, während ihre Augen ihn verwundert anblickten.

Er liebkoste ihr Gesicht, während er sich weiter in ihr bewegte, sein Schwanz eifriger als eh und je. „Willst du kommen, Baby?“

Ihre Augen zwinkerten zustimmend.

„Dann sag nur weiter meinen Namen und ich kümmere mich um dich“, versprach Paul und erhöhte das Tempo, wobei er seine Hand zwischen ihre Körper gleiten ließ.

Als sein Name aus Hollys Lippen hervorbrach, fanden seine Finger zielsicher ihre Klitoris. Mit jedem Stoß in ihren empfänglichen Körper liebkoste er ihr Liebeszentrum mit mehr Druck. Alles, was er wollte, war, zusammen mit Holly Erleichterung zu finden, während sie in seinen Armen erbebte.

„Paul! Paul“, feuerte sie ihn weiter an und der Klang ihrer süßen Stimme sandte Schockwellen in seine Hoden.

„Holly! Oh Gott Holly!“

Holly wand sich unter ihm, wobei ihr Körper jetzt immer ungestümer wurde. Einen Augenblick später bäumte sie sich vom Sofa auf und versteifte sich.

„Ja!“, rief er. „Verdammt noch mal, ja!“

Mit seinem nächsten Stoß brach sein Orgasmus wie eine Ozeanwelle auf ihn hinein und stieß mit den Wellen, die durch Hollys Körper fuhren, als sie kam, zusammen.

Seine Brust hob sich, sein Körper tropfte vor Schweiß und sein Herz raste, als würde er einen Sprint hinlegen.

„Baby“, schaffte er zu sagen, bevor er ihre Lippen wieder einfing und sie eine gefühlte Ewigkeit lang küsste.

Als er sie losließ, bemerkte er den feuchten Schimmer in ihren Augen. Er wollte sie nicht beschämen, also gab er vor, es nicht zu sehen, obwohl es sein Herz erwärmte, zu erkennen, wie emotional ihr Liebesakt für sie gewesen war.

„Lass uns heute Nacht hier bleiben“, murmelte er. „Ich will nicht im Haus jemandem begegnen und so diese Nacht ruinieren.“

Holly lächelte zu ihm hoch. „Das wäre schön.“

Paul schmiegte sein Gesicht in ihre Halsbeuge und schmunzelte. „Ich muss dich aber warnen. Da wir hier draußen sind, wo uns niemand hören kann, bist du meiner Gnade ausgeliefert.“

Ihre Beine schlangen sich enger um seine Hüften und sie zog ihn näher zu sich. „Da liegst du vollkommen falsch. Denn heute Nacht bis du *meiner* Gnade ausgeliefert.“

„Tu dein Schlimmstes“, ermutigte er sie und versuchte, sich daran zu erinnern, wie viele Kondome er in seine Hosentasche gesteckt hatte.

24

Holly schaffte es gerade noch, die Badezimmertür leise zu schließen, in der Hoffnung, Paul nicht zu wecken, bevor sie sich über die Kloschüssel beugte, um sich zu übergeben. Sabrina hatte sie gewarnt, dass die Morgenübelkeit schrecklich sein könnte, aber bis jetzt hatte Holly ihre Behauptung als übertrieben abgetan. Jetzt nicht mehr. Morgenübelkeit *war* schrecklich.

Es dauerte Minuten, bis sie sich wieder erheben, die Toilettenspülung ein letztes Mal betätigen und ihren Mund über das Waschbecken gebeugt ausspülen konnte.

„Holly, geht es dir gut?", fragte Paul durch die Tür.

Sie blickte in den Spiegel über dem Waschbecken und schreckte zurück. Sie sah kreidebleich aus. „Mir geht es gut. Es ist nichts." Sie öffnete den Medizinschrank, fand eine Flasche Mundwasser und gurgelte damit.

„Bist du sicher?"

Holly stellte die Flasche dorthin zurück, wo sie sie gefunden hatte, und öffnete die Badezimmertür, während sie ein Lächeln auf ihr Gesicht zwang. „Wahrscheinlich etwas, was ich gestern Abend gegessen habe. Das Essen, das die Köchin deiner Mutter zubereitet hat, war sehr fettig. Das bin ich nicht gewohnt", log sie.

„Ich hätte dir nach dem Essen einen Brandy anbieten sollen. Er hilft, das ganze Fett im Essen zu verdauen", meinte Paul und strich mit seiner Hand über ihr Haar.

Er trug seine Boxershorts und sein Hemd, während Holly eine Decke um sich gewickelt hatte. „Wir ziehen uns wohl besser an", lenkte sie ab. „Ich bin sicher, es fragen sich schon alle, warum wir noch nicht zum Frühstück erschienen sind."

Paul schmunzelte. „Ich muss zugeben, ich bin etwas hungrig nach den gestrigen . . . vergnüglichen Aktivitäten."

Der Gedanke an Essen ließ Holly wieder flau im Magen werden, aber es gab nichts mehr, was ihr hochkommen könnte, also versuchte sie, nicht daran zu denken, und griff nach ihrer Kleidung. Ohne Eile zogen sie sich an und verließen etwas später das Poolhaus.

Anstatt einige Augenblicke Zeit zu haben, sich auf die nächste Begegnung mit Pauls Mutter vorzubereiten, wurde sie sofort mit ihr konfrontiert. Die ganze Gilbert-Familie sowie Tara saßen auf der Terrasse, wo sie das Frühstück genossen. Alle Köpfe drehten sich zu ihr und Paul, als sie sich näherten und unterschiedlich starke Überraschung zeichnete sich auf ihren Gesichtern ab, als sie bemerkten, woher sie und Paul gekommen waren.

„Ihr habt im Poolhaus geschlafen?“, fragte Pauls Mutter und warf ihrem Sohn einen missbilligenden Blick zu.

Pauls Hand hielt Hollys fest, als er sie die Stufen zur Terrasse hinaufführte. „Morgen zusammen.“ Er gab Holly ein Zeichen, sich auf den Stuhl neben Tara zu setzen, während sie mehrere „Guten Morgen“ zur Antwort bekamen.

Holly bemerkte, dass der einzig andere leere Stuhl der neben Pauls Vater war, sodass sie und Paul so weit wie nur möglich voneinander entfernt sitzen mussten. Ein Versuch seiner Mutter, sie auseinanderzubringen? Da müsste sie sich aber mehr anstrengen.

„Kaffee, Holly?“, fragte Paul.

Obwohl sie wusste, dass sie jetzt keinen Kaffee trinken konnte, nickte sie.

„Setz dich, Paul! Consuela wird den Kaffee servieren“, befahl seine Mutter.

Holly fummelte an ihrer Serviette herum. Als sie aufblickte, starrte sie direkt in Mirabelles besorgte Augen.

„Du siehst schrecklich blass aus, Holly. Geht es dir gut?“, fragte Mirabelle.

„Mir geht’s g–“

„Holly ist das fettige Essen nicht gewohnt, das Consuela gestern gekocht hat“, unterbrach Paul.

Holly wollte aufstöhnen. Es gab keinen Grund, dass seine Familie mitbekam, dass es ihr nicht gut ging. Sie wollte keine Aufmerksamkeit auf sich lenken. „Es geht mir ausgezeichnet.“

Die Köchin, die Holly am Abend zuvor kurz gesehen hatte, erschien in Uniform auf der Terrasse und trug eine Thermoskanne. „Mehr Kaffee?“, fragte sie höflich.

„Danke, Consuela“, sagte Paul. „Einen für Holly und einen für mich.“

Als Consuela ihr Kaffee einschenkte und Holly der Duft in die Nase stieg, fasste sie sich instinktiv an den Bauch. Sie drehte ihren Kopf zur Seite, was nur den Geruch von Gebäck verstärkte und alles noch schlimmer machte.

Holly erhob sich. „Es tut mir leid, ich bin nicht hungrig.“

Sie bemerkte Mirabelles besorgten Gesichtsausdruck. Dann begegnete sie Pauls Blick. „Soll ich dir etwas holen?“, fragte er. „Ich komme mit dir mit.“

Sie winkte ab. „Nein, nein. Es geht mir gut. Warum genießt du nicht dein Frühstück. Ich komme bald wieder runter.“

Als sie das Innere des Hauses erreichte, atmete Holly auf. Vielleicht würde die Übelkeit vergehen, wenn sie sich etwas hinlegte.

Paul beobachtete, wie Holly nach drinnen ging, bevor er sich umdrehte und wieder an den Tisch setzte.

„Also, wer hat denn schon jemals gehört, dass jemand Consuelas Essen nicht mag?“, sagte seine Mutter laut genug, sodass Consuela, die Holly gerade ins Haus folgen wollte, es hören konnte.

„Ich habe nicht gesagt, dass Holly das Essen nicht mochte. Ich sagte, es hat bei ihr einen verstimmten Magen verursacht“, korrigierte Paul seine Mutter mit angespanntem Kiefer. Er hatte nicht erwartet, schon beim Frühstück mit seiner Mutter streiten zu müssen. Normalerweise legte sie nicht vor dem Mittagessen los, Gift zu verspritzen.

Er wandte sich an Consuela, die immer noch in der Schiebetür stand. „Das Abendessen war großartig, Consuela. Sowohl Holly als auch mir hat es vorzüglich geschmeckt. Holly sagte, sie hätte gerne das Rezept, wenn es nicht zu viele Umstände macht.“ Paul würde seiner Mutter nicht erlauben, die Angestellten gegen Holly aufzuhetzen.

„Natürlich, ich schreibe es ihr auf.“ Ein Lächeln breitete sich auf dem Gesicht der Köchin aus.

„Vielen Dank!“ Paul drehte sich um und nahm einen Schluck Kaffee.

„Hattet ihr gestern Abend einen schönen Spaziergang?“, fragte Mirabelle und lächelte ihn vom anderen Tischende aus an.

Er zwinkerte ihr zu. „Einen sehr schönen."

„Ich bin sicher, Tara würde auch gerne am Strand spazieren gehen. Es ist ein so schöner Tag", schlug seine Mutter vor.

„Nora", unterbrach sein Vater. „Wir sind gerade erst beim Frühstück. Lass uns nicht schon den ganzen Tag verplanen."

Seine Mutter lächelte ihn warm an. „Ich sorge doch nur dafür, dass unserem Gast nicht langweilig wird, Liebling."

„Ich gehe später etwas mit Jonathan am Strand spazieren", half Olivia, wobei sie sich zu Tara drehte. „Vielleicht willst du mit uns kommen? Aber ich kann nicht versprechen, wie weit wir es schaffen. Das hängt von dem kleinen Racker hier ab." Sie wuschelte Jonathan durchs Haar, der zu Pauls Überraschung ruhig mit am Tisch saß und sein Frühstücksei aß.

„Das wäre nett", sagte Tara.

„Ich denke, ich komme auch mit", fügte Quentin hinzu.

Olivia zog eine Augenbraue hoch. „Aber hast du nicht vor einer halben Stunde gesagt, dass du arbeiten musst?"

„Das kann warten."

„Ach du meine Güte!", rief Mirabelle plötzlich.

„Was ist los?", fragte Pauls Vater mit Besorgnis in der Stimme und beugte sich zu ihr.

Mirabelle seufzte. „Ich habe meine Tabletten im Zimmer vergessen."

„Ich hole sie dir", bot Pauls Vater an.

Sie legte eine Hand auf seinen Arm, um ihn davon abzuhalten, aufzustehen. „Nein, nein. Bleib und beende dein Frühstück. Du wirst die richtigen sowieso nicht finden. Ich hole sie selbst." Dann schaute sie über den Tisch. „Paul, würdest du mir helfen?"

Paul schoss von seinem Stuhl hoch. „Sicher", meinte er, selbst wenn er nicht glaubte, dass seine Großtante Hilfe brauchte. Er ging um den Tisch herum und half ihr aus dem Stuhl, dann bot er ihr seinen Arm an, um sie ins Haus zu führen. Sie schien etwas langsamer zu gehen als gewöhnlich.

Sobald sie drinnen waren, ließ Mirabelle seinen Arm los und fing an, schneller zu gehen. Argwöhnisch blieb er stehen. „Was geht hier vor sich?"

Mirabelle drehte ihren Kopf und bedeutete ihm, ihr zu folgen. „Wenn du nicht willst, dass uns jemand bei unserer Unterhaltung belauscht, legst du besser einen Zahn zu. Man könnte glauben, du wärst ein alter Mann, so langsam wie du dich bewegst.“

Als Paul ihr den Gang entlang zum einzigen Gästezimmer auf diesem Stock folgte, konnte er sich ein Schmunzeln nicht verkneifen. „Du suchst nicht wirklich deine Tabletten, oder?“

„Sehe ich so aus, als bräuchte ich Tabletten?“ Sie verdrehte die Augen und betrat das Zimmer, dann gab sie ihm ein Zeichen, die Tür zu schließen.

„Was ist los?“, fragte Paul.

„Ich wollte dich dasselbe fragen, mein verschlagener Neffe.“

„Worüber sprechen wir?“

„Holly.“

Ein Schock durchfuhr ihn. Hatte Mirabelle die Scharade schon durchschaut und bemerkt, dass Holly nicht seine Freundin war? Aber wie? Schon bevor Mirabelle und seine Eltern angekommen waren, hatten er und Holly sich wie ein richtiges Paar benommen. Sie hatten es nicht nur vorgegeben. Also wie konnte Mirabelle es herausgefunden haben?

„Du weißt es also.“

„Natürlich weiß ich es. Es ist doch offensichtlich. Erst trinkt sie keinen Alkohol, wenn alle anderen etwas trinken. Und selbst beim Abendessen hatte sie Wasser.“

„Wie? Was hat das damit zu tun?“

„Weißt du gar nichts über Medizin?“

Paul wollte sich am Kopf kratzen. „Ich kann dir nicht folgen.“

„Vielleicht sehen deine Eltern die Anzeichen noch nicht, aber Holly sah heute Morgen wie ein Gespenst aus und wenn eine Frau, die am Abend zuvor nichts getrunken hat, sich am Morgen übergibt, dann bedeutet das nur eins.“

Er hielt den Atem an. Es ging gar nicht darum, dass er Holly als Callgirl engagiert hatte. Es ging um etwas ganz anderes.

„Also, wie lange willst du es deinen Eltern noch verheimlichen, dass deine Freundin schwanger ist?“ Mirabelle seufzte. „Ich meine, es ist schon klar, dass deine Mutter sie nicht leiden kann, aber das sollte dich nicht davon abhalten.“

Paul schüttelte verwirrt den Kopf. Das war unmöglich. Holly konnte nicht schwanger sein. Nicht von ihm. Nein, sie konnte überhaupt nicht schwanger sein. Callgirls, nein Ex-Callgirls, sorgten dafür, dass sie nicht schwanger wurden. Sie benutzten Kondome, nahmen die Pille. Sie taten alles, um dieses berufsbedingte Risiko zu vermeiden.

„Oh mein Gott, du hast es nicht gewusst“, sagte seine Großtante plötzlich. „Sie hat es dir noch nicht gesagt.“ Mirabelle legte ihre Hand beruhigend auf seinen Arm, obwohl es nicht half, den Sturm, der sich in ihm zusammenbraute, zu besänftigen. „Es ist noch früh. Sie muss noch in ihrem ersten Trimester sein. Danach verschwindet die Morgenübelkeit meistens.“

„Sie sagte, es lag am Essen“, sagte er wie betäubt.

„Mit dem Essen war alles in Ordnung.“

Konnte es wahr sein? Er dachte an die letzten paar Tage zurück und erinnerte sich, dass Holly in der Nacht, als sie Pizza gegessen hatten, auch auf Alkohol verzichtet hatte. Und sie hatte auch keinen auf dem Boot gehabt, wo er sie doch bei der Hochzeit, auf der sie beide vor zwei Monaten gewesen waren, genüsslich Wein und andere Spirituosen hatte trinken sehen. Und als Holly und Sabrina das Boot verlassen hatten, weil Sabrina übel gewesen war, glaubte er gehört zu haben, dass Holly zu ihrer Freundin gesagt hatte, dass sie sich auch etwas mulmig fühlte. Er hatte es damals als unwichtig abgetan und geglaubt, Holly hatte einfach ihre Freundin beruhigen wollen, indem sie ihr versicherte, dass es ihr nichts ausmachte, das Boot wegen Sabrinas Übelkeit zu verlassen.

Aber bedeutete das, dass Holly schwanger war? Wenn es wahr war, wer war dann der Vater?

„Aber wir haben Kondome benutzt.“

Mirabelle warf den Kopf zurück und lachte. „Weißt du, wie viele Babys ich in meinen zweiundvierzig Jahren als Hebamme zur Welt gebracht habe, deren Eltern Kondome benutzt hatten?“ Sie schüttelte den Kopf. „Kein Verhütungsmittel ist zu hundert Prozent sicher, am wenigsten Kondome.“

Was bedeutete, dass er herausfinden musste, ob Holly wirklich schwanger war, und wenn ja, in welchem Monat sie war. Denn wenn Mirabelle recht hatte, dass Holly noch im ersten Trimester war, bestand die Chance, dass er, Paul, der Vater war.

25

Paul rückte seine Fliege zurecht. Warum bestanden seine Eltern nur darauf, dass er zur Jubiläumsfeier formelle Kleidung trug? Er würde einer der wenigen sein, die wie Pinguine am Strand aussahen. Und das war im Moment nicht einmal sein größtes Problem.

In den letzten zwei Tagen hatte er Holly sehr genau beobachtet. Mirabelle hatte recht. Holly hatte keinen einzigen Schluck Alkohol getrunken und immer Ausreden gefunden, wenn ihr jemand ein Glas angeboten hatte. Aber das war nicht das Einzige, was er bemerkt hatte. Auch wenn bei Holly kein Schwangerschaftsbauch sichtbar war, erschienen ihm ihre Brüste voller als damals, als er vor über zwei Monaten mit ihr die Nacht verbracht hatte. Oder bildete er sich das nur ein? Nach so einer langen Zeit konnte er nicht wirklich einen akkuraten Vergleich anstellen. Sie zu fragen, wäre die einzige Weise, wirklich herauszufinden, ob Holly schwanger war oder nicht. Er hatte bis jetzt gezögert, vermutlich aus Angst, seinen Verdacht bestätigt zu bekommen. Aber mit jeder Stunde, die verging, wuchs seine Neugier. Nein, es war mehr als nur Neugier. Er *musste* wissen, was los war. So bald als möglich.

Paul verließ sein Zimmer und trat in den Gang hinaus. Aus dem Erdgeschoss konnte er eine Fülle von Geräuschen hören und vom Ende des Flurs, wo Olivias und Quentins Zimmer lag, drangen wütende Stimmen und das Weinen eines Kindes zu ihm.

„Ach! Scheiße!“, fluchte er, als er Hollys Zimmer passierte. Mit Holly zu sprechen würde warten müssen. Zuerst musste er herausfinden, warum sein Neffe lauthals schrie.

Paul eilte zum Gästezimmer und sah, dass die Tür nur angelehnt war. Er drückte sie weiter auf und der Anblick, der sich ihm bot, zerriss ihm fast das Herz. Jonathan stand weinend in der Mitte des Zimmers und starrte seine Eltern an, die sich über seinen Kopf hinweg angifteten.

„Glaub nicht, ich hätte nicht bemerkt, wie du sie ansiehst!“, keifte Olivia.

Quentin blähte seine Brust auf wie ein Pfau. „Du fantasierst doch! Ich schaue Tara nicht an!“

„Denkst du, ich bin blind? Es war genauso bei dem Flittchen aus deinem Büro! Immer wenn sie anrief, hast du praktisch gesabbert! Und mich behandelst du wie Luft!“

„Du übertreibst! Ich bin doch hier, oder nicht?“

„Ja, du bist hier, aber nur weil die Gästeliste sich wie ein *Who-is-Who* liest und du denkst, dass du ein paar Geschäfte abschließen kannst! Oder wieder eine Schlampe findest, mit der du mich betrügen kannst!“

„Was willst du? Ich arbeite mir den Arsch ab, damit du alles haben kannst, was du willst! Glaubst du, mir gefällt es, dass du mir ständig an den Kopf wirfst, was dir deine Eltern alles geben? Glaubst du, mir gefällt es, dass meine Frau andauernd Vergleiche zieht zwischen meinem Einkommen und dem Reichtum ihres Vaters? Glaubst du das?“

„Genug!“, brüllte Paul und trat hinein. Er eilte auf Jonathan zu, der immer noch weinte und von seinen Eltern gar nicht bemerkt wurde. „Mir ist es egal, ob ihr zwei euch an die Gurgel gehen wollt, aber bei Gott, müsst ihr das vor Jonathan tun?“

Paul bückte sich zu dem Jungen hinunter, hob ihn in seine Arme und drückte ihn an seine Brust. „Schhh, Kumpel, wir verschwinden von hier.“

„Halte dich da raus!“, schrie Quentin.

„Das habe ich auch vor“, antwortete Paul und drehte sich zur Tür um. „Aber ich nehme meinen Neffen mit, bis ihr euch beruhigt habt.“ Er drückte einen Kuss auf den Kopf des Jungen und streichelte sanft dessen Rücken. „Schon gut, Jonathan. Was hältst du davon, wenn dir Onkel Paul ein Eis sucht?“

Er verließ das Zimmer und schloss die Tür hinter sich, seinen weinenden Neffen in seinen Armen wiegend. Große Tränen kullerten über die Wangen des Jungen und Paul wischte sie mit seinem Daumen weg. „Du magst doch Eis, oder? Ich glaube, Consuela hat irgendwo ein Geheimversteck. Sollen wir es suchen? Was meinst du?“

Langsam beruhigte sich Jonathans Weinen.

„Was ist deine Lieblingssorte? Ich mag am liebsten Erdbeere“, fuhr Paul fort, um seinen Neffen abzulenken.

„Schokolade!“, antwortete Jonathan wie aus der Pistole geschossen.

„Schokoladeneis? Ich bin ziemlich sicher, dass Consuela irgendwo eine große Schokoeistüte versteckt hat. Und weißt du, wer die bekommen wird?"

Jonathans Augen leuchteten auf und die Tränen schienen vergessen. „Jonathan."

Paul umarmte ihn fest und lachte. „Das ist mein Junge." Er liebte seinen Neffen wirklich. Es war nicht die Schuld des Jungen, dass er so viel weinte und so unruhig war. Wenn seine Eltern sich nicht andauernd vor ihm streiten würden, wäre er ein viel ruhigeres und fröhlicheres Kind.

Paul nahm sich vor, dass er sein eigenes Kind nie solchen Wutausbrüchen aussetzen würde. Kinder waren zu empfindsam und zu leicht beeinflussbar durch das, was zwischen ihren Eltern geschah. Sie sollten ihre Eltern nie so streiten sehen.

Seine eigenen Eltern hatten sich nie vor ihm oder Olivia gestritten. Trotz all ihrer Fehler musste Paul zugeben, dass seine Mutter nie ein böses Wort zu seinem Vater gesagt hatte.

Paul lächelte Jonathan an, während er ihn die Treppe hinuntertrug. „Das ist ein sehr schöner Anzug, den du da trägst. Du und ich, wir sehen jetzt gleich aus." Der Junge trug eine schwarze Hose und ein T-Shirt, das wie ein Smoking geschnitten war.

„Oma hat ihn mir geschenkt", strahlte der Junge.

„Das ist sehr nett von Oma."

Im Erdgeschoss ging es zu wie in einem Bienenstock. Catering-Personal eilte durch die Gänge und die ersten Gäste trafen auch schon ein. Paul bahnte sich einen Weg durch die Leute, ohne anzuhalten, um irgendjemanden zu begrüßen, und eilte Richtung Küche.

In der Küche wuselte es wie in einem Zoo. Das Küchenpersonal, das seine Mutter für die Veranstaltung angestellt hatte, hatte die Führung übernommen und richtete Essen auf Tabletts an, erhitzte Speisen, legte letzte Hand an, öffnete Flaschen und machte Consuela sichtlich verrückt.

Sie wirkte panisch inmitten all der jungen Männer und Frauen, die um sie herumwirbelten, als ob sie Pirouetten auf dem Eis drehten, während sie die fertigen Tabletts an die Kellner verteilten. Die Kellner, die alle einheitliche Smokings trugen, machten kehrt und verließen die

Küche mit Tabletts voller Champagner und Kanapees, um die hungrigen Gäste zu beschwichtigen.

Paul versuchte, Consuelas Aufmerksamkeit zu erregen, indem er ihr zuwinkte.

„Mr. Paul“, sagte sie und eilte fast erleichtert zu ihm hinüber, wobei sie beinahe über eine junge Frau gestolpert wäre, die sich soeben zum Ofen hinabbeugte und ein Backblech heraushob.

„Vorsichtig, Consuela“, warnte Paul sie.

„Soll ich auf den Kleinen aufpassen?“, fragte sie und streckte auch schon ihre Arme aus.

„Mache ich schon. Aber ich habe ihm ein Eis versprochen. Haben wir eins hier?“

„Natürlich.“ Sie lächelte den Jungen an. „Was für ein Eis möchtest du? Vanille? Erdbeere?“

Jonathan schüttelte den Kopf. „Schokolade!“

„Dann lass mich mal nachsehen.“ Consuela bahnte sich einen Weg durch die Menge, bis sie endlich den Gefrierschrank erreichte. Einen Augenblick später war sie zurück. Sie packte die Eistüte aus und reichte sie Jonathan.

Der Junge begann sofort, daran zu schlecken.

„Und was sagt man jetzt zu Consuela, Jonathan?“, fragte Paul ein.

„Danke, Consuela.“

„Guter Junge.“ Paul drückte ihm einen Kuss auf die Stirn, setzte Jonathan auf den Küchentresen und hielt ihn dort fest, damit er nicht herunterrutschen konnte.

„Babysitten?“, fragte eine Stimme hinter ihm.

Paul wandte seine Kopf und lächelte Jay an, der ebenfalls einen Smoking trug. „Es stört mich nicht.“ Und es störte ihn wirklich nicht. Er liebte seinen Neffen.

Bevor er noch etwas anderes sagen konnte, drückte eine der Küchenangestellten ein Tablett mit Champagner in Jays Hände. „Hier, bring das raus auf die Terrasse.“

„Entschuldigung?“ Jay runzelte die Stirn.

Paul lachte. „Sieht so aus, als hält dich jemand für einen Kellner. Vielleicht ist es Zeit für einen neuen Smoking.“

Jay setzte das Tablett ab und nahm ein Glas. „Das *ist* ein neuer Smoking!“

„Oh, entschuldigen Sie, Sir“, stammelte die Frau und errötete.

Jay zuckte mit den Achseln, dann zeigte er auf Jonathan. „Sieht so aus, als hätte dein Neffe eine ziemliche Sauerei gemacht.“

Paul drehte schnell den Kopf zu Jonathan zurück. „Oh, Scheiße!“

„Oh, Scheiße!“, wiederholte Jonathan und sah ihn schuldbewusst an.

Große braune Eiscremeflecken verzierten die Vorderseite seines T-Shirts und seiner Hose.

„Oma wird uns beide umbringen“, prophezeite Paul.

„Oh-oh“, antwortete Jonathan.

Consuela drückte sich durch das Küchenpersonal. „Ich ziehe ihm etwas anderes an, bevor Miss Nora es sieht.“ Sie hob Jonathan vom Tresen. „Sollen wir dich sauber machen, Jonathan, ja?“

„Ok.”

„Danke, Consuela, ich schulde Ihnen etwas“, rief Paul ihr nach. Dann schnappte er sich ein Glas Champagner von dem Tablett und schlug Jay auf die Schulter. „Ich glaube, wir stehen hier im Weg.“

Zusammen gingen sie durch das Esszimmer und das offene Wohnzimmer, wo sich die Leute langsam ansammelten. Paul deutete auf die Schiebetür und sie traten hinaus auf die Terrasse.

Die Sonne fing bereits an, unterzugehen. Glitzernde Lichter waren von Busch zu Busch und von Baum zu Baum gespannt, um den Garten, die Terrasse und den Poolbereich in warmes Licht zu tauchen. Es hätte fast romantisch gewirkt, wären nicht so viele Menschen anwesend gewesen. Paul wusste, dass seine Mutter rund hundert Gäste eingeladen hatte und es schien, als wären die meisten von ihnen auch bereits hier.

Kellner zogen mit Tabletts voller Getränken und Knabbereien ihre Runden. Es war kein Buffet aufgestellt worden, weil seine Mutter Buffets für zu gewöhnlich hielt und es vorzog, Kellner mit Essenstabletts herumgehen zu lassen.

„Wie läuft es mit dem Haus?“

Jay verdrehte die Augen. „Die Bauarbeiten gehen voran. Manchmal denke ich, dass es ein Fehler war, ein altes Haus zu kaufen, das renovierungsbedürftig ist.“

„Ja, aber die Gegend ist unschlagbar.“

„Das stimmt!“, räumte Jay ein. „Auch wenn ich sie gerade nicht wirklich genießen kann. Ich bin auf die Jacht gezogen, solange am Haus gearbeitet wird.“

„Ach, du übernachtest in der Zwischenzeit nicht bei Zach?“, wollte Paul wissen. Bei früheren Besuchen, bevor Jay jenes alte heruntergekommene Haus am Strand in Montauk gekauft hatte, hatte er immer in Zachs Haus in Bridgehampton übernachtet.

„Nein, ich kann ihm nicht immer auf die Nerven gehen. Außerdem habe ich gerade die neue Jacht bekommen und wollte sie ausprobieren.“

„Wo liegst du vor Anker? Ich dachte, dein neues Grundstück hat keinen Anlegesteg.“

„Noch nicht. Ich lasse gerade einen bauen. In der Zwischenzeit haben mir die Raines, deine Nachbarn zwei Häuser weiter, ihren Steg für den Rest des Sommers vermietet.“

„Da hattest du aber Glück, so nahe etwas zu finden.“

„Ja. Oh schau, da sind Xavier und Michael. Sieht so aus, als hätten sie es endlich geschafft.“ Jay zeigte auf zwei ihrer Freunde, die sich mit Champagner in den Händen in der Nähe des Pools aufhielten.

„Ausgezeichnet“, meinte Paul und folgte Jay die Stufen hinunter, die zum Pool führten, als ihn plötzlich eine Hand an seiner Schulter stoppte.

„Paul?“

Beim Klang der weiblichen Stimme drehte er sich halb um.

„Er ist es doch!“, bestätigte eine Frau Anfang Sechzig, während sie ihrem Mann zunickte, der neben ihr stand. „So schön, Sie zu sehen.“

Sie streckte ihm ihre Hand entgegen und Paul schüttelte sie automatisch, während er versuchte, ihrem Gesicht einen Namen zuzuordnen. Es dauerte nur einen Sekundenbruchteil, sie einzuordnen. „Mrs. Pierpont. Mr. Pierpont. Ich dachte nicht, dass Sie es schaffen würden. Ich habe gehört, Sie würden das Wochenende mit den Willamotts verbringen.“

Mrs. Pierpont machte eine wegwerfende Geste. „Ich würde nie eine Veranstaltung verpassen, die Nora organisiert, besonders nicht so ein wichtiges Jubiläum. Außerdem wollte ich sehen, wie‘s Tara geht.“ Sie schenkte ihm ein verschwörerisches Zwinkern.

Paul wollte knurren, unterdrückte jedoch den Drang. Taras Mutter war mindestens so schlimm wie seine eigene, wenn es darum ging, sich in das Leben anderer Leute einzumischen. „Tara geht es gut. Wieso fragen Sie sie nicht selbst? Ich glaube, ich habe sie im Esszimmer gesehen.“

Er hatte Tara nicht gesehen, aber er wusste, dass sie anwesend war. Sie war wirklich ein guter Gast, hatte die meisten Vorschläge seiner Mutter mitgemacht und gleichzeitig versucht, nicht in seine und Hollys Privatsphäre einzudringen und Ausreden erfunden, wenn Pauls Mutter sie ihnen aufdrängen wollte, wenn sie planten, alleine zu sein. Er würde sich bei ihr revanchieren, indem er Tara den richtigen Leuten vorstellte, damit sie einen Job finden konnte, der ihr gefiel.

„Was habt ihr beide denn die letzten Tage gemacht?“, fragte Mr. Pierpont, während er das Tablett eines vorbeigehenden Kellners um ein Glas Champagner erleichterte.

„Oh, dies und das.“

Freundlich schlug Mrs. Pierpont ihrem Mann auf den Unterarm. „Liebling! Du solltest solche Dinge nicht fragen. Du weißt doch, wie Kinder sind, wenn sie anfangen miteinander auszugehen. Sie wollen nicht, dass wir alle Details wissen.“

Paul erstickte fast an seinem Speichel. „Ich gehe nicht mit –“

„Auf jeden Fall“, unterbrach Mrs. Pierpont. „bin ich froh, dass es mit euch zwei vorangeht.“

Paul blickte an ihr vorbei und suchte gerade nach Worten, als Holly in der Doppeltür auftauchte, die auf die Terrasse führte.

„Würden Sie mich bitte entschuldigen?“ Er deutete in die Richtung, wo Holly stand. „Meine Freundin ist gerade erschienen. Ich hole ihr besser etwas zu trinken.“

Mrs. Pierpont machte ein langes Gesicht. „Freundin?“

Aber Paul hielt sich nicht länger auf und drückte sich an ihr vorbei. Einen Augenblick später hatte er Holly erreicht. „Hey, Holly.“

Ihr Gesicht erhellte sich. „Hier sind so viele Leute. Warum hast du mir nicht gesagt, dass es so viele sein werden? Ich kenne hier niemanden.“

Paul drückte ihr einen flüchtigen Kuss auf die Lippen. „Daniel und Sabrina sollten schon hier sein. Sie sind immer pünktlich. Und ich glaube, alle Mitglieder des Clubs der ewigen Junggesellen sind auch hier.“

Sie verdrehte die Augen und lachte. „Ja, dieser Club! Sabrina hat mir davon erzählt.“

„Es ist nichts falsch daran, wenn ein paar Kerle darum wetteifern, wer es schafft, am längsten Junggeselle zu bleiben.“

„Männer!"

„Wie wär's mit einem Glas Champagner?", fragte er.

„Äh, nein danke, nicht jetzt. Aber ich hätte gerne ein Wasser."

„Wasser?", fragte er, wobei er sofort wieder an das erinnert wurde, was Mirabelle gesagt hatte. „Aber wir feiern doch heute. Hast du dem Alkohol abgeschworen?"

Holly zappelte herum und richtete die Träger ihres figurbetonenden Kleides zurecht. „Nein, natürlich nicht. Ich habe nur gerade wirklich Durst."

Sie redete sich wieder heraus. Vielleicht war jetzt ein guter Zeitpunkt, sie mit seinem Verdacht zu konfrontieren. Er konnte nicht länger vorgeben, dass ihn nichts bedrückte.

Paul nahm Holly am Ellbogen und führte sie zu einer ruhigen Ecke der Terrasse, wo er um sich blickte und sich versicherte, dass niemand sie hören konnte.

„Ist etwas passiert?", fragte Holly.

„Das wollte ich dich auch fragen."

Sie runzelte die Stirn.

„Du trinkst keinen Alkohol, obwohl ich weiß, dass du gerne ein gutes Glas Wein genießt. Dir wird morgens übel und du schiebst es auf das Essen des vorherigen Abends."

Mit jedem Wort verblasste Hollys Lächeln mehr.

„Du wolltest nicht auf Zachs Boot bleiben, nicht weil Sabrina übel war, sondern weil du dich auch mulmig gefühlt hast." Er machte eine Pause und senkte seine Stimme zu einem Flüstern. „Bist du schwanger?"

Das Weiten ihrer Augen und ihr herunterfallendes Kinn sagten ihm alles, was er wissen musste.

„Das ist doch lächerlich", behauptete sie.

„Es ist die Wahrheit, oder nicht?" Er starrte sie durchdringend an.

Holly atmete tief ein und hob ihr Kinn an. „Es geht dich nichts an, ob ich schwanger bin oder nicht. Das hat keinen Einfluss auf unsere Abmachung."

„Das tut es doch, verdammt noch mal!"

Sie stemmte die Hände in ihre Hüften. „Nein, tut es nicht. Also lass mich in Ruhe. Niemand wird es erfahren. Bis man es sieht, bin ich wieder weg."

„Wir hatten vor weniger als zehn Wochen Sex.“

„Es ist nicht deines!“, antwortete sie ein wenig zu schnell.

„Ist es das nicht?“

„Wir haben Kondome benutzt!“, entgegnete sie.

„Wie wir beide wissen, ist diese Methode nicht zu hundert Prozent sicher. Also sag mir: In welchem Monat bist du?“

Holly presste ihre Lippen zusammen.

„Paul!“, erklang die Stimme seiner Schwester hinter ihm. Er drehte nicht einmal seinen Kopf. „Nicht jetzt!“

„Du hast keine Wahl“, fuhr Olivia fort. „Mutter und Dad fangen mit ihrer Rede an. Wir müssen neben ihnen stehen, oder sie werden es uns ewig vorhalten.“

Er drehte seufzend den Kopf. „Gut.“ Dann sah er Holly nochmals durchdringlich an. „Diese Unterhaltung ist noch nicht zu Ende.“

Paul drehte sich um und folgte seiner Schwester, die einem Mann Mitte Fünfzig auswich, der sichtlich mehr als nur ein paar Gläser Champagner getrunken hatte, obwohl die Party kaum mehr als eine Stunde zuvor angefangen hatte.

Paul konnte es nicht erwarten, dass die Veranstaltung vorbei war, denn eine Sache war offensichtlich: Holly log ihn an.

26

Holly beobachtete, wie Paul sich, von seiner Schwester flankiert, seinen Eltern näherte, die auf der anderen Seite der langen Terrasse standen und den Gästen zugewandt waren.

Das hatte sie nicht erwartet. Seit wann waren Männer so scharfsinnig? Waren sie nicht diejenigen, die nicht einmal bemerkten, wenn sich eine Frau die Haare hatte schneiden lassen? Also wie zum Teufel hatte er herausgefunden, dass sie schwanger war?

Sie war nicht darauf vorbereitet gewesen, ihm zu antworten. Aber sie wusste, dass Paul nicht aufgeben würde, bis er eine Antwort hatte. Was sollte sie jetzt tun?

Holly blickte zu Paul, seinen Eltern und Olivia hinüber. Erwartungsvoll scharte sich die Menge im Garten und am Pool und schaute zu ihnen hinauf, als Pauls Vater schließlich zu sprechen begann.

Holly hörte kaum zu. Stattdessen ließ sie ihre Augen über die Köpfe schweifen. Es dauerte nur Augenblicke, um zu finden, wen sie suchte. Sabrina stand am Pool mit Daniel an ihrer Seite.

Schnell und leise bahnte sich Holly ihren Weg durch die Menschen auf der Terrasse, um die Stufen zu erreichen, die zum Pool führten.

„Entschuldigung", flüsterte sie und drückte sich an einem Mann vorbei, der etwas zu schwanken schien. Er machte einen Schritt zur Seite, um sie vorbeizulassen. Der Geruch von Alkohol stieg ihr in die Nase und Holly hastete angewidert weiter zu ihrer Freundin.

Sabrina winkte ihr stumm zu, als sie sie sah, und lächelte.

„Hey Holly", begrüßte sie Daniel mit leiser Stimme, um die Rede nicht zu stören.

„Hey", sagte sie, dann umarmte sie Sabrina und flüsterte ihr ins Ohr: „Ich muss mit dir reden. Jetzt sofort."

Sabrina runzelte die Stirn. „Ist etwas passiert?"

Holly blinzelte.

„Sorry, Baby", raunte Sabrina Daniel zu. „Ich bin gleich wieder zurück."

Holly führte ihre Freundin an der Hand aus der Menschenmenge und steuerte zielstrebig auf das Poolhaus zu, in dem sie mit Paul eine Nacht verbracht hatte.

„Da rein", wies sie an und führte Sabrina hinein, dann schloss sie die Tür hinter sich.

„Was ist los? Geht es dir gut? Ist es das Baby?", fragte Sabrina sofort.

Wäre die Situation nicht so ernst gewesen, hätte Holly gelacht. Sabrina war im fünften Monat schwanger und doch war sie diejenige, die sich wegen Hollys Schwangerschaft sorgte.

„Paul weiß, dass ich schwanger bin. Er hat es erraten."

Einen Moment lang blieb Sabrina still, als ob sie versuchte, herauszufinden, was diese Enthüllung bedeutete. „Und? Wo liegt das Problem? Es ist ja nicht so, als sähe man es dir an. Niemand wird es herausfinden. Es geht ihn sowieso nichts an."

Holly seufzte. „Er vermutet, dass es seins ist."

„Paul? Aber warum sollte Paul –" Sabrina stoppte. „Aber du hast doch gesagt, dass es irgendein Kerl war, den du kaum kanntest."

Holly schloss die Augen. „Es ist wahr. Ich kannte ihn kaum."

Sabrina schüttelte den Kopf. „Nur weil ihr zwei jetzt miteinander schläft . . . "

„Woher weißt du –"

„Komm schon, Holly, ich muss keine hellseherischen Fähigkeiten besitzen, um herauszufinden, dass du mit ihm schläfst. Ich habe bemerkt, wie er dich ansieht. Aber selbst Paul muss wissen, dass es mehr als eine Woche dauert, bis sich eine Schwangerschaft . . . " Sabrina machte eine Pause, als sich die Erkenntnis plötzlich auf ihrem Gesicht ausbreitete. „Du hast mit ihm geschlafen, als du zu unserer Hochzeit hier warst."

Holly nickte.

„Oh mein Gott! Er *ist* der Vater!"

„Du darfst es ihm nicht sagen!", schoss Holly sofort zurück. „Bitte! Du musst es mir versprechen."

„Oh Holly! Was machst du nur? Warum hast du es mir nicht gesagt?" Sabrina legte ihre Arme um sie und drückte sie fest an sich.

Ein Seufzer brach aus Holly Brust. „Weil du versucht hättest, mich davon zu überzeugen, es ihm zu gestehen."

„Oh, Schatz, was machen wir jetzt?“

„Ich weiß es nicht. Aber ich muss einen Weg finden, damit er nicht herausfindet, dass es von ihm ist. Es ist mein Baby. Ich will es behalten.“

Sabrina streichelte ihr über den Kopf. „Natürlich wirst du es behalten. Aber du darfst das nicht vor ihm geheim halten. Er hat ein Recht, es zu erfahren.“

„Aber er mag Kinder doch gar nicht.“ Dieser Gedanke trieb ihr Tränen in die Augen. Paul wollte nicht nur keine Kinder, er wollte auch Holly nicht – zumindest nicht für mehr als eine Woche voller heißem Sex.

„Woher willst du das wissen?“

„Er hat es selbst gesagt. Wir haben über seine Schwester gesprochen und darüber, dass es falsch war, dass sie so früh in ihrer Beziehung mit Quentin schwanger wurde, und dass das alles zwischen ihnen ruiniert hat. Glaub mir, Paul will keine Kinder. Außerdem haben wir nicht einmal eine Beziehung.“

Sabrina verdrehte die Augen. „Wie nennst du das dann? Du schläfst mit ihm.“

„Nun, das ist nur . . . “

„Das ist nur was?“, bohrte ihre Freundin nach.

„Es ist passiert, ok? Ein schwacher Moment. Hattest du noch nie einen schwachen Moment?“ Holly hob trotzig ihr Kinn.

„Natürlich hatte ich solche Momente. Und ich habe meinen *schwachen Moment* geheiratet.“ Sabrina grinste verschmitzt.

„Tja, ich habe leider nicht so viel Glück wie du. Können wir also wieder auf den Punkt kommen? Wie soll ich ihn davon überzeugen, dass er nicht der Vater ist?“

„Willst du das wirklich tun?“

„Es gibt keine andere Lösung.“ Eine Träne löste sich aus ihrem Auge und kullerte ihre Wange hinunter.

„Dann musst du dafür sorgen, dass er nicht herausbekommt, in welchem Monat du bist. Sag ihm, dass es irgendein Kerl war, den du nach ihm getroffen hast. Und hoffe darauf, dass er so naiv ist und es dir glaubt. Jetzt bringst du dein Gesicht lieber in Ordnung, damit niemand herausfindet, dass etwas nicht stimmt. Ok?“

Holly nickte. „Ok." Sie schniefte. „Und kein Wort zu Daniel. Du hast ihm doch nicht gesagt, dass ich schwanger bin, oder?"

„Kein Wort." Sabrina drehte den Türknauf. „Ich sehe dich draußen. Und nur damit du es weißt: Ich bin dafür, Paul die Wahrheit zu erzählen. Aber du bist meine Freundin, also unterstütze ich dich, egal wie du dich entscheidest."

Als sich die Tür hinter Sabrina schloss, hörte Holly das Klatschen von draußen und wusste, dass Pauls Eltern ihre Rede beendet hatten. Gleich würde Paul nach ihr suchen.

In dem kleinen Badezimmer drückte sie sich einen kalten Waschlappen auf die Augen, um zu verhindern, dass sie anschwollen. Sie wollte nicht, dass jemand bemerkte, dass sie geweint hatte. Es dauerte ein paar Minuten, sich zu fassen und die Antwort zu üben, die sie Paul geben würde: Sie war in der siebten Woche schwanger und der Kerl war jemand, den sie auf einer Reise kennengelernt hatte. Nicht ganz unwahr, schließlich hatte sie Paul auf einer Reise kennengelernt. Und sieben Wochen war auch nicht so weit von zehn entfernt. Es könnte praktisch ein Rundungsfehler sein.

Holly füllte ihre Lungen mit einem tiefen Atemzug, öffnete die Tür zum Pool und trat hinaus. Sie hatte gerade die Tür hinter sich zugezogen, als ein Geräusch von der Seite sie aufschreckte.

„Na, hallo noch mal", sagte eine männliche Stimme.

Holly drehte ihren Kopf schnell zur Seite und erkannte den Mann als denselben, an dem sie zuvor auf der Treppe vorbeigegangen war.

„Hi", sagte sie freundlich, dann drehte sie sich in die andere Richtung, um sich wieder zu Sabrina zu gesellen.

Sie machte ein paar Schritte Richtung Pool, als sie plötzlich eine Hand auf ihrem Unterarm spürte, die sie abrupt zurückzog. Holly drehte sich um, riss gleichzeitig ihren Arm zurück, um sich zu befreien, und fand sich Auge in Auge mit dem Betrunkenen wieder.

„Das ist aber nicht nett", rügte er sie mit rotem Gesicht.

„Ich schlage vor, Sie gehen und schlafen sich aus." Hollys Augen schnellten zur Seite, wo sie einige Leute stehen sah, die nicht weit entfernt eine Unterhaltung führten.

„Ja, wie wäre es, wenn du und ich gehen und wir eine Privatparty veranstalten?"

Ihr Ärger verwandelte sich schnell in Wut. Sie hasste Kerle, die sich mit Alkohol nicht zurückhalten konnten. Mit der Absicht, Paul mitzuteilen, dass er diesen Mann hinauswerfen sollte, bevor er noch mehr Ärger verursachte, drehte sie sich weg.

„Ich zahle natürlich deine übliche Rate“, hörte sie ihn mit lauterer Stimme als zuvor sagen.

Der Schock ließ ihr Herz einen Augenblick stehenbleiben.

Sie musterte ihn und sah etwas in seinen Augen glitzern. Genugtuung, ihr auf die Schliche gekommen zu sein? Sie konnte es nicht mit Bestimmtheit sagen.

„Sie wagen es, mich so zu beleidigen? Ich lasse Ihren Arsch hier rauswerfen!“

„Redet man so mit einem ehemaligen Kunden?“

Ehemaliger Kunde? Hollys Magen drehte sich um und dieses Mal wusste sie, dass es nicht von der Schwangerschaft kam. Dieser Mann war ein ehemaliger Kunde? Ihre Augen versuchten ihn einzuordnen, als plötzlich die Erkenntnis kam: Er sah wirklich irgendwie bekannt aus, sie konnte sich aber nicht an ihn erinnern, wohingegen er sie eindeutig zu erkennen schien.

„Sie verwechseln mich mit jemandem“, beharrte sie und versuchte, an ihm vorbeizutreten.

Als er sich ihr in den Weg stellte, überraschte er sie damit. Trotz seines betrunkenen Zustands war er immer noch munter genug, um eine Gefahr für sie darzustellen. Holly trat zurück und versuchte zu entkommen, aber er drängte sie zum Poolhaus zurück.

„Oh, das ist keine Verwechslung.“ Er griff nach ihren blonden Locken. „Ich würde nie jemanden wie dich vergessen. Nicht nachdem ich so eine unverschämte Summe für dich bezahlt hatte.“

„Ich will, dass Sie verschwinden. Ohne Aufsehen zu erregen. Oder ich werde um Hilfe rufen.“

Er lachte boshaft und kam näher, was sie veranlasste, noch einen Schritt in Richtung Poolhaus zu machen. „Wirst du das? Das bezweifle ich stark. Denn so wie ich das sehe, bist du inkognito hier und ich bezweifle, dass du möchtest, dass die netten Leute auf dieser Party herausfinden, dass du eine Nutte bist.“

Das Wort schnitt in sie und sandte einen Adrenalinschub durch ihre Adern. Seine Hand kam wieder hoch und sie erblickte einen Ehering an seinem Finger. „Was würde Ihre Frau sagen, wenn sie herausfindet, was Sie machen, wenn Sie in San Francisco sind?“

Einen Augenblick lang hielt er inne. „Meine Frau? Ihr ist es egal, wen ich ficke. Und jetzt im Moment möchte ich dich ficken.“

„Niemals!“, knurrte sie und bereitete sich darauf vor, sich zu wehren.

Er drückte sie gegen die Wand des Poolhauses. Holly riss ihr Knie hoch und zielte auf seinen Unterleib. Ihr Tritt traf nur Luft, als der Betrunkene mit einem Ruck zurückgezogen wurde.

„Lassen Sie sie in Ruhe!“, hörte sie Pauls wütende Stimme. „Verdammter Säufer!“

„Halten Sie sich da raus!“, knurrte der Betrunkene, schlug seinen Ellbogen zurück und traf damit Pauls Brust.

Holly bemerkte, wie hinter ihnen die Leute auf sie aufmerksam geworden waren und angefangen hatten, die Auseinandersetzung zu beobachten.

Paul packte den Kerl am Kragen und riss ihn herum. „Ich sagte, lassen Sie meine Freundin in Ruhe!“

„Freundin? Sie ist eine verdammte Nutte!“, rief der Mann.

Pauls Gesichtsausdruck wandelte sich von Überraschung in Wut, dann schwang seine Faust wie automatisch auf den Kerl zu. Doch trotz seines betrunkenen Zustandes schaffte es der Mann auszuweichen und taumelte näher in Richtung der versammelten Gäste. Alle schienen jetzt in ihre Richtung zu blicken. Jegliche andere Unterhaltung war plötzlich verstummt.

„Ja, eine verdammte Nutte!“, rief der Betrunkene erneut und deutete dabei auf Holly.

Holly wollte im Boden versinken.

„Halt deine verdammte Fresse, oder ich stopfe sie dir!“, schrie Paul und holte erneut zum Schlag aus.

Dieses Mal traf seine Faust das Gesicht des Typen und schleuderte dessen Kopf zur Seite. Der Betrunkene stolperte und fiel gegen einen vorbeigehenden Kellner, der ein Tablett mit Getränken trug. Holly sah, wie dieser die Balance verlor. Zwei Hände griffen nach dem Tablett und retteten es aus den Händen des stürzenden Kellners, sodass die Getränke nicht zu Boden fielen. Holly starrte den Mann mit der schnellen Reaktion an: Jay.

Wie in Trance blickte sie wieder auf Paul und den Mann, der sie belästigt hatte.

Der Mann wischte sich Blut vom Mund und schaute Paul finster an. „Ja, eine zweitklassige Nutte. Das ist alles, was sie ist! Was zahlst du ihr denn?"

Paul sah aus, als sähe er Rot und schlug seine Fäuste in so schneller Folge in den Mann, dass sein Gegner nicht einmal seine Arme zur Verteidigung hochnehmen konnte. Alles, was der Betrunkene tun konnte, war, zurückzuweichen und zu versuchen, Pauls unnachgiebigen Fäusten zu entkommen. Aber es gab kein Entkommen.

Mit Pauls nächstem Schlag stolperte der Mann über den Sims des Pools und fiel hinein. Wasser schwappte über die Ränder und bespritzte einige der Gäste, die zu nahe standen. Ein allgemeines Ringen nach Luft ging durch die Menge.

„Paul!", rief Pauls Mutter.

Pauls Kopf schnellte zu seiner Mutter, die ihn böse anstarrte und ihren Blick dann Holly zuwandte.

„Ist das wahr? Ist es wahr, was er gesagt hat?"

„Er hat Holly angegriffen!", knurrte Paul.

Holly stand wie angewurzelt da und starrte die Partygäste an und diese starrten jetzt alle sie an. Sie alle hatten die Worte des Betrunkenen gehört, die sie anklagten, eine Nutte zu sein.

Es herrschte Totenstille. Das Einzige, das zu hören war, war das Platschen von Wasser im Pool, als der Betrunkene versuchte, sich mühsam über Wasser zu halten.

Pauls Mutter zeigte mit ihrem Finger auf Holly. „Entfernt diese Frau von meinem Grundstück!"

Holly wartete nicht, dass jemand auf sie zukam, sondern drehte sich um und rannte den Weg entlang, der zum Strand führte.

„Holly!", hörte sie Pauls Stimme ihr nachrufen, aber sie verlangsamte ihr Tempo nicht.

Die Scharade war aufgeflogen. Alle wussten, was sie war. Sie konnte nicht hierbleiben. Nicht jetzt, nicht, wenn alle mit den Fingern auf sie zeigten und sie voller Verachtung ansahen.

Als die Brise vom Ozean ihr Gesicht berührte, bemerkte sie, dass sie weinte. Aber auch noch so viele Tränen könnten nicht ungeschehen machen, was gerade passiert war.

27

Tara starrte auf die schockierte Menschenmenge, dann wanderten ihre Augen wieder zurück zu dem Mann, der verzweifelt versuchte, nicht unterzugehen. Sie konnte nicht glauben, was gerade geschehen war. Hatte der Mann im Pool wirklich Holly beschuldigt, eine Nutte zu sein? Nun, das war jetzt egal, denn so wie es aussah, konnte der Mann entweder nicht schwimmen oder er war zu betrunken.

„Will ihm denn niemand helfen?“, rief sie und schaute auf die Partygäste.

Als sie als Antwort nur leeres Starren zurückbekam, zog sie ihre Stöckelschuhe aus und tauchte in den Pool. Sie ignorierte das kalte Wasser und schwamm zu dem Mann, der anscheinend dringend Hilfe benötigte. Sekunden später hatte sie ihn erreicht, hakte ihre Arme unter seine Achseln und fing an, Wasser zu treten.

„Ich habe Sie. Bewegen Sie sich nicht.“

Aber der Mann hörte nicht auf, mit Armen und Beinen herumzufuchteln. Sie versuchte, ihn festzuhalten und ruderte schnell mit ihren Beinen, um sich und den Kerl zum seichten Ende des Pools zu manövrieren, wo Stufen zum Rand führten. Endlich erreichten sie das Ziel und nun kamen auch andere Gäste zu Hilfe und zogen den Mann heraus.

Tara atmete schwer und ließ sich auf die nächste Polsterliege fallen. Sie war sich sofort des dünnen Stoffes ihres Chiffonkleids bewusst, der an ihrem Körper klebte, und blickte sich nach einem Badetuch um. Aber es gab keines. Alle Badetücher, die für gewöhnlich im Poolbereich verteilt waren, waren vor der Party entfernt worden. Großartig! Jetzt würde sie jeder anglotzen. Sie seufzte und ihre Augen fielen auf ein Tablett mit Getränken. So etwas brauchte sie jetzt.

Sie winkte dem Kellner zu. „Einen Drink bitte.“

Der gut aussehende, etwas über dreißigjährige Kellner, dem sein Smoking wie eine zweite Haut passte, schaute sich nach beiden Seiten um, bevor er sie wieder ansah, als wüsste er nicht, dass sie ihn meinte.

„Ich?“, fragte er mit einem verwirrten Ton in seiner Stimme.

„Ja, einen Drink bitte.“ Sie zeigte auf das Tablett in seinen Händen, auf dem sie glaubte, einen Whiskey zu sehen.

Er schaute auf das Tablett hinab, als ob er erst jetzt bemerkte, dass er es hielt. Endlich fingen seine Beine an, sich zu bewegen, und er ging auf sie zu und beugte sich dann mit dem Tablett zu ihr hinab. Sie nahm sich das Glas mit dem bernsteinfarbenen Alkohol und trank. Ja, Whiskey. Der Alkohol brannte angenehm, als er ihre Kehle hinunterlief. Sofort erwärmte er sie.

Der Kellner stellte das Tablett auf den Tisch neben ihr.

„Das war sehr nett von Ihnen, ihn da rauszuziehen“, sagte der Kellner, wobei die angenehme Südstaatenmelodie in seiner Stimme sie beruhigte.

Und sie brauchte dringend Beruhigung. Nicht nur hatte Quentin heute schon einen Annäherungsversuch gestartet, nein, erst vor wenigen Minuten hatten ihr ihre Eltern die Leviten gelesen und sie beschuldigt, nicht genug getan zu haben, um Pauls Interesse für sie zu wecken. Sie hatte genug von ihnen und all den reichen Männern, die dachten, dass sie alles bekommen könnten, wenn sie nur mit den Fingern schnippten.

„Besser das, als den Beschwerden meiner Mutter noch länger zuhören zu müssen.“ Sie wusste nicht einmal, warum sie das diesem sehr attraktiven Fremden gestand.

Er lächelte zu ihr hinab, während er das Jackett seines Smokings auszog. „Ja, Mütter wissen genau, wie sie ihre Kinder nerven können.“ Er warf einen verständnisvollen Blick auf Mrs. Gilbert, die jetzt Auge in Auge ihrem Sohn gegenüberstand. Dann nahm er sein Jackett und legte es um ihre Schultern. „Hier.“

„Danke.“ Seine Zuvorkommenheit rührte sie.

Tara nahm einen weiteren Schluck und ließ ihre Augen über den Körper des Kellners wandern. Vielleicht war es an der Zeit, gegen ihre Eltern zu rebellieren, wie Paul es vorgeschlagen hatte. Vielleicht würde es helfen, wenn sie ihre Mutter schockierte, indem sie eine Affäre mit jemandem hatte, der nicht in deren perfektes Weltbild passte. „Was machen Sie nach Ihrer Schicht?“

Sein Blick fiel auf sie und er runzelte die Stirn. „Nach meiner Schicht?“

Sie seufzte. Ok, also vielleicht war er nicht der Hellste im Oberstübchen, aber er sah auf jeden Fall lecker aus und sein Südstaatenakzent stellte etwas mit ihr an.

„Ja, wenn Sie hier mit der Arbeit fertig sind. Ich kann es kaum erwarten, von diesen arroganten reichen Leuten wegzukommen."

Ein Lächeln breitete sich langsam auf seinen Lippen aus. „Ich habe nichts vor. Aber ich bin für Vorschläge offen." Seine Augen fielen auf ihren Körper und er sah sie lange an. Als er seinen Blick wieder hob, fügte er hinzu: „Oder *ich* kann etwas vorschlagen, wenn Sie das lieber hätten."

Ihr Herz fing an, einen Tick schneller zu schlagen. „Das ist mir recht." Sie stellte das leere Glas zurück auf das Tablett. „Ich bin Tara."

„Ich heiße Jay." Dann beugte er sich näher und senkte seine Stimme. „Und ich werde heute Nacht dein Diener sein."

Taras Mund wurde trocken, als seine Worte von ihren Ohren durch ihren ganzen Körper wanderten und ihn in Flammen setzten.

Ja, eine Rebellion war ganz nach ihrem Geschmack.

28

Paul nickte Consuela dankbar zu, als sie ihm eine Tasse Kaffee einschenkte und sie vor ihn auf den Esstisch stellte.

„Danke, Consuela."

Sie schlurfte aus dem Raum und Paul wusste, dass der Moment der Wahrheit gekommen war. Seine ganze Familie war am Frühstückstisch im Esszimmer versammelt und sah ihn an, als wäre sie die spanische Inquisition und er der Sünder.

Nach der schrecklichen Szene auf der Party waren seine Eltern nicht in der Lage gewesen, einen Skandal zu verhindern. Die tratschenden Zungen in den Hamptons konnten nicht gestoppt werden. Dies war die pikanteste Geschichte in Montauk und Umgebung, seit Sabrina fälschlicherweise als Callgirl beschuldigt worden war.

Nach dem Vorfall am Pool war seine Mutter geflohen und hatte sich mit einer Migräne in ihr Bett zurückgezogen, doch Paul vermutete, dass es schlichtweg die Blamage war, die sie vor der neugierigen Menge hatte fliehen lassen.

Sein Vater hatte es mit Hilfe einiger von Pauls Freunden geschafft, die Gäste nach Hause zu schicken. Tara war verschwunden, höchstwahrscheinlich von ihren Eltern weggebracht, damit sie nicht in diesen Skandal verwickelt wurde, nachdem sie Geoffrey Tillamer, den Schweinekerl, der Holly bloßgestellt hatte, aus dem Pool gezogen hatte.

Danach hatte das Telefon wie wild zu klingeln begonnen und Consuela war angewiesen worden, die Anrufe entgegenzunehmen und mitzuteilen, dass die Familie nicht zu sprechen war.

„Wie konntest du diese Frau nur in unser Haus bringen?", klagte ihn jetzt seine Mutter an.

Alle am Tisch waren still. Nicht einmal Jonathan machte einen Pieps. Er spürte wahrscheinlich, dass etwas nicht in Ordnung war und dass es zu seinem eigenen Besten war, wenn er sich benahm.

„Das geht niemanden außer mich etwas an." Paul stach eine Gabel in seinen Speck, hatte jedoch nicht die Absicht, ihn zu essen.

Er hatte in dem Moment seinen Appetit verloren, als Tillamer seine dreckigen Pfoten an Holly gelegt hatte. In jenem Augenblick hatte er Rot gesehen. Und anstatt den Scheißkerl hinter das Poolhaus zu ziehen und ihn vom Grundstück zu werfen, wo er keine Chance gehabt hätte, Holly vor allen Gästen bloßzustellen, hatte Paul eine öffentliche Auseinandersetzung provoziert.

Seine Mutter schlug mit der Faust auf den Tisch, was das Besteck und das Geschirr klappern ließ. „Du hast unseren Ruf ruiniert! Um Himmels willen! Wie konntest du uns das nur antun? Die Leute! Sie werden auf uns zeigen, weil unser Sohn eine Hure engagiert und in unser Haus gebracht hat!“

Paul sprang so aufgebracht aus seinem Stuhl auf, dass dieser hinter ihm umfiel. „Wenn du nicht darauf bestanden hättest, mir ständig heiratsfähige Frauen aufzudrängen, hätte ich Holly nicht engagieren müssen! Aber nein, du hast weiter darauf bestanden, dass ich mit irgendeinem braven reichen Mädchen deiner Wahl ausgehe! Das ist deine eigene Schuld!“

Seine Mutter rang nach Luft.

„Sprich nicht so mit deiner Mutter!“ Sein Vater warf seine Serviette auf den Tisch.

Paul funkelte seinen Vater an. „Wenn *du* einmal so mit ihr gesprochen hättest, dann müsste *ich* das jetzt nicht tun!“

„Paul, ich warne dich!“ Sein Vater sprang auf.

„Brad hat recht. Du kannst deine Mutter nicht so behandeln!“, unterbrach Quentin plötzlich.

Paul fuhr herum und funkelte ihn wütend an. „Misch du dich da nicht ein!“

„Dafür ist es zu spät! Denn du hast eine Nutte hierhergebracht und damit auch meinen Ruf ruiniert!“, behauptete Quentin. „Jetzt wird niemand mehr Geschäfte mit mir machen wollen.“

Paul beugte sich über den Tisch und wandte sich an Quentin. „Du egoistischer Bastard! Warum räumst du nicht erst bei dir selbst auf? Du bist ein egozentrischer Arsch, der meine Schwester nicht respektiert. Warum sie mit dir verheiratet bleibt, ist mir schleierhaft. Wenn ich Olivia wäre, hätte ich deinen Arsch schon vor Jahren rausgeworfen! Du verdienst sie nicht!“

Quentins Augen wurden groß und sein Kinn fiel herunter. „Meine Ehe geht dich verdammt noch mal nichts an!“

„Dann geht dich meine Beziehung zu Holly auch nichts an! Also halte dich raus!“

„Beziehung?“, wiederholte Pauls Mutter, die auch aufgesprungen war. „Aber du hast doch gesagt, dass du sie engagiert hast. Du meinst, du wusstest nicht, dass sie eine Nutte ist? Hat sie dich hintergangen?“

Paul knirschte mit den Zähnen. „Holly würde mich nie hintergehen!“ Selbst als er es behauptete, wusste er, dass es nicht vollkommen wahr war. Holly hatte ihm ihre Schwangerschaft verheimlicht und ihm nicht gesagt, ob er der Vater war oder nicht. „Sie hat das Begleitgewerbe vor Monaten aufgegeben. Was sie in ihrer Vergangenheit getan hat, ist ihre Sache, nicht eure.“

„Aber alle haben gehört, was sie ist! Sie hat es aufgegeben? Wen interessiert denn schon, dass sie es aufgegeben hat? Dieser Skandal wird uns vernichten!“ Seine Mutter zeigte Richtung Poolbereich, als wären die Gäste dort immer noch versammelt. Dann blickte sie Pauls Vater flehend an. „Tu etwas, Brad!“

„Was soll ich denn tun, Nora? Paul hat uns das eingebrockt.“ Sein Vater warf einen verärgerten Blick in Pauls Richtung. „Du hast mich enttäuscht, Sohn! Ich hätte nie erwartet, dass du so tief sinken würdest, dass du eine Hure anheuern –“

„Verdammt noch mal!“, rastete Paul aus, weil jetzt der Zorn in ihm überkochte. „Würdet ihr alle aufhören, sie eine Hure zu nennen! Holly ist die Frau, die mein Kind austrägt!“

Die Worte waren heraus, bevor er sich stoppen konnte. Und aus irgendeinem Grund bestärkten sie seinen Glauben, dass es wahr war, dass das Kind, das sie in sich trug, seines war. Es konnte keinen anderen Grund für ihr Zögern geben, als er sie gefragt hatte, in welcher Schwangerschaftswoche sie sich befand.

„Sie ist schwanger?“, krächzte seine Mutter und fiel wieder in ihren Stuhl zurück. „Oh Gott, nein!“ Seine Mutter packte den Arm ihres Mannes. „Oh Brad!“

„Du musst ihr eine Abfindung zahlen, sofort“, verlangte sein Vater.

Seine Mutter sah Paul böse an. „Wie konntest du nur so dumm sein? Du musst sie dazu bringen, abzutreiben. Ich kann kein Enkelkind haben von dieser H–“

„Sag es nicht, Mutter, oder ich gehe von hier weg und ihr seht mich nie wieder!“

„Du würdest sie, diese ... diese Frau deiner Familie vorziehen?“, würgte sie heraus. „Alles, was ich all die Jahre versucht habe, war, eine gute Frau für dich zu finden. Alles, was ich wollte, war, dass du eine anständige Frau bekommst. Wie konntest du das nur tun? Wie konntest du dich nur mit so einem Abschaum einlassen?“

Bevor Paul antworten konnte, knallte eine schwere Faust auf den Tisch, die somit Ruhe einforderte, aber es war weder die seines Vaters noch Quentins. Es war Mirabelles.

Überrascht starrte Paul seine Großtante an, doch diese funkelte Pauls Mutter an, nicht ihn.

„Oh, komm von deinem hohen Ross herunter, Nora! Als ob du so viel besser warst!“

Seine Mutter rang nach Luft und ihre Augen weiteten sich schockiert.

„Vielleicht ist es an der Zeit, dass deine Kinder von *deiner* Vergangenheit erfahren!“, fuhr Mirabelle unbeirrt fort. „Du weißt, ich war die Einzige aus Brads Familie, die immer auf deiner Seite war, aber was du jetzt machst, ist nicht richtig, Nora.“

„Das wagst du nicht!“, rief seine Mutter, aber Mirabelle konnte nicht umgestimmt werden. Der Blick seiner Mutter schoss zu Paul und Olivia. „Hört nicht auf sie!“

Mirabelle schnaubte empört. „Oder soll ich dich Nolene nennen? War das nicht der Name, den du benutzt hast, als du im Gold Club in Boston gestrippt hast, bis dich Brad aufgegabelt hat?“

„Nein! Lügnerin!“, würgte Pauls Mutter heraus, ihre Augen vor Schrecken geweitet. „Brad, sag ihnen, dass sie lügt!“

Sein Vater blickte unentschlossen drein.

Paul tauschte einen Blick mit seiner Schwester aus, die genauso erstaunt aussah wie er. Dann starrte er seine Mutter an. Pure Panik war ihr ins Gesicht geschrieben.

„Oh, ja, die Frau, die gerade über alle urteilt, war selbst einmal in der Gosse. Anscheinend will sie an diese Zeit nicht erinnert werden, oder?“ schnaubte Mirabelle empört. „Und wenn ich mich richtig erinnere, bekamen ihre Kunden für ein paar extra Dollar mehr als nur einen Lap-Dance.“

„Brad?!“ Seine Mutter schaute flehend zu ihrem Ehemann.

Sein Vater legte seine Hand auf ihren Unterarm. „Es tut mir leid, Liebling, du weißt, ich kann nicht . . . “

Feucht von Tränen blickten die Augen seiner Mutter auf Paul. „Alles, was ich wollte, war, dich vor all dem zu bewahren, was dein Vater durchmachen musste, als er mich geheiratet hat. Ich wollte dafür sorgen, dass du eine anständige Frau bekommst. Eine, die ohne Tadel ist. Jemand besseres als –“

„Nein, Nora!“, unterbrach sein Vater.

Schluchzend stürmte sie aus dem Zimmer. In diesem Augenblick wollte Paul sie das erste Mal in seinem Leben umarmen und trösten. Denn seine Mutter hatte zum ersten Mal ihre menschliche Seite gezeigt, die Verletzlichkeit, die sie die ganze Zeit versteckt hatte. Er verstand jetzt so viel. Sie hatte versucht, eine Frau für ihn zu finden, um ihn davon abzuhalten, den gleichen Fehler zu machen, den ihrer Meinung nach sein Vater gemacht hatte.

„Mutter“, murmelte er, als er sie im Gang verschwinden sah.

Langsam drehte er sich zu seinem Vater um, der in seinem Stuhl zusammengesackt war und seinen Kopf in seine Hände vergraben hatte.

„Du hast dich also in eine Stripperin verliebt.“

Sein Vater nickte, ohne aufzuschauen. „Sie war das schönste Geschöpf, das ich je gesehen hatte. Ich wollte sie mehr als alles andere.“ Er schaute auf und ihre Blicke trafen sich. „Ich kann nicht ohne sie leben.“

Einen Moment lang ließ Paul die Worte seines Vaters auf sich wirken. Konnte er ohne Holly leben? Die zwei Monate, die sie getrennt gewesen waren, waren die Hölle für ihn gewesen. Kein Tag war vergangen, an dem er sich nicht nach ihr gesehnt hatte. Und die letzte Woche, die sie zusammen verbracht hatten, war wie das Paradies gewesen.

„Hat dich deine Familie nicht davon abgehalten?“, fragte Paul seinen Vater.

Dieser lächelte. „Sie haben es versucht. Aber Liebe findet immer einen Weg.“ Sein Vater blickte zu Olivia, dann wieder zu Paul. „Wir sind durchgebrannt und bis wir wieder zurückgekommen sind, war Nora schon schwanger mit dir, Paul. Also gaben deine Großeltern auf, gegen uns zu kämpfen. Aber sie haben immer auf sie herabgesehen. Deshalb ist sie so geworden, wie sie jetzt ist. Sie versuchte so sehr, das zu sein, was sie wollten. Aber deine Mutter wurde verbittert, weil sie sie immer danach beurteilten, was sie in ihrer Vergangenheit getan hat."

Er schaute zu Mirabelle. „Du warst die Einzige, die uns unterstützt hat, aber selbst nach dem Tod meiner Eltern konnte Nora die Tatsache nicht verkraften, dass es immer noch eine Person gab, die über ihre Vergangenheit Bescheid wusste. Ich glaube, deshalb hat es immer Spannungen zwischen euch gegeben. Bitte gib ihr dafür nicht die Schuld, Mirabelle. Sie ist ein guter Mensch, aber die Entscheidungen die sie traf, als sie jung war, verfolgen sie noch heute."

Dann schaute Pauls Vater zu Paul und Olivia. „Bitte verurteilt eure Mutter nicht. Sie liebt euch beide."

Paul griff über den Tisch und drückte die Hand seines Vaters. „Wir müssen die Menschen nach ihrer Zukunft beurteilen. Sonst können sie nie das werden, was sie sein sollen."

Sein Vater nickte langsam. „Geh Paul und tu, was du tun musst. In deinem Herzen weißt du, was richtig ist."

Paul lächelte. Ja, das wusste er.

29

„Bist du dir da sicher?“, fragte Sabrina.

Holly nickte. „Du hast gesehen, was passiert ist. Ich kann hier nicht bleiben. Ich muss zurück nach Hause.“ Sie sah Daniel an, der sich gegen die Armlehne des Sofas im Wohnzimmer seines Elternhauses lehnte. „Könntest du bitte zu Pauls Haus hinübergehen und meinen Koffer holen? Ich glaube nicht, dass mich irgendjemand dort sehen will.“

Daniel nickte mit ernstem Gesicht. „Natürlich, das mache ich. Soll ich Paul etwas ausrichten, wenn ich dort bin?“

Holly ließ den Kopf hängen. Sie hatte Paul und seine Familie blamiert. „Ich bin sicher, er will nichts von mir hören.“

„Ok. Ich bin bald zurück.“ Er drehte sich um und verließ das Zimmer.

„Oh, Holly. Glaubst du nicht, dass du mit Paul reden und ihm die Wahrheit sagen solltest?“, fragte Sabrina. „Glaubst du nicht, dass er es verdient hat, zu wissen, dass es sein Kind ist?“

Holly schaute ihrer Freundin in die Augen. „Und wofür soll das gut sein? Es gibt keine Zukunft für uns, egal was vor dem gestrigen Abend passiert ist.“

Nachdem Holly von ihrem ehemaligen Kunden bloßgestellt worden war, war sie zum Haus der Sinclairs gerannt, weil sie nicht gewusst hatte, wohin sie sich sonst hätte wenden sollen. Dort hatte sie Sabrina alles erzählt, was zwischen ihr und Paul vorgefallen war.

„Aber er scheint etwas für dich zu empfinden. Warum gibst du ihm nicht eine Chance und lässt ihn selbst entscheiden, bevor du schlussfolgerst, dass er nicht mit dir reden will?“

Es klingelte an der Tür und Holly seufzte. „Versteh mich nicht falsch, Sabrina, aber manchmal bist du etwas naiv. Ich war ein paar Jahre lang Callgirl. Ich wusste, was ich tat, und ich tat es trotzdem. Ich habe keine Entschuldigung für mein Benehmen außer der, dass ich keinen Job finden konnte, in dem ich gut war. Aber ich war gut darin, Männer zu unterhalten. Und jetzt bezahle ich dafür. Denn ein Mann wie

Paul wird nie jemanden wie mich lieben können. Egal wie sehr ich ihn liebe und wie sehr ich sein Baby lieben werde. Ich muss realistisch bleiben. Wir haben keine Zukunft."

„Wie sehr liebst du mich, Holly?"

Holly wirbelte ihren Kopf herum und schoss vom Sofa hoch.

Paul stand in der Tür zum Wohnzimmer, Hollys Koffer neben sich. Daniel war hinter ihm.

„Was machst du hier?", fragte sie, auch wenn sie es schon wusste. Er war Daniel zuvorgekommen und hier, um ihr ihre Sachen zu bringen, sodass sie keinen Fuß mehr ins Haus seiner Eltern setzte.

„Ich habe zuerst gefragt. Wie sehr liebst du mich, Holly?"

„Wir lassen euch zwei besser alleine", sagte Sabrina und ging zur Tür.

„Nein!", flehte Holly, aber ihre Freundin schüttelte den Kopf und sie und Daniel verschwanden. Hollys Blick wanderte wieder zu Paul, der sich immer noch nicht von seinem Platz im Türrahmen wegbewegt hatte. „Du hättest das nicht hören sollen."

„Genauso, wie ich nicht hätte hören sollen, dass das Baby meins ist?"

Holly zitterte. „Ich gebe es nicht auf. Und ich bitte dich nicht um Alimente."

Seine Lippen bogen sich. „Oh, ich habe nicht vor, Alimente zu zahlen."

Sonderbarerweise enttäuscht über seine herzlosen Worte, zeigte sie auf den Koffer. „Danke, dass du mir meine Sachen gebracht hast. Also kannst du jetzt gehen, jetzt wo alles geregelt ist."

„Nichts ist zwischen uns geregelt."

Ihr stockte der Atem. „Ich habe dir nichts mehr zu sagen."

Paul machte einige Schritte auf sie zu und instinktiv wich sie zurück. „Du hast meine Frage noch nicht beantwortet."

„Was willst du, Paul? Mich noch weiter demütigen? Glaubst du nicht, dass ich mich schon genug erniedrigt fühle? Jetzt willst du auch noch, dass ich dir gestehe, dass ich in dich verliebt bin, damit du darauf herumtrampeln kannst? Das werde ich nicht tun!"

„Ich habe nicht die Absicht, die Mutter meines Kindes zu demütigen. Im Gegenteil." Er kam näher und drängte sie in eine Ecke.

Er seufzte. „Weißt du denn nicht, was die letzten Tage zwischen uns passiert ist?“

„Ich weiß nicht, was du meinst.“ Sie konnte sich nicht erlauben, jetzt schwach zu werden und an die intimen Stunden, die sie miteinander verbracht hatten, erinnert zu werden.

Paul hob seine Hand und strich mit seinen Fingerknöcheln über ihre Wange. „Wir sind uns nahe gekommen. Näher als einer von uns erwartet hatte.“

„Es war nur Sex“, beharrte sie, obwohl sie wusste, dass es eine Lüge war.

„Oh es war Sex, großartiger Sex. Aber das war nicht alles. Ich habe dir gesagt, dass ich dich mag, aber ich befürchte, dass das nicht wirklich der Wahrheit entspricht.“

Holly senkte die Augenlider, um seinem Blick auszuweichen. Warum hatte sie ihm zuvor nur geglaubt?

„Die Wahrheit ist, dass ich dich liebe.“

Ihr Blick schoss zu ihm und sie sah Wärme und Zuneigung zu ihr zurückscheinen. „Nein, das tust du nicht. Das ist unmöglich.“

„Warum?“, fragte Paul leise.

„Ich bin . . . ich bin nicht die Art Frau, die ein Mann wie du –“

Er presste einen Finger auf ihre Lippen und hielt sie so davon ab, ihren Satz zu beenden. „Der Liebe sind solche Dinge egal.“

„Er wird nie funktionieren. Eine Beziehung zu beginnen, nur weil ich von dir schwanger bin, ist falsch. Erinnerst du dich nicht daran, was deiner Schwester passiert ist?“

Paul schüttelte den Kopf. „Was zwischen Olivia und Quentin los ist, ist etwas anderes.“

Holly warf ihren Kopf zurück. „Wie ist das anders? Sie blieben zusammen, weil sie schwanger wurde. Und jetzt streiten sie andauernd.“

„Ich gebe zu, dass es bei ihnen nicht geklappt hat, aber wir sind nicht wie sie.“ Er umfasste ihre Schultern. „Warum kannst du nicht akzeptieren, dass ich dich liebe?“

„Weil du niemanden mit meiner Vergangenheit lieben kannst.“ Er würde ihr das immer vorwerfen.

„Ich kann es, weil ich dich nicht nach deiner Vergangenheit beurteilen werde. Ich werde dich nach deiner Zukunft beurteilen. Unserer Zukunft.“

Tränen sammelten sich in ihren Augen. „Deine Eltern werden mich dafür hassen, und dann wirst du anfangen, mich zu hassen. Bitte tu das nicht. Lass mich gehen. Ich verspreche dir, dich nie wieder zu belästigen. Ich werde nie um Geld für das Kind bitten."

„Es geht nicht um Geld, Holly. Darum ging es nie. Verstehst du nicht? Als ich dich engagierte, habe ich es getan, weil ich dich in meinem Unterbewusstsein immer noch wollte. Selbst damals. Selbst als ich dachte, dass du noch ein Callgirl seist. Selbst als ich keine Ahnung hatte, dass du aufgehört hattest und schwanger von mir bist. Es ging immer um dich. Etwas ist in jener Nacht passiert. Du hast mir gezeigt, wie mein Leben sein könnte. Wie Liebe mit der richtigen Frau sein könnte. *Du* bist diese Frau. Und ich werde nicht aufgeben, nur weil irgendein Schweinehund dich vor meinen Eltern und deren Freunden bloßgestellt hat. Mir ist egal, was alle denken. Die einzigen zwei Menschen, die hier zählen, sind du und ich."

Holly wollte seinen Worten glauben, einfach nachgeben, aber sie hatte Angst. „Deine Eltern werden mich in Stücke reißen. Vielleicht nicht gleich, aber es wird passieren. Sie werden immer von oben auf mich herabsehen. Und eines Tages wirst du es genauso wie sie sehen und deine Entscheidung bedauern."

Zu ihrer Überraschung lächelte Paul. „Kann ich dir etwas über meine Eltern erzählen?"

Holly sah ihn neugierig an.

„Mein Vater lernte eine junge, schöne Stripperin kennen und verliebte sich in sie. Seine Eltern waren gegen diese Verbindung und versuchten alles, ihn dazu zu bewegen, sie zu verlassen. Sie drohten sogar, ihn zu enterben. Aber mein Vater liebte sie mehr als alles andere. Er liebt sie immer noch."

Sie seufzte. Das Schicksal war manchmal grausam.

„Und sie liebt ihn immer noch. Sie haben zwei Kinder: meine Schwester und mich."

Holly rang bei dieser unerwarteten Nachricht nach Luft. „Deine Mutter war eine Stripperin?"

„Meine Großeltern waren nicht nett zu ihr und ihr ganzes Leben lang versuchte sie, das zu kompensieren und ihnen zu gefallen. Ohne Erfolg. Aber weißt du was? Trotz allem, trotz der Art, wie die Eltern meines Vaters sie behandelten, konnten sie sie nie auseinanderbringen, weil sie zusammengehören. Meine Eltern werden dich akzeptieren, sobald sie den ersten Schock verdaut haben, weil sie sich erinnern, wie das Verhalten meiner Großeltern ihnen wehgetan hat. Sie werden diesen Fehler nicht wiederholen."

Konnte das wirklich wahr sein? „Bist du sicher?"

Paul lächelte. „Mein Vater hat mir gesagt, dass ich meinem Herzen folgen soll. Und mein Herz will dich."

„Oh, Paul", murmelte sie und spürte, wie ihr Tränen über die Wangen kullerten.

„Also sag mir, wie sehr liebst du mich?"

Holly schlang ihre Arme um seinen Hals. „Zu sehr."

„Damit kann ich leben."

Dann war sein Mund auf ihrem und er küsste sie. Seine Arme hielten sie an seinen Körper gepresst und sein Herzschlag hallte in ihrer Brust wider.

30

Obwohl er über drei Stunden gefahren war, um zurück nach New York zu kommen, fühlte sich Paul nicht im Geringsten ausgelaugt. Im Gegenteil, er hatte sich noch nie besser gefühlt. Und der Grund war genau hier in seinem Schlafzimmer.

Er hörte zu, wie die Dusche abgestellt wurde, und wartete ungeduldig. Er hätte hineingehen und mit Holly duschen können, aber es gab etwas, das er hatte vorbereiten müssen, etwas Besonderes. Jede Sekunde Verzögerung bereitete ihm Qualen, aber er durfte die Sache nicht übereilen.

Als die Tür zum angrenzenden Badezimmer sich endlich öffnete, kam Holly heraus, nur in ein Badetuch gehüllt, dass von oberhalb ihrer Brüste bis knapp unter den Scheitelpunkt ihrer Schenkel reichte.

Paul stützte sich auf seinem Ellbogen ab und sah zu, wie sie näher kam. Ihr goldenes Haar war an den Spitzen nass und ihre Haut glitzerte einladend.

„Du hast mich warten lassen", beschwerte er sich leise. „Du weißt doch, was das heißt, oder?"

Sie kam mit katzengleicher Anmut näher. „Was denn?"

„Es bedeutet, dass du mich beschwichtigen musst."

„Wie?"

„Ich glaube ein kleiner Striptease würde helfen", schlug er vor und deutete auf das Badetuch.

Holly kam noch ein paar Schritte näher, dann hielt sie nur einen Meter vom Bett entfernt an. „Aber hast du nicht schon alles gesehen, was es zu sehen gibt?"

„Hast du noch nie einen Film mehr als einmal angesehen? Einen Film, den du wirklich gerne magst?"

„Ich verstehe", murmelte sie und zog an dem Ende des Badetuchs, das sie oben hineingesteckt hatte und ließ den Stoff ein paar Zentimeter hinuntergleiten, gerade genug, damit er die Wölbungen ihre Brüste und ihr schönes Dekolleté sehen konnte, aber nicht weit genug, um ihre Brustwarzen zu zeigen.

„Du neckst mich.“ Paul packte das Bettlaken, das seinen Unterkörper verdeckte und zog es zur Seite, um seinen nackten Körper zu entblößen. „Vielleicht sollte ich dich auch necken.“ Er schaute hinab zu seinem Unterleib, wo sein Schwanz sich schon aufstellte. Dann legte er seine Hand um das harte Fleisch und zog fest daran.

Er blickte in Hollys Augen. „Jetzt zeig mir mehr“, verlangte er und richtete seinen Blick dorthin, wo sie das Badetuch festhielt.

Ihre Hände lockerten das Badetuch weiter und schoben es hinab, bis ihre Brustwarzen heraussprangen. Sie standen aufrecht wie mutige kleine Soldaten. Er konnte nicht anders, als seine Lippen zu lecken und seinen Schwanz noch einmal zu streicheln.

„Mehr.“

Das Badetuch fiel bis zu ihrem Nabel hinab, dann glitt es über ihre Hüften und fiel zu Boden. Seine Augen labten sich an ihrer Nacktheit, als Holly so vor ihm stand, sich nicht bewegte und ihm einfach erlaubte, den Anblick zu genießen.

„Ich glaube, ich werde nie genug davon bekommen, dich anzusehen“, gestand Paul.

„Nun in diesem Fall, warum schlagen wir nicht zwei Fliegen mit einer Klappe? Du darfst mich ansehen und ich darf dich spüren.“ Sie überbrückte den übrigen Abstand mit zwei Schritten und senkte sich breitbeinig über ihn.

Das feuchte Haar, das ihr Geschlecht beschützte, rieb gegen seinen Schwanz. „Mir gefällt deine Denkweise.“ Er legte seine Hand auf ihren Rücken und drückte Holly fester auf sich.

„Willst du die ganze Nacht reden?“

Paul grinste. „Das war nicht der Plan, nein.“

Ihre Augen glitzerten. „Was war dann der Plan?“

Paul drehte seinen Kopf zur Seite und deutete auf den Nachttisch. „Warum holst du uns nicht ein Kondom aus der obersten Schublade und findest es heraus?“

„Glaubst du nicht, dass es schon etwas zu spät für Kondome ist? Das wäre ja, als ob man das Gatter schließt, wenn die Pferde schon durchgebrannt sind.“

Er unterdrückte den Drang, über ihren Vergleich zu lachen. Aber es war wichtig, dass sie heute Abend nach einem Kondom griff. „Tu es einfach.“ Er gab ihr einen Klaps auf den Hintern. „Oder ich muss dich bestrafen.“

Schließlich beugte sich Holly zum Nachttisch und öffnete die Schublade. Als sie zögerte, schlug sein Herz aufgeregt. Er war sich sicher, dass Holly es hören konnte, denn es schlug lautstark in seinen Ohren.

„Paul“, murmelte sie.

„Willst du es nicht rausnehmen?“

Ihre Hand griff in die Schublade. Paul schaute nicht auf das, was sie herauszog, sondern blickte ihr stattdessen ins Gesicht, als sie sich ihm wieder zuwandte. Er wusste, was sie in ihrer Hand hatte, denn er hatte es vor weniger als einer Stunde dort hineingelegt. Es hatte den ganzen Weg von Montauk hierher ein Loch in seine Jackentasche gebrannt.

„Wenn du ihn nicht magst, bekommst du einen anderen. Wir können morgen Früh einkaufen gehen und du kannst dir aussuchen, was immer du willst.“

Tränen stiegen ihr in die Augen. „Oh, Paul.“

Er griff nach ihrer Hand und nahm ihr den Ring ab. Es war ein einfacher Diamant, der in Gold gefasst war, sodass er zu ihren Haaren passte. „Willst du mich heiraten?“

„Meinst du das ernst?“, fragte Holly, deren Stimme vor Rührung erstickt klang.

Paul strich mit einem Fingerknöchel über ihre Wange. „Wie sieht es denn aus, Baby? Natürlich meine ich das ernst. Also, was sagst du?“

Holly nickte. „Ja, ich sage ja.“

Aufregung durchfuhr ihn, als er ihr den Ring an den Finger steckte und ihr Gesicht für einen Kuss zu sich zog. „Ich liebe dich“, murmelte er, bevor er ihre Lippen einfing und sie küsste.

Holly antwortete auf seinen Kuss, indem sie den Kopf anwinkelte, während sich ihr Körper an ihn drängte und ihr feuchtes Geschlecht seinen Schwanz entlang rieb, bis er es nicht mehr aushielt. Mit einer ruckartigen Bewegung drehte er sie auf den Rücken und positionierte sich zwischen ihren gespreizten Beinen.

In dem Moment, als er in sie glitt, bäumte sich Holly auf. Paul unterbrach den Kuss und hielt inne.

„Ich werde alles tun, um dich glücklich zu machen."

Sie lächelte zu ihm hinauf. „Ich hätte eine Idee, womit du anfangen könntest." Holly legte ihre Hände auf seine Hüften und trieb ihn tiefer in sich hinein.

„Ist das alles, woran du denken kannst?", neckte er sie und zog sich ein paar Zentimeter heraus, bevor er wieder in sie stieß.

„Du willst gar nicht wissen, an was ich noch denke", meinte sie kokett.

„Doch das will ich, Holly. Sag es mir. Zeig es mir."

Als sie ihn ansah, glitzerten ihre Augen wie tausend Sterne und er wusste, dass sie es schaffen würden. Ihr gemeinsames Leben lag vor ihnen und sie hatten alles, was sie brauchten, um es zu schaffen: Sie hatten eine Liebe gefunden, die stärker war als all die Kräfte, die versucht hatten, sie auseinanderzubringen.

„Ich soll es dir zeigen?", murmelte sie zurück.

„Ja, zeig mir alles."

Paul gab sich hin, um die Frau in seinen Armen zu lieben, die Frau, die ihn gelehrt hatte, jemanden nicht nach seiner Vergangenheit zu beurteilen, sondern nach seiner Zukunft.

„Ich liebe dich, Holly."

ENDE

Über die Autorin

Tina Folsom ist gebürtige Deutsche und lebt schon seit über 20 Jahren im englischsprachigen Ausland, die letzten 12 Jahre davon in San Francisco, wo sie mit einem Amerikaner verheiratet ist.

Tina ist schon immer ein bisschen herumzigeunert und hat in vielen verschiedenen Orten gelebt: nach Lausanne in der Schweiz, arbeitete sie kurzzeitig auf einem Kreuzfahrtschiff im Mittelmeer, verbrachte dann ein Jahr in München, bevor sie nach London zog. Dort ließ sie sich als Buchhalterin ausbilden. Aber die Wanderlust ergriff sie nach 8 Jahren in England, und sie zog über den großen Teich.

In New York war sie ein Jahr auf der berühmten Schauspielschule, der American Academy of Dramatic Arts. Danach blieb sie ein Jahr in Los Angeles, wo sie an der UCLA Drehbuchschreiben studierte. Dort lernte sie auch ihren Mann kennen, der in San Francisco lebte. So zog sie kurzerhand drei Monate später nach San Francisco.

Erst war sie dort als Buchhalterin und Steuerberaterin tätig. Sie machte sogar ihre eigene Kanzlei auf. Doch damit war sie noch nicht ganz zufrieden. Eine Zeit lang hatte sie ihr eigenes Immobiliengeschäft, aber das Schreiben vermisste sie sehr. Also fing sie im Herbst 2008 wieder damit an und schrieb ihren ersten Liebesroman.

Vampire haben es ihr schon immer angetan. Mittlerweile hat sie 24 Bücher in Englisch sowie über zwei Dutzend in anderen Sprachen (Französisch, Spanisch und Deutsch) herausgegeben.

Tina hört gerne von ihren Lesern. Schreiben Sie ihr doch einfach eine email: tina@tinawritesromance.com

http://facebook.com/TinaFolsomFans
Twitter: @Tina_Folsom
www.tinawritesromance.com

5542294R10116

Printed in Germany
by Amazon Distribution
GmbH, Leipzig